Odin

Dados Internacionais de Catalogação na Publicação (CIP)
(Câmara Brasileira do Livro, SP, Brasil)

Langer, Johnni
　Odin : uma história arqueológica da Dinamarca viking / Johnni Langer. – Petrópolis, RJ : Vozes, 2024.

　Bibliografia.
　ISBN 978-85-326-6845-5

　1. Mitologia nórdica 2. Vikings – História 3. Vikings – Religião I. Título.

24-206696   CDD-293.13

Índices para catálogo sistemático:

1. Mitologia nórdica : Religião   293.13

Cibele Maria Dias – Bibliotecária – CRB-8/9427

Odin

Uma história arqueológica
da Dinamarca viking

Johnni Langer

EDITORA
VOZES

Petrópolis

© 2024, Editora Vozes Ltda.
Rua Frei Luís, 100
25689-900 Petrópolis, RJ
www.vozes.com.br
Brasil

Todos os direitos reservados. Nenhuma parte desta obra poderá ser reproduzida ou transmitida por qualquer forma e/ou quaisquer meios (eletrônico ou mecânico, incluindo fotocópia e gravação) ou arquivada em qualquer sistema ou banco de dados sem permissão escrita da editora.

CONSELHO EDITORIAL

Diretor
Volney J. Berkenbrock

Editores
Aline dos Santos Carneiro
Edrian Josué Pasini
Marilac Loraine Oleniki
Welder Lancieri Marchini

Conselheiros
Elói Dionísio Piva
Francisco Morás
Gilberto Gonçalves Garcia
Ludovico Garmus
Teobaldo Heidemann

Secretário executivo
Leonardo A.R.T. dos Santos

PRODUÇÃO EDITORIAL

Aline L.R. de Barros
Marcelo Telles
Mirela de Oliveira
Natália França
Otaviano M. Cunha
Priscilla A.F. Alves
Rafael de Oliveira
Samuel Rezende
Vanessa Luz
Verônica M. Guedes

Diagramação: Editora Vozes
Revisão gráfica: Alessandra Karl
Capa: Isabella Carvalho

ISBN 978-85-326-6845-5

Este livro foi composto e impresso pela Editora Vozes Ltda.

Sumário

Introdução, 7

1 – Os antecedentes da Era Viking (séculos I-VII), 17

A Idade do Ferro na Dinamarca 19

A Idade do Ferro germânica 24

Armamento e organização militar 26

O surgimento dos daneses 27

Localidades centrais, monarquias e comércio 30

As crenças religiosas dos germanos antigos 34

A crise climática do século VI 42

Os signos do deus dos corvos: as bracteatas 44

2 – O início da Era Viking (século VIII), 59

Ribe: o despontar da primeira cidade 61

O crânio com runas de Ribe 65

Monstros e barbas: as moedas de Ribe 69

O edifício de culto de Uppåkra 73

Os locais de culto em Tissø 78

Brindando ao deus dos caídos: a pedra rúnica de Snoldelev 88

3 – A plenitude da Era Viking (século IX), 99

Sociedade e hierarquias sociais 99

Sepultamentos e sociedade 105

Alimentação e sociedade 112

Hedeby: a maior cidade 116

A fortificação de Danevirke 121

Entre moedas e valknuts: Odin e a centralização política 124

4 – A consolidação do reino danês (século X), 137

Poder e culto: Gammel Lejre 137

O Odin de Gammel Lejre. 142

Os vikings nas pedras rúnicas 148

Os corcéis do mar: a tecnologia náutica dos daneses. 152

O culto a Thor na Dinamarca. 157

O rei, o poder monárquico e a centralização 173

As fortalezas circulares 180

A vǫlva de Fyrkat. 182

Quando Odin se tornou Cristo: a pedra rúnica de Jelling 185

Epílogo – A Era Viking e a Dinamarca, 191

Guia de pronúncia do dinamarquês, 195

Glossário de siglas, termos e conceitos, 197

Bibliografia, 205

Introdução

> Os vikings possuíam ferramentas práticas: boas armas e excelentes navios, além de capacidade de organização. Seus profundos conhecimentos de vários outros países lhes informaram onde existiam oportunidades. Suas energias e iniciativa os tornaram rápidos em explorar todas as vantagens.
>
> Else Roesdahl, *Viking Age Denmark*, 1982, p. 225.

No dia 9 de julho de 2018, pela primeira vez estivemos na Dinamarca, por meio de uma licença-capacitação pela UFPB. O primeiro local que visitamos foi o alinhamento megalítico de Gammel Lejre (*skibssaetning*) e em seguida, o Museu Nacional, este em Copenhague. O impacto de um contato direto com a cultura material da Era Viking mudou a nossa compreensão do passado escandinavo. E foi neste momento que foi formado o embrião do presente livro. Ali nascia a vontade de escrever uma obra que refletisse não somente a história escrita dos nórdicos antigos – geralmente preservada em documentos estrangeiros, externos – mas também, a história dos próprios habitantes da Escandinávia, na forma de suas principais fontes primárias: os resquícios de seu passado material e arqueológico.

Essa será a nossa principal estrutura. Narrar a História pela cultura material produzida pelos daneses durante a Era Viking. Mas também utilizaremos documentos históricos, seja pela consulta direta a traduções modernas ou então, por meio de autores secundários (bibliografia historiográfica). O nosso fio condutor será a diacronia arqueológica, mas pontuando para cada época os mais importantes vestígios e temas arqueológicos, que formarão a base dos capítulos. Mas não elaboramos um livro pautado em feitos, ações, fatos e personalidades históricas. Aqui a cultura material, o cotidiano e o contexto sociais falam mais alto.

A problemática principal, definida pelo título (*Odin*), se ocupará de tentar demonstrar como a cultura material religiosa esteve relacionada diretamente com a sociedade nórdica que antecedeu e permeou a centralização política do século X. Em especial, vamos demonstrar como as elites políticas e guerreiras da Dinamarca criaram a sua autoridade baseados nos mitos e cultos do deus Odin, da Idade do Ferro até a cristianização ao fim da Era Viking. Não vamos detalhar aspectos básicos da mitologia desta deidade e seus aspectos religiosos, que devem ser consultados em nossas obras anteriores com a Editora Vozes: *As Religiões Nórdicas da Era Viking* (2023) e *Dicionário de Histórias das Religiões na Antiguidade e Medievo* (2020). Ao fim do livro, produzimos um pequeno glossário, onde alguns aspectos religiosos e mitológicos mais importantes, bem como os termos técnicos mais citados, serão discutidos rapidamente.

Aqui não utilizaremos a historiografia francesa, britânica e alemã, mas sim principalmente a escandinava: o Medievo na Escandinávia teria início após o século XI, com a cristianização plena (Lauring, 2015, p. 3). O conceito de Era Viking, criado pela Arqueologia dinamarquesa durante o Oitocentos, que inicialmente ocupava o fim da Idade do Ferro (ou então, uma extensão tardia desta), sendo depois demarcado como um período especial entre a Antiguidade e o Medievo (Langer, 2018, p. 213). Mesmo assim, o Medievo será uma categoria de base, tendo em vista as conexões e contextos sociais em que os nórdicos estavam envolvidos desde o Período das Migrações e que são fundamentais para nossas reflexões, seguindo aqui as propostas de enquadramento da Era Viking em uma perspectiva de Medievo global, definida por Féo (2020).

Neste presente estudo não vamos utilizar a divisão temporal clássica sobre Era Viking, baseada nas incursões ao mundo estrangeiro, mas voltamos a adotar referenciais contextuais, obtidos da cultura material em relação ao mundo social do período. Entendemos que as ações de saída para pirataria e colonizações (que geraram o grande impacto social por grande parte da Europa), além da diáspora como um movimento global, foram geradas por motivações internas e externas, sendo produtos das especificidades sociais e econômicas da área danesa e do norte europeu do momento. Assim, nosso livro não pretende abarcar as incursões, colonizações e a diáspora danesa pela Inglaterra e França, muito menos a presença nórdica em outras partes da Escandinávia, Atlântico e Europa Continental e Oriental. Nos restringiremos especificamente para área danesa entre os séculos VIII e X d.C. um recorte temporal para a Era Viking segundo os critérios de Caio Féo (2022, p. 63, 167; 2020; Féo; Guzzo, 2020, p. 274-299), que percebem essencialmente este período demarcado por atividades predatórias e comerciais que serão modificadas durante o século XI, mas que até o século X constituem uma de suas bases sociais. Neste sentido, o fim da Era Viking foi demarcado pela cristianização da Dinamarca, estruturada enquanto ação institucional no século X, constituindo o nosso último capítulo. O império de Canuto II, tradicionalmente visto como o momento final deste período (o século XI), para nós já constitui plenamente o Medievo cristão nas terras escandinavas e no norte europeu. Segundo Roesdahl (2008, p. 656), o governo de Haroldo, o Dente-Azul (958-986 d.C.), marcou o fim de um período da Dinamarca, com mudanças econômicas, culturais, religiosas e políticas. Neste sentido, também elegemos a pedra de Jelling como marco final de nosso livro.

A escolha do recorte espacial e cultural de nosso livro se deve às especificidades históricas que ocasionaram o primeiro impacto da diáspora viking, concentrada no sul da Escandinávia, sem relação com a idealização de um estado centralizado enaltecido pela historiografia romântica. Nossa intenção não é glorificar o ideal de um espaço nacional dinamarquês, mas entender os contextos que levaram o sul da Escandinávia (Jutlândia, Zelândia e Escânia) a formar o primeiro território étnica e politicamente unificado da Era Viking. O perigo de uma interpretação ou mesmo anacronismo de base nacionalista e eurocêntrico tentará ser distanciado ao se utilizar algumas das reflexões da história global aplicadas à Era Viking, como ressaltados por Caio Féo (2000) – as transformações históricas e da cultura material não são pensadas unicamente a partir de dentro, mas sempre considerando também fatores externos e as múltiplas conexões culturais e interações entre ambas.

O próprio conceito de *viking* e de *nórdico* que iremos adotar no livro é baseado nas discussões acadêmicas provindas de fontes literárias, visto que os arqueólogos possuem dificuldade em delimitar estes dois conceitos (Vésteinsson, 2007, p. 8). Para nós, viking envolve ações ligadas a incursões marítimas e atividades guerreiras, enquanto que nórdico envolve essencialmente características linguísticas, relacionadas ao tronco germânico no espaço escandinavo. Ao longo do livro, iremos discutir mais pormenorizadamente cada um, bem como as suas limitações e usos e em especial, no quarto capítulo.

Pensamos a estrutura do livro baseado no conceito de *conexões culturais* e não de unidade. O problema de uma unidade escandinava sempre foi questionado. Raça e etnicidade são dois referenciais atrelados a noções ideológicas do Setecentos e Oitocentos e os referenciais territoriais e políticas também são difíceis de delimitar. As conexões culturais, especialmente linguísticas e baseadas na cultura material, são mais uniformes, facilitando a compressão do denominado "fenômeno viking" (Boyer, 2004, p. 73).

O conceito *história arqueológica* foi utilizado no sentido de que a linha cronológica foi definida pela sequência de objetos materiais previamente selecionados. Ela foi retirada do livro *Ancient Scandinavia* de Douglas Price, que também foi um importante guia para nossas argumentações em torno de um passado escandinavo mais articulado e menos vinculado a uma valorização nacionalista do espaço, típica de manuais clássicos. A linguagem empregada em nosso livro mescla a popularização científica com a Arqueologia Pública, no sentido de produção de um conhecimento científico produzido em benefício dos mais diversos segmentos sociais (Funari, 2006, p. 3), portanto, podemos considerar que o presente livro também constitui um *manual arqueológico*, no sentido de sintetizar o conhecimento acadêmico desta área e tema escolhido. O livro segue uma linha cronológica, mas cada capítulo e subcapítulo podem ser lidos separadamente. Antes da bibliografia final, elaboramos um glossário com os principais termos e conceitos utilizados, para facilitar o entendimento aos leitores.

O nosso livro foi amplamente baseado nos resultados do projeto de pesquisa "Fra Stamme til Stat i Danmark" (Da tribo ao Estado), promovido pela Universidade de Aarhus em 1984, que pretendia analisar as origens e a formação de uma hegemonia política pela identidade danesa, da Idade do Ferro à Era Viking, tendo como base principal uma articulação entre História e Arqueologia (integrando fontes escritas com cultura material), dentro dos referenciais da Arqueologia Processual (Näsman, 2006, p. 206).

Nossos principais referenciais teóricos e bibliográficos são reflexões sobre a relação entre a cultura material e os documentos históricos sobre os daneses produzidos nas últimas décadas (Nielsen, 2016; Price, 2015; Poulsen, 2012; Tillisch, 2009; Roesdahl, 1982), como também seguimos ao longo desta obra, algumas das reflexões iniciadas com outro livro anterior de nossa autoria, *Tempos pagãos, tempos heroicos: a Dinamarca e a invenção dos vikings* (Langer, no prelo) – que trata em vários momentos de como a Arqueologia dinamarquesa criou o conceito de Era Viking e como ela foi um importante suporte para a nacionalidade e a história durante o século XIX e XX. Ou seja, procuramos entender como uma noção de identidade dinamarquesa foi construída nos últimos 200 anos e como ela de alguma maneira ainda é refletida pelos acadêmicos em suas pesquisas. Também fomos influenciados pelas perspectivas da Nova Arqueologia após os anos de 1970 na Escandinávia, seguindo os passos das teorias prós-processuais que enfatizam o simbólico e os aspectos ideológicos da cultura material, abandonando uma influência radical das fontes escritas e das pesquisas dos historiadores (Myhre, 1992, p. 184-185).

Uma problemática metodológica de fundo em nossa pesquisa sãos as limitações das fontes arqueológicas, pois muitos objetos são "mudos", não podem ser lidos como os textos (e nas questões específicas sobre simbolismo geométrico, não possuem tipo de interface com as fontes literárias medievais). Neste sentido, seguimos as considerações do arqueólogo Anders Andrén para a utilização de três estratégias: raciocínios a partir de contextos, padrões e analogias aplicados aos estudos de Escandinavística, mas sabendo que muitos temas da cultura material nórdica antiga não são simples de serem analisados (Andrén, 2020, p. 138, 160).

Nossa principal metodologia é a análise iconográfica, especialmente voltada para figurações e símbolos geométricos não figurativos. Em nosso entendimento, a relação entre identidade religiosa, política e cultural não podem ser dissociadas – e neste caso, as imagens são fontes primárias fundamentais para se entender esta relação. Nossos principais autores teórico-metodológicos são baseados em pressupostos quantitativos e qualitativos, mas sempre preponderando os conceitos metodológicos de seriação, diacronia e tradição iconográfica (Langer, 2023c). Também foi fundamental o conceito de identificação de uma imagem nórdica correlacionada com os diversos contextos (Price, 2005) e a relação entre seriação iconográfica e literária (Gardela, 2002). Empregamos a expressão "tradição visual" (ou iconográfica) no mesmo sentido que esquema imagético (ou iconográfico) proposto por Carlan; Funari (2012, p. 68), no estudo de moedas da Antiguidade, ou seja, a permanência de padrões visuais e artísticos em uma determinada área cultural. E em específico para a área nórdica, tradição iconográfica tanto em sentido funcional (relacionada a elementos históricos e espaciais) e estrutural (vinculada a expressões atemporais da sociedade, como gênero, marcialidade etc.) (Andrén, 2020b, p. 170).

Fundamental ao nosso trabalho, principalmente os últimos subcapítulos de cada seção, são as noções de crenças definida pela Arqueologia das Religiões, na qual a religião é considerada um elemento fundamental da vida social e da cultura material – um conceito-chave para se estudar o passado (Insoll, 2004, p. 1-32). A religião como um sistema de crenças (envolvendo magia, mito, culto e rito) é sempre dinâmica e recriada, não existindo separações entre sagrado e profano (como no referencial de Émile Durkheim e Mircea Eliade): objetos materiais econômicos, mundanos ou cotidianos também podem ter significados religiosos e foram utilizados como resistência ou legitimação política – apontando para implicações simbólicas (Fogelin, 2007, p. 55-71). Adotamos o referencial de que os símbolos são meios de comunicação existentes em todos os aspectos da vida cultural, não residindo somente nos objetos materiais em si, mas também na interação destes com os seres humanos – assim, é necessário sempre uma análise contextual e histórica (Robb, 1998, p. 329-346).

Neste livro empregamos o referencial que as experiências religiosas vividas da Idade do Ferro até a Era Viking na Escandinávia não eram sistemas uniformes ou homogêneos, nem na sociedade como um todo, nem na experiência individual. As religiões pré-cristãs (o denominado "paganismo nórdico") eram parte da vida cotidiana e eram afetadas pela subsistência e pelos grupos sociais. As duas principais configurações religiosas foram as das comunidades agrícolas (adorando especialmente os deuses Thor, Freyr, Freyja etc) e as instituições aristocráticas guerreiras (com o deus Odin) (Nordberg, 2019, p. 339-360). Ao longo do livro trataremos quase que exclusivamente do deus Odin e sua relação com as categorias sociais dominantes, mas no quarto capítulo (na seção sobre o deus Thor), detalharemos as configurações religiosas em geral. Empregamos o conceito de *culto* como o sistema de relações entre os seres humanos e as suas crenças com o sobrenatural; *rito* seriam as ações ou sistema de ações em torno do sagrado, em uma dimensão à parte do cotidiano (Scarpi, 2004, p. 209). Para a área nórdica da Era Viking, temos acesso a várias fontes que permitem o estudo dos cultos pré-cristãs, porém, não existem qualquer tipo de fonte primária ou material para se reconstituir diretamente os antigos rituais (Langer, 2023b, p. 125-132). Ao longo do presente livro, detalharemos e analisaremos diversas questões de culto envolvendo o deus Odin.

Algumas obras foram fundamentais para a escrita e análise de nossas fontes. *Viking Age Denmark,* de Else Roesdahl (1982), nos permitiu perceber as fontes arqueológicas em conjunto, ao mesmo tempo que forneceu preciosas informações e detalhes sobre alguns artefatos específicos. Para os detalhes da dinâmica histórica, questões do povoamento e do estabelecimento das culturas antigas, foi extremamente importante a obra *The Cambridge History of Scandinavia* (organizado por Knut Helle em 2003).

Com relação ao uso de termos, terminologias e expressões, procuramos utilizar as palavras que possuem tradução e usos no português contemporâneo e em caso contrário, conservamos em dinamarquês. Para os termos advindos de outras fontes nórdicas, como os deuses preservados na literatura islandesa medieval, preferimos adotar a forma usual em língua portuguesa. No caso de empregarmos citações em outras línguas estrangeiras, bem como traduções, vamos inserir no texto apenas a nossa própria tradução ao português. No caso específico de textos rúnicos, permanecem apenas as transliterações ao latim ou pelo menos as transcrições ao nórdico antigo: as traduções ao português serão realizadas por nós, baseadas nas traduções ao inglês, francês e dinamarquês. Ao fim do livro concederemos um vislumbre básico na pronúncia da língua dinamarquesa.

A realização deste livro só foi possível devido às nossas duas licenças-capacitações emitidas pelas pro-reitorias de graduação e pós-graduação da UFPB, que permitiram nossas pesquisas em locais específicos da Europa, em 2018 e 2019. Na área da Dinamarca antiga visitamos os seguintes sítios arqueológicos: a fortificação de Danevirke e a muralha de Hedeby (Alemanha), os túmulos e pedras rúnicas de Jelling, o cemitério de *Lindhølm Hoje*, a fortaleza de Trelleborg (Dinamarca), a fortaleza de Trelleborg (Suécia), a *Runstenskullen* (colina das pedras rúnicas na cidade de Lund, Suécia), os montículos funerários e o *Skibssaetning* (alinhamento megalítico em forma de barco) de Gammel Lejre e o túmulo megalítico de *Øm Jaettestue* (Dinamarca). Com relação ao acervo referente à Era Viking e aos germanos antigos visitamos e pesquisamos nas seguintes instituições museológicas e culturais: Museu Nacional da Dinamarca, Centro arqueológico de Uppåkra, Museu Nacional de História, Museu Køge, Museu de Lejre, Sagnlandet (Centro de Pesquisa Histórico-Arqueológica de Lejre); Museu de Trelleborg; Museu Møntergården; Museu de Jelling; Museu viking de Ribe; Museu viking de Haithabu, Museu Moesgaard, Museu Lindhølm Hoje, Kulturen (Museu de História Cultural de Lund), Museu histórico da Universidade de Lund, Museu do navio viking de Roskilde, Museu Trelleborg (Suécia), Museu Trelleborg (Dinamarca), Museu Neues, Museu Düppel, Museu Arqueológico de Brandemburgo, Museu Arqueológico de Hannover, Museu Arqueológico Schloss Gottorf (Alemanha), Biblioteca da Universidade de Lund (Suécia) e Biblioteca Nacional da Dinamarca.

Nossas experiências anteriores em estudos sobre a área danesa (diversos artigos acadêmicos e em especial, o livro *Tempos pagãos, tempos heroicos: a Dinamarca e a invenção dos vikings*) também ajudaram muito, bem como a elaboração de cursos ministrados em 2021 (*História da Escandinávia* – módulo 1: a Escandinávia antes dos Vikings), 2022 (*Introdução à Arqueologia da Era Viking*) e 2023 (*Arqueologia Viking*, XI Semana Acadêmica de Arqueologia da Furg). Não podemos também deixar de mencionar nossa experiência na produção e apresentação da série *Arqueologia Escandinava* para o canal do Neve no Youtube.

Agradecemos a todos os arqueólogos, historiadores e acadêmicos que auxiliaram a realização deste livro, seja com envio de publicações ou troca de informações: Palle Ringsted, Søren M. Sindbaek, Lisbeth Imer, Krister Sande Kristoffersen Vasshus, Morten Søvsø, Martin Brandt Djupdraet, Jens Peter Schjødt, Simon Nygaard, Mette Frisk Jensen, Nicola Anne Witcombe, Karen Bek-Pedersen, Lise Praestgaard Andersen, Rikke Lyngsø, Sigmund Oehrl, Gísli Sigurðsson, Grégory Cattaneo, Paloma Ortiz Urbina, Rebeca Franco Valle, Enrique Santos Marinas, Enrique Bernárdez, Carl Edlund Anderson, Jan Bill e Leszek Gardela.

Aos pesquisadores e artistas Else Roesdahl, Lisbeth Imer, Alexandra Pesch, Andres Minos Dobat, Maja Nora Lorentsen, Lars Larsson, Carsten Lyngdrup Madsen, Richard Hirtenfelder, Ida Maria Schoun Andreasen e Museu Viking de Ladby, pela liberação nos usos de imagens e ilustrações para o presente livro.

Um agradecimento especial deve ser mencionado para a pesquisadora Luciana de Campos, por ter revisado vários aspectos de nosso trabalho, especialmente envolvendo algumas questões sobre o cotidiano material e a alimentação na Era Viking. Outro agradecimento segue para Leandro Vilar Oliveira, pela pesquisa conjunta que realizamos sobre moedas danesas da Era Viking, aproveitada em vários momentos do livro, bem como a Victor

Hugo Sampaio Alves pela parceria em outra pesquisa sobre simbolismos geométricos não figurativos na área escandinava. A Alberto Robles Delgado pela gentileza em revisar e analisar o original, juntamente com Victor Hugo Sampaio e Leandro Vilar Oliveira. E a Sandro Teixeira Moita pela gentileza em escrever a apresentação da primeira aba.

De modo geral, também agradecemos a todos os membros do *Núcleo de Estudos Vikings e Escandinavos* (Neve), pelo apoio constante em nossas pesquisas, desde a sua criação em 2010. Uma menção de gratidão também para todos os laboratórios e grupos de pesquisa que apoiam o nosso trabalho: Nielim (UFRJ), *Translatio Studii* (UFF), PEM (UFRJ, UERJ e UNB), MAAT (UFRN), *Spatio Serti* (UPE), LEM (UEM), Letamis (Ufes), LEOM (UFPE), HCIR (UEM), *Reception* (UAH), Lapehme (UniPampa), NEAM (Unesp), Geham (PUC-PR), Ceia (UFF), *Projeto Chronos* (UFPR), *Grupo Brathair de Estudos Celtas e Germânicos* (UFRJ), LHER (UFRJ), Gemam (UFSM), *Virtù* (UFSM), Leao (UFRGS) e *Grupo de Estudos Yggdrasill* (RJ).

Por fim, mas não menos importante, um agradecimento a toda a equipe de funcionários da Editora Vozes, pelo seu profissionalismo, humanismo e competência, além é claro, de sua política editorial em continuar a publicar um tema tão necessário para o público brasileiro: a Escandinavística, e num sentido pleno, o estudo da Era Viking.

Johnni Langer
João Pessoa, 5 de janeiro de 2024

1
Os antecedentes da Era Viking (séculos I-VII)

No dia 8 de março de 2023 o mundo ficou estarrecido com uma notícia provinda da Dinamarca. Havia sido divulgada a descoberta de uma bracteata contendo uma inscrição com o nome Wodanas (Odin). Se por um lado, a notícia empolgou os escandinavistas, reiterando um antigo debate (mais adiante falaremos disso), por outro lado, popularizou um tipo de artefato não tão conhecido do grande público: as *bracteatas*. Elas constituem uma espécie de medalhões, utilizadas como adornos e amuletos por parte dos grupos germânicos que habitavam a Dinamarca antiga, bem antes dos vikings. Mas uma série de questões também vieram à tona neste momento: quem habitou a região antes dos vikings? De onde vieram? Como era o seu cotidiano e a sua vida? Qual a relação destes povos com a cultura nórdica da Era Viking?

Figura 1: *Mapa da Escandinávia*: a Dinamarca situa-se entre a Alemanha (Europa continental) e a península escandinava (com Noruega e Suécia). Mapa do autor.

Antes de tudo, temos que definir exatamente o que é a Dinamarca. Ela constitui a região mais meridional da Escandinávia, abrangendo uma parte continental (a península da Jutlândia) e 443 ilhas (figuras 1 e 2). A definição territorial e os limites da Dinamarca possuem uma origem histórico-geográfica (a região dos daneses, que veremos a seguir). Suas principais características físicas são a presença de terras planas e aráveis e costa arenosa, baixa altitude e clima temperado, ao contrário da Noruega, que possui vastas florestas e fiordes, bem como a Suécia, com vastas cadeias de montanhas e bosques. Um dos grandes padrões da Dinamarca é a presença de prados, marismas e pântanos, ladeando muitos rios e lagos. Os seus limites naturais são principalmente o Mar do Norte e o estreito de Categate, costeando e limitando o norte da península da Jutlândia; o Mar Báltico, margeando as dezenas de ilhas entre o continente e a península escandinava (Graham-Campbell, 1997, p. 18-19; figura 2).

O espaço dinamarquês foi o primeiro a ser povoado em toda a Escandinávia, desde a pré-história. Também o fato de ser a região mais próxima da Europa tornou ela a mais rica: toda inovação tecnológica, comercial e econômica europeia chegava primeiro pela Jutlândia, espalhando-se depois para a Noruega e Suécia. Os indícios mais antigos de ocupação humana na região são de 13.000 anos a.C., após o degelo, mas uma ocupação efetiva em toda a Escandinávia só ocorreu por volta de 8.000 anos a.C. (Graham-Campbell, 1997, p. 14). Não vamos tratar do Neolítico e Idade do Bronze, devido às suas complexidades e diversos aspectos da cultura material, fugindo do escopo de nossas intenções. A Antiguidade na Dinamarca é dividida em várias fases: Idade do Ferro Celta ou Antiga (Ano 500 ao século I a.C.), Idade do Ferro romana (século I à 400 d.C.), Idade do Ferro germânica (400-800 d.C.) e Era Viking (800-1050 d.C.) (Nielsen, 2016, p. 8).

Figura 2: *Mapa das principais regiões da Dinamarca antiga*: a península da Jutlândia (Jylland), ligada ao continente europeu; as ilhas de Fiônia (Fynn), Zelândia (Sjaelland), Lolândia (Lelland), Samsø e Boríngia (Bornholm). A Escânia (Skåne, sul da Suécia) foi parte integrante dos reinos daneses e dinamarqueses até o século XVII, bem como a Halândia (Halland) e Blecíngia (Blekinge). Mapa do autor.

Figura 3: Cronologia comparada da Arqueologia Escandinava com a Historiografia Ocidental. Tabela baseada em Thurston, 2002, p. 7.

A Idade do Ferro na Dinamarca

O momento que mais nos interessa para entender as origens da formação do período viking é o surgimento da Idade do Ferro, em meados do primeiro milênio a.C., estendendo-se até o milênio após Cristo (mas na Dinamarca inicia-se em 500 a.C.). O uso do ferro constitui uma grande inovação nas sociedades antigas, tanto na forma de se promover a guerra quanto no cotidiano em geral. O minério era retirado dos pântanos escandinavos, não necessitando ser importado. Os armamentos e ferramentas de ferro eram inicialmente muito simples, complexificando-se com o tempo. Nos dois primeiros, a agricultura intensificou-se e surgiram grandes aldeias cercadas. Uma das práticas mais comuns nestes períodos eram grandes oferendas votivas e sacrifícios, geralmente realizados em turfeiras. Também nestes depósitos mortuários são comumente encontrados produtos do Império Romano, demonstrando uma intensa circulação comercial entre a Europa continental e a Escandinávia (Nielsen, 2106, p. 135-164).

Uma das questões mais importantes para se entender a *Idade do Ferro romana* (séculos I ao IV d.C.) é o do intenso comércio com o sul da Europa. E a troca, mas não somente de objetos, mas também de ideias e atitudes (Price, 2021, p. 81). A influência romana nas sociedades escandinavas foi econômica, religiosa, política, militar e literária (Magnus, 2005, p. 24; Anderson, 1999, p. 1-21). Diversos túmulos escavados (em sepultamentos do tipo inumação) em várias partes da Escandinávia continham objetos luxuosos da área mediterrânica: vasos, broches, tigelas de vidros e figuras de bronze. Também outros itens eram importados, como vinho e têxteis, sendo alguns exportados (como o âmbar). Na Dinamarca, um importante sepultamento que contém estes elementos é Hoby, na Ilha da Lolândia. Escavado em 1920 por uma equipe do Museu Nacional, o local revelou um tesouro contendo diversos objetos, como jarros e pratos de bronze e copos de prata. Muitos destes objetos continham cenas da mitologia clássica e da Ilíada e foram realizados no primeiro século de nossa Era (Wilson, 2003, p. 16-28). Hoje, acredita-se que o homem enterrado em Hoby teria servido ao exército romano e posteriormente adquirido um grande poder na sua região natal (Nielsen, 2016, p. 171). E é também neste contexto do primeiro século depois de Cristo, que o processo de hierarquização social do mundo germânico começa a ser formado (Silva, 2011, p. 8).

Produtos estrangeiros tinham um grande prestígio – eles eram necessários para manter um permanente contingente de guerreiros e criar uma legitimação ideológica para a elite. O líder guerreiro e o de um clã eram a mesma pessoa, mas a crescente profissionalização militar levou a um processo de hierarquização dos bandos guerreiros (Magnus, 2005, p. 25).

Também datados desta época foram uma grande quantidade de fazendas, sugerindo a existência de muitas vilas no primeiro século depois de Cristo. As casas eram simples e com apenas um espaço, sem divisões internas. Uma vila da Idade do Ferro romana foi reconstruída pelo Centro de Arqueologia Experimental *Sagnlandet Lejre*, na Zelândia. Nós visitamos este local em 2018 e foi uma experiência excepcional: o local possui uma pequena cerca de madeira, servindo para evitar a fuga de animais. As casas possuem tamanho variados, mas todas contêm paredes feitas de barro e madeira, com telhados de sapé e no máximo uma entrada. Algumas casas foram instaladas com teares verticais, outras com fornos, redes, cestos e utensílios de madeira dos mais diversos tipos. Estes locais são pouco iluminados e provavelmente só poderiam ser utilizados para os mais variados serviços e ocupações durante a luz do dia. Todas as edificações possuem apenas um cômodo e podem suportar no máximo cerca de 10 pessoas.

No norte da Zelândia, em Ginderup, uma vila foi destruída pelo fogo. Mas apesar de logo vir em nossa mente uma situação de violência, lembramos que incêndios eram muito comuns em tempos antigos. A única maneira de determinar com segurança que um local foi vítima de situações belicosas é o encontro de algum tipo de armamento ou sinais de violência em ossos recuperados. Os vestígios destas casas revelam que elas possuíam originalmente 15m x 4m. Em uma das entradas destas casas, foi encontrado o esqueleto de um cachorro, possivelmente uma oferenda para a proteção dos deuses (Wilson, 2003, p. 33).

Em diversos locais com pântanos da Dinamarca foram encontrados depósitos rituais e muitos objetos votivos e de caráter simbólico. Mas eles possuem diversas características e foram produtos de épocas diferentes ao longo da *Idade do Ferro romana*. Em alguns, eles possuem um caráter mais relacionado com a fertilidade (especialmente com ossos de animais), enquanto que em outros, os elementos estão mais vinculados ao mundo da guerra (armamentos, geralmente espadas, escudos e pontas de lanças) (Wilson, 2003, p. 34, 36-44). A maior parte destas armas é de origem romana, sendo considerada votos de gratidão por alguma vitória – a sua ocorrência também indica tanto conflitos na própria Escandinávia quanto o fato de os escandinavos terem servido nos exércitos romanos como mercenários. As armas representavam simbolicamente tanto uma vida aventureira quanto a alta posição social do falecido (Graham-Campbell, 1997, p. 27).

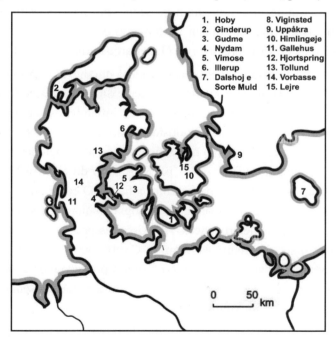

Figura 4: *Principais sítios arqueológicos da Dinamarca da Idade do Ferro.*
Mapa do autor.

Também os depósitos representavam oferendas de guerra, produtos de um processo de triunfo marcial que era uma importante atividade da sociedade germânica, demonstrando sucesso e força, além de religiosamente manter os favores divinos (Nielsen, 2016, p. 189). A rotatividade do acesso à guerra garantia aos germanos a possibilidade do acesso ao poder político e militar aos indivíduos bem-sucedidos (Silva, 2011, p. 18). A vida tradicional na fazenda trazia pouco prestígio, bem menos do que o treinamento em armas e em batalhas. O espírito de luta e a intrepidez eram muito mais valorizadas do que a simples vida no campo (Magnus, 2005, p. 24).

Também no referido *Sagnlandet Lejre*, próximo à vila da Idade do Ferro, foi criado o *Offermosen* (pântano sacrificial), um local que reconstitui os locais de oferenda nas regiões pantanosas: a principal estrutura é uma montagem com longas varas de madeira portando a pele de um cavalo (incluindo a sua cabeça). Ao seu redor, foram colocados postes cerimoniais com figurações antropomórficas, pequenos vasos e objetos votivos. Tudo fica próximo de um brejo, ladeado pelas árvores de um bosque e com pouca iluminação, criando uma atmosfera propícia para a reconstituição de um espaço ritualístico antigo. O local foi baseado em vários tipos de achados arqueológicos e de várias regiões da Dinamarca antiga.

Mas quem habitava a região dinamarquesa durante esta época? As principais populações eram de origem germânica e durante o primeiro século de nossa Era, temos principalmente na região da Jutlândia os seguintes povos: Anglos (sul), Aviones, Huitones, Eudúsios, Charudes (centro), Hérulos, Cimbros e Teutões (norte), enquanto na Escânia temos os Dauciones e na Ilha da Boríngia os Borgúndios (Todd, 1990, p. 18). A partir do século VI, os daneses tornam-se preponderantes, como veremos adiante. O conceito de etnias germânicas foi criado pela Arqueologia e filologia, enquanto nas fontes latinas elas são muitas vezes heterogêneas. As primeiras populações germânicas a ocuparem o espaço dinamarquês foram os Cimbros e os Teutões, ambos advindos da atual Alemanha e do Báltico. Devido principalmente às inserções no exército romano, as etnias germânicas foram aos poucos sendo culturalmente influenciadas pelo mundo latino (Todd, 1990, p. 13, 23).

Mas devemos lembrar que o conceito de povos germânicos sempre foi problemático. A correspondência entre identidade étnica e cultura material nem sempre caminham juntas nos modelos encontrados nas fontes escritas (como veremos adiante, no caso dos daneses). Uma suposta origem germânica de um grupo é sempre uma ideia genérica e vaga, de limites difusos e quase sempre variável com o tempo: nenhum grupoauto denominava-se de *germano*, nem mesmo as tribos ao seu redor. O conceito foi difundido pelos escritores gregos e latinos a partir de sua experiência empírica, mas sempre filtrada pela *interpretativo romana* (Bérnardez, 2010, p. 43). Mesmo terminologias que designam tribos específicas (como os *Chauci*), tem a problemática de não sabermos se provém de um pequeno clã cujo sucesso militar e político foi estendido a vários grupos de uma região. Assim, existe fluidez nestas denominações que aparecem nas fontes latinas, pois não sabemos se elas são provenientes de uma identidade étnica, social ou política, pois especialmente no Período das Migrações, bandos guerreiros e grupos familiares podem ter estendido sua imagem para grupos inteiros (Hill, 1980, p. 81). Conservamos o conceito germânico para fins didáticos e bibliográficos – mas o leitor deve ter consciência de suas problemáticas e a inexistência de outro mais adequado, afinal: "nenhuma sociedade vive isolada sem conexões com outras ao redor" (Silva; Féo, 2021).

As populações germânicas careciam de qualquer ideia de nação ou identidade étnica, existindo pequenas comunidades, que se aliavam a outros grupos, formando confederações, aceitando a autoridade de uma chefia ou uma liderança temporal de uma pessoa. Quando existia a figura de um rei, ele era chefe somente de um clã, centrado essencialmente em funções militares muito mais do que nas políticas, algo que irá mudar séculos mais tarde, como veremos. Na realidade, como mostram alguns pesquisadores (Bérnardez, 2010, p. 45), eles não eram reis de verdade – mas os principais líderes, *príncipes*, como descreve Tácito no século I d.C.

Ainda na Idade do Ferro romana surge uma evidência concreta de uma organização social e política na forma de centros de poder na Dinamarca, num local chamado de Gudme, próximo à costa oriental da Ilha de Fiônia. Ela foi uma colônia formada por casas longas. Os objetos recuperados indicam que foi tanto um centro político, como econômico e religioso (Graham-Campbell, 1997, p. 27). Ao todo, neste local foram estudadas 2.270 sepulturas, sendo 1.500 de cremação. Os objetos romanos (incluindo moedas de prata, *denarii*) não foram uma exclusividade da elite, sendo também encontrados em sepultamentos de outras esferas da sociedade. Também é de destacar que o primeiro centro comercial foi fundado nesta região, datado de 150 e funcionou ativamente até 700 d.C. (Nielsen, 2016, p. 188).

Outro indício de um centro de poder é em Himlingøje, Zelândia. Em vários túmulos de uma família, foram encontrados diversos metais preciosos provindos do mundo romano, denotando um alto *status* social dos falecidos. Um dos artefatos mais interessantes é um corno de beber feito de vidro (Nielsen, 2016, p. 178, 183). A península da Dinamarca durante o século II d.C. prosperou muito devido à venda de escravos e de sua produção agrícola, gerando uma grande riqueza e sua contrapartida, a necessidade de exibição do *status* e poder por parte das figuras mais influentes de cada comunidade. Especialmente a península da Jutlândia conheceu uma intensa continuidade agrícola do início ao fim da Idade do Ferro romana, criando diversos níveis de riqueza e hierarquia social (Todd, 1990, p. 26, 58).

Mas sem dúvida o mais importante achado arqueológico deste período na Dinamarca são os três botes de Nydam, em 1859-1863, na cidade de Sundeved, sul da Jutlândia. Datados de 250 a 475 d.C., eles são os precursores diretos das embarcações vikings: o único que ainda existe é o de carvalho, que possui 23m de comprimento e 3,5m de largura (o de pinheiro foi usado como lenha por soldados na guerra eslésvica de 1864; o terceiro havia sido originalmente destruído em sacrifício). Atualmente o barco sobrevivente está exposto no Museu Arqueológico Schloss Gottorf (Schleswig, Alemanha) e quando o visitamos em 2019, ficamos impressionados pela sua robustez e solidez: uma de suas diferenças com relação aos navios vikings é que não tinha vela e sua proa não era composta por pranchas angulosas (além das ausentes figuras de proa e popa, claro). O seu tamanho também impressiona, apresentando o mesmo comprimento de várias outras embarcações datadas da Era viking, como em Roskilde (do qual trataremos no capítulo 3).

A Idade do Ferro germânica

O início da Idade do Ferro germânica coincide com o denominado *Período das Migrações* (séculos V-VI), caracterizado por uma enorme onda migratória de povos, conflitos e formações de novas unidades políticas na Europa. Mas apesar disso, a Escandinávia deste período não conheceu instabilidades e sim, prosperidade, comércio florescente e organização. Na Dinamarca os povoamentos em aldeias continuavam a aumentar de extensão, além de atividades relacionadas com importações. Foi uma época de diversas mudanças, tanto no âmbito político, como social, religioso e cultural

(Graham-Campbell, 1997, p. 28, 31). O período anterior, a Idade do Ferro romana, foi ao contrário, o pico de atividades bélicas e conflitos militares internos, derivados das lideranças tentando obter terras ou seguidores – com a construção de barreiras e muralhas (Price, 2015, p. 289).

As migrações germânicas criaram uma nova forma de comunidade política, que não era baseada em conexões genéticas, étnicas ou biológicas. Muitos grupos foram caracterizados por serem multiétnicos e suas identidades eram estipuladas pelas suas conexões particulares a um líder-guerreiro ou a um grupo de guerreiros. Essa etnicidade não era definida nem por características linguísticas, nem geográficas; era, ao contrário, assentada em uma ideologia guerreira, política e militar, ou seja, ela era definida por referenciais sociais. Essa ideologia era legitimidade pela associação de um grupo normalmente para com esta figura de um líder-guerreiro. Deste modo, muitas vezes a identidade do guerreiro foi originada pela identidade social de um grupo (Hedeager, 2011, p. 39).

De modo geral, os povos germânicos foram influenciados diretamente pela cultura romana (na agricultura, na estrutura social, na organização militar e alguns simbolismos político-religiosos). Habitações, vilas e disposições urbanas também sofreram influências latinas (Nielsen, 2016, p. 175). Esse momento de prosperidade também é reafirmado por outros acadêmicos, que apesar de não negarem momentos de conflitos internos (registrados pela Arqueologia), de modo geral pensam que os escandinavos tiveram uma grande maturidade cultural, quase independente de influências externas (Wilson, 2003, p. 46). Já o arqueólogo Neil Price percebe que o colapso romano afetou a Escandinávia, ocasionando intensos movimentos militares, refluxos de refugiados e migratórios, ou seja, novas redes de influências e oportunidades entre o norte e sul. O quadro geral do fim da Idade do Ferro romana e início da Germânica foi de um grande crescimento em todas as áreas, mas isso foi interrompido por um grande cataclisma durante o século VI, que veremos adiante. As raízes da Era Viking estariam situadas neste contexto de um "novo mundo" ocasionado pelo fim do Império Romano até o momento em que o crescimento escandinavo foi barrado pelo clima (Price, 2021, p. 81, 88).

Essa prosperidade e riqueza é confirmada especialmente pelas descobertas de suntuosos sepultamentos. Alguns deles são encobertos por pedras demarcando a forma de uma embarcação, em outros a sepultura é coberta somente por montículos de terra (como Vätteryd, na Escânia). No sítio de Lousgård, na Ilha da Boríngia, foram encontradas sepulturas de ricas famílias aristocráticas, incluindo escravos. Mas nenhum vestígio da área dinamarquesa se compara em riqueza e sofisticação com as sepulturas de Vendel e Valsgärde, ambas na Suécia – os protótipos de enterramentos aristocráticos na Escandinávia pré-viking. No entanto, a prosperidade nunca foi sinônimo de um momento totalmente pacífico, em se tratando de antiguidade europeia. Vestígios de conflitos durante a Idade do Ferro germânica foram encontrados na Ilha da Boríngia: em Sorte Muld e Dalshoj existiram indícios de pessoas que foram queimadas dentro de uma fazenda (Wilson, 2003, p. 52, 59).

Os tipos de sepultamentos foram muito variáveis na Idade do Ferro. Nos tempos romanos, inicialmente a maioria dos indivíduos eram cremados e com bens funerários bem simples. Foram encontradas sepulturas isoladas, sendo a inumação comum na Escânia, Zelândia e Jutlândia. Também existiram muitas variações regionais com relação aos objetos enterrados, mas após a Idade do Ferro germânica os túmulos com grandes dimensões (grandes montes de terra) foram reservados aos aristocratas. No fim da Idade do Ferro germânica, os navios passam a ser um elemento comum nos sepultamentos mais sofisticados – e tornam-se uma das marcas da Era Viking (Price, 2015, p. 281), como veremos no capítulo 3.

No Período das Migrações ocorreram algumas mudanças na espacialidade das fazendas e vilas. Começaram a surgir grande estruturas especializadas para processamento têxtil, salões longos sem animais e grandes casas para as famílias mais poderosas de uma região (casa comunal ou longa). Estas últimas continham espaço para a realização de grandes banquetes e cômodos para exibição de armas e joias. Elas constituíam a expressão do poder de uma família sobre as outras pessoas para o controle de recursos, dos rituais públicos e no contato com os poderes divinos. O mestre de uma casa comunal era um pequeno rei e liderava intensamente os guerreiros, constituindo-se em uma liderança secular e religiosa (Magnus, 2005, p. 26). As casas comunais foram a base para o surgimento das Localidades Centrais, que trataremos adiante.

Armamento e organização militar

O Período das Migrações marcou um momento de profundas transformações sociais, que afetaram tanto a política quanto a religiosidade e diversos aspectos culturais dos povos germânicos: a guerra se converteu em uma atividade regular. Grupos guerreiros que antes eram convocados apenas para resolver crises determinadas, agora se constituíam em instituições estáveis (Bérnardez, 1990, p. 59). Guerreiros treinados e armados eram instrumentos usados pelas famílias para obter controle da produção local e dos recursos naturais, como o ferro e o âmbar (Magnus, 2005, p. 25).

O conhecimento dos tipos de armamentos utilizados especialmente pelos membros mais elevados das sociedades germânicas é possível por meio dos diversos remanescentes que foram preservados em sepultamentos. Tanto o tipo quanto a quantidade dos armamentos presentes nestes locais colaboraram para determinar a posição do indivíduo na hierarquia militar, quanto ao papel simbólico destas armas. No fim da Idade do Ferro germânica, existiram paralelos muito grandes entre o reino franco com a região escandinava, no tocante aos tipos de armas, composição do armamento, simbolismos nas sepulturas e a organização militar. A elite militar acabou constituindo uma das principais marcas da Escandinávia neste momento, como podemos constatar pelos sepultamentos. Os navios comandados por guerreiros colaboram para desenvolver uma supremacia marítima da região escandinava na transição da Idade do Ferro para a Era Viking, mas ela possui certamente uma origem objetiva nas organizações militares germânicas (Nielsen, 2016, p. 230-231).

O surgimento dos daneses

Os daneses (ou danos, em latim: *dani*) teriam sido uma tribo germânica que viveu nas ilhas dinamarquesas e, posteriormente, na região da Jutlândia. A sua existência como um referencial étnico da maior parte da população dinamarquesa antiga é alvo de debate até nossos dias, mas geralmente se aceita o referencial que o termo latino tem antecedentes mais antigos e a formação de uma identidade regional seria confirmada pela Arqueologia (Price, 2021, p. 104).

No período entre os anos de 500 e 550, os dinamarqueses são mencionados três vezes na literatura antiga tardia. Gregório de Tours menciona em sua *Historia Francorum* que o rei danês Chochilaicus atacou as costas do reino franco no ano 515 d.C. Procópio de Cesareia (*De Bello Gothico*) situa os *Danoi* em algum lugar na viagem de volta da região dos hérulos na Europa, enquanto Jordanes (*Gética*, século VI) menciona os *Dani* na sua alusão à Ilha de *Scandza*, onde também os *suécidos*, de quem se diz que os daneses descendem, viveriam. Também no fim do século VII, a *Ravennatis Anonymi Cosmographia* aponta que a terra dos nórdicos desde os tempos antigos era habitada pelos *Dania*. Os manuscritos *Beowulf e Widsith* (supostamente composto nos séculos VII e VIII) apontam várias denominações derivadas: *Dena land; Nord-Denum; Sud-Dena folc; mid Sud-Denum* (Skre, 2020, p. 204; Tillisch, 2009, p. 229; Duczko, 2009, p. 59-60).

Mais importante do que tentar verificar a existência de supostos personalidades históricas nas fontes latinas (como o referido Rei Chlochilaicus), o arqueólogo Søren Tillisch tenta perceber como as elites do noroeste europeu (os francos) autopercebiam a figura do "outro" nos daneses – estes, por sua vez, são claramente uma fonte de poder no mundo social do sul da Escandinávia a partir dos anos 500. Neste caso, os vestígios arqueológicos não podem comprovar diretamente a existência de uma etnia, mas sim, uma concentração de poder reconhecido, como percebemos nos sítios de Himlingøje (Zelândia) e Gudme-Lundeborg (Fiônia). Os daneses teriam sido um grupo tribal que intensificou o seu poder no sudoeste da Escandinávia com o avançar do fim da Idade do Ferro. Entre os séculos VI e VIII não teria existido um único rei centralizador, mas diversas realezas locais. Provavelmente teria existido uma conexão entre uma expressão artística e arquitetônica da corte real do sul da Escandinávia e o surgimento de um nome popular que foi encontrado em diversas fontes históricas do período: os daneses (Tillisch, 2009, p. 229-231), mas essa relação ainda é frágil e polêmica.

O interessante é que as fontes latinas apresentam o reino dos daneses dividos em dois, a partir do século VIII: Alcuíno na *Vita Willibrordi* comenta sobre os "ferocissimos Danorum populos". Os *Annales Regni Francorum* mencionam sobre "ad Sigfridum Danorum regem". E a partir do século IX, começa a ser citada a *marca dos daneses*, além dos ataques piratas (Duczko, 2009, p. 60), que veremos depois no capítulo 4.

E também alguns pesquisadores questionam o uso do termo danês para algum tipo de identidade etnogênica objetivamente definida, antes e durante a Era Viking. O historiador Eric Christiansen (2006, p. 117-121), por exemplo, concebe que o termo também se refere nas fontes anglo-saxãs e latinas a uma generalização de habitante; homem; guerreiro; "nórdico' ou habitante das terras nórdicas; aos nórdicos de Dublin; aos descendentes da região do *Danelaw* da Inglaterra, além dos habitantes da Dinamarca antiga.

28

Para ele, não existiriam provas arqueológicas e históricas suficientes para determinar um sentimento social ou uma identidade comum dentro do conceito de *danês* (p. 121).

Do mesmo modo, o historiador Elton Medeiros aponta a problemática da identificação de povos "reais" no poema *Beowulf*, sendo este tradicionalmente utilizado para referendar conceitos nacionalistas desde o Oitocentos (o proto-viking lendário). Para ele, os daneses seriam sem dúvida um povo real do medievo escandinavo (Medeiros, 2020, p. 167), mas se compararmos *Beowulf* (*Dena*) com outras fontes anglo-saxônicas (O poema *A captura das setes cidadelas, Daene*), o primeiro é um termo referente a uma população mítica, enquanto o segundo se refere a uma identidade local derivada das ações políticas e locais da casa régia de Wessex (p. 174). Ou seja, danês seria uma definição sociopolítica variável (p. 178) e a palavra *Dani* também seria intercambiável nas fontes francas e anglo-saxãs, ao se referir às atividades dos nórdicos fora da Escandinávia (Downham, 2012, p. 4).

Ainda estudando tanto a área anglo-saxônica quanto fontes escandinavas medievais, o pesquisador Carl Edlund Anderson concluiu que danês foi empregado como um conceito aplicado em certas situações a todos os escandinavos falantes de línguas germânicas durante o período pré-viking, mas que depois foi associado ao sentido de "dinamarquês", durante a Era Viking (Anderson, 2000, p. 1-13).

De um ponto de vista estritamente arqueológico, as pesquisas mais recentes se dividem nos que tentam demonstrar que houve uma homogeneidade na cultura material em correspondência com o contexto político na região da Dinamarca (para um elencar de autores, cf. Skre, 2020, p. 209-210), em contraposição dos que demonstram que não tenha existido uma "cultura danesa" comum para toda a extensão do reino danês durante a Era Viking, apesar de existirem fronteiras culturais bem demarcadas ao norte e ao sul da península dinamarquesa, também ocorriam diferenciações em cada província (especificamente as regiões da Jutlândia, da Zelândia e da Escânia). O reino seria controlado por uma elite pequena e muito móvel, agindo em torno de um rei (Sindbaek, 2008b, p. 169-228).

Novas pesquisas revelam um grupo homogêneo até 300 d.C., na maior parte da península da Jutlândia e as ilhas dinamarquesas. Nesta época, outros grupos migraram do norte da Escandinávia e das regiões da Polônia e

Mar Negro. Mais tarde, por volta de 500 d.C., os dinamarqueses antigos receberam influxos genéticos de populações do sul, especialmente da Áustria, Alemanha e França. A região mais "mista" foi a Ilha da Langelândia, seguida da Jutlândia, enquanto as ilhas da Zelândia e da Fiônia foram as menos misturadas. Entre o período de 500 a 1000 d.C. os padrões de ancestralidade sugerem o desaparecimento regional ou uma fusão substancial destes ancestrais em várias regiões (Speidel *et al.*, 2024, p. 8, 15).

De nossa parte, aqui reiteramos o que declaramos sobre o conceito de germanos em geral: um determinado grupo, classe ou parcela político-guerreira da sociedade no sul da Escandinávia, projetou sobre vários grupos a sua própria identidade – a dos daneses (cf. Antonsson, 2020, p. 14), e é por meio dela que as fontes latinas e anglo-saxãs foram registradas – geralmente os escritores tiveram algum tipo de informação advinda dos grupos piratas e guerreiros assolando a sua costa ou interagindo com seu reino (como na mencionada Inglaterra do século X). A formação de um grupo centralizador homogêneo e a unificação sociopolítica no sul da Escandinávia a partir do século VIII trouxe à tona diversos conflitos e a criação de uma identidade étnica comum, que antes era apenas inconsciente. Este "proto-Estado" em vias de centralização possuía diversos grupos étnicos distintos (os subgrupos conhecidos como Escanianos, Halandianos, Pleicani, Daneses do Norte, Daneses do Sul e Daneses das ilhas), criando uma autoidentidade dentro de um único conceito de danês (Thurston, 2002, p. 11-12).

Pelo menos a questão de uma identificação suprarregional geográfica é algo bem demarcado pelas fontes históricas estrangeiras e escandinavas (rúnicas) em torno do conceito de Dinamarca, Suécia e Noruega durante o século X (McLeod, 2008, p. 3-16). E no sul da Escandinávia, uma elite em torno de um grupo homogêneo, vai favorecer uma política de centralização, voltando-se a adotar o referencial danês para toda a população – evidenciada na pedra rúnica de Jelling do século X, como veremos no capítulo 4.

Localidades centrais, monarquias e comércio

No material de origem arqueológica, as primeiras localidades centrais no sul da Escandinávia aparecem em 200 d.C., no fim da Idade do Ferro romana – em Gudme, Ilha da Fiônia, com o mercado de praia próximo em Lundeborg. Mas o que seria uma localidade central? Trata-se de uma espécie de povoado (ou protocidade) que adquiriu diversas funções importantes com o tempo, como aspectos econômicos, religiosos, políticos e administrativos, tornando-se um ponto central para uma comunidade ou uma região. O seu conceito provém da geografia e estabelece uma rede de relações sociais em uma dada espacialidade e vem sendo amplamente aplicado na Arqueologia escandinava (Rahman, 2012, p. 4-7).

O complexo de Gudme (que já tratamos rapidamente na seção da Idade do Ferro romana) possuí vestígios de culto (topônimos, bracteatas de ouro), foi a residência de magnatas (edifício que foram salões), oficinas (produzindo produtos semimanufaturados), porto comercial e um mercado (Lundeborg), força militar (descobertas de armas) e grande população (o cemitério em Møllegårdsmarken). Importante para a nossa compreensão é que essas funções estão espalhadas por vários locais da paisagem ao redor do Lago Gudme (Nässman, 2006, p. 215-216). Em Gudme foram encontradas 2.100 sepulturas por inumação. O seu sítio principal abrangia duas grandes casas comunais e a área total da fazenda alcançava 14 x 9km (Magnus, 2005, p. 36).

A toponímia no entorno deste centro já indica uma tradição religiosa acentuada: *Gudme* (casa dos deuses), *Balbjerg* (colina dos sacrifícios), *Albjerg* (colina sagrada), *Gudbjerg* (colina dos deuses) e recentemente foi referenciado como um local estruturado pelo referencial da cosmologia nórdica. Foi um local especial, com muita riqueza, um povoado antecipando as cidades medievais, um grande e longo salão com funções políticas e religiosas, tudo em uma mesma região. Assim, durante a Idade do Ferro germânica, existiu um centro cujo governante combinava ao mesmo tempo o controle comercial, político e religioso. Gudme vai antecipar o tipo de estrutura de poder que será comum durante a posterior Era Viking (Price, 2015, p. 266-270).

Apenas alguns poucos locais puderam também ser qualificados como localidades centrais na Escandinávia da Idade do Ferro, mas o número aumenta nos séculos seguintes. Por volta de 700 d.C. existiam localidades centrais em praticamente todos os assentamentos no sul da Escandinávia. As localidades centrais atuavam como importantes centros religiosos de uma região, fornecendo a possibilidade para as pessoas entrarem em contato com suas divindades e ao mesmo tempo atenderem às suas necessidades sociais e políticas (Nässman, 2006, p. 215-216; Gunnell, 2001, p. 6).

Após o século IV, as elites institucionalizaram a sua legitimidade para governar e controlar o comércio. Este também foi o período que se consolidaram as construções dos grandes salões e as grandes propriedades por toda a Escandinávia – as localidades centrais (Price, 2015, p. 319). A crescente importância do comércio marítimo levou ao estabelecimento de uma grande quantidade de portos e locais de parada ao longo da costa dinamarquesa. Também como consequência do incremento náutico foram o processamento de linho, além da fiação e tecelagem de têxteis para a produção e reparação de velas dos navios – estes criados pelos constantes contatos com o mundo externo da época. A rota comercial entre Inglaterra e Escandinávia, implementada pelos frísios e a cidade de Dorestad desde o século VI, influenciou o estabelecimento de Ribe, na Jutlândia, no início do século VIII. Nesta mesma época, Dorestad havia sido conquistada pelos francos, tornado Ribe uma opção alternativa do comércio do Mar do Norte. A criação de linhas defensivas dos daneses no sul da Jutlândia, também demonstra a pressão política efetuada pelos francos no norte europeu e, ao mesmo tempo, a existência de uma força política danesa capaz de defender as fronteiras de sua região, dos mercadores e de garantir a emissão das taxas e o retorno dos comerciantes a navio. Neste mesmo contexto, outros mercados são criados na Escandinávia: Kaupang, no sul da Noruega; Birka, na Suécia e Haithabu, na área do Danevirke (Nielsen, 2016, p. 231-232).

Apesar de não existirem sepulturas reais durante o século VII ou VIII na região danesa (ao modo de Sutton Hoo na Inglaterra ou Vendel e Valsgärde na Suécia), existem indícios da uma residência real na Zelândia, região do Laǵo Tissø, datada do século VI e medindo 38m de comprimento. Ela foi construída com madeiras enormes. Esta residência foi cercada por uma paliçada e tinha quatro vezes o tamanho de uma fazenda da época, sugerindo que se tratava de uma grande aristocrata ou liderança real. Após um incêndio em torno do ano 700, a fazenda foi movida para Fugledegård, 500m mais ao sul. Esta fazenda permaneceu em uso até o fim da Era Viking (Nielsen, 2016, p. 232). Voltaremos a comentar sobre ela no capítulo 2, quando iniciaremos os estudos sobre a Era Viking.

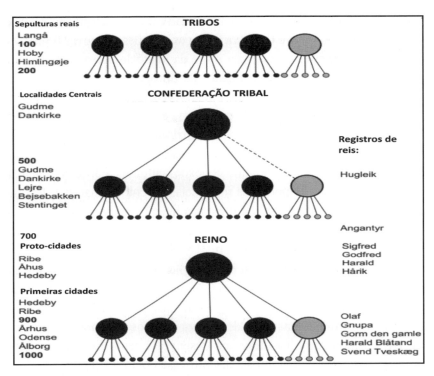

Figura 5: *Modelo para a transformação das estruturas sociais e políticas da Escandinávia da Idade do Ferro e início da Era Viking*: Tribos; Confederação Tribal; Reino. Adaptado de Näsman, 2006, p. 227. A forma dominante de estrutura política durante o início da Idade do Ferro foi a das tribos, sendo substituída após o Período das Migrações pela confederação tribal. Depois do ano 700, a forma dominante passa a ser o reino, unificando tribos regionais. *Primeira fase (tribo)*: os círculos maiores são grupos de pessoas – tribos, clãs ou linhagens – e os círculos menores são povoações autônomas. O círculo cinza é de uma liderança mais poderosa entre os grupos de pessoas. *Segunda fase (Confederação tribal)*: surgem pequenos reis ou lideranças – a linha pontilhada para o líder supremo da confederação implica menos integração. *Terceira fase (Reino)* – os reis mencionados historicamente são indicados do lado direto, no início da fase dos reinos. O diagrama também mostra os locais importantes destas três fases e a mudança das *localidades centrais* para as protocidades (Price, 2015, p. 318).

Mas afinal, qual era o panorama político da região dinamarquesa durante este período? Muitos arqueólogos percebem o surgimento etnogenético dos daneses como um processo tardio e inclusive questionam o termo *reino danês* (rigsdannelsen) para períodos anteriores ao século X, preferindo o conceito de *confederação danesa* (danernes rigssamling). O surgimento tanto da confederação quanto de um reino, só pode ser compreendido levando em conta o contexto norte europeu desta época. As confederações dos grupos germânicos foi um resultado da pressão e influência romana. Os ricos assentamentos em Gudme e Uppåkra foram expressões das novas forças econômicas que passaram a caracterizar o fim da Idade do Ferro no norte europeu. No século V, as ligações e contatos da Europa Oriental com a Central ficaram enfraquecidas, favorecendo a posição-chave da área danesa entre o Mar do Norte e o Báltico, entre a Escandinávia e o continente. No século VII, a cultura merovíngia passa a ter uma posição dominante e influente na Escandinávia e após o século VIII, a cultura dos francos, a carolíngia e a da Saxônia Ocidental estabeleceram importantes conexões culturais. Particularmente, os francos estabeleceram importantes influências na cultura material, fenômenos sociais e políticos. Assim, por meio das ligações entre os seus vizinhos, o sul da Escandinávia tornou-se durante o século VII uma zona comercial do noroeste da Europa (Nässman, 2006, p. 215-218).

Também destacamos que as terminologias antigas para os principais líderes (*þiudans, dróttin, konungr*) sofreram variações de sentido ou tiveram vários significados, sendo por vezes governantes, senhores da guerra e reis. Não havia uniformidade na ideia de realeza entre os germanos dos séculos V ao IX e a monarquia não teve um desenvolvimento linear e uniforme (Skre, 2020, p. 198). Voltaremos a discutir esse ponto no capítulo 4.

As crenças religiosas dos germanos antigos

Estudar as antigas crenças pré-cristãs dos germanos é um tema complexo: as fontes históricas são fragmentadas e estão inseridas em um grande esquema de filtragem ideológica dos escritores romanos sobre as culturas não latinas. Por sua vez, os vestígios arqueológicos nem sempre confirmam as fontes escritas, necessitando sempre de uma visão crítica e atualizada sobre este campo (Todd, 1990, p. 118). Outra dificuldade é que as diferenças geográficas, linguísticas e culturais que ocorreram entre o início da Idade do Ferro e o Período das Migrações impossibilitam o uso conceitual de uma "religião germânica", ou ainda, quem sabe, ela nunca tenha existido como uma entidade única (Simek, 2013, p. 291). Não existiu instituições nem qualquer tipo de "unificação ou unidade" religiosa no mundo germânico antigo (Gudar, 2011).

Os pesquisadores geralmente separam as crenças germânicas antigas em dois grupos principais de culto: os que envolvem a fertilidade e a guerra. Outros ainda estabelecem um terceiro: os deuses da vida comunitária (Bérnardez, 2010, p. 57).

A fertilidade envolve basicamente as figuras de deusas, sendo a mais famosa Nerthus, descrita por Tácito (*De origine et situ Germanorum,* século I d.C.). O centro de seu culto estava relacionado com a procissão de uma carroça, dentro de uma época de paz sagrada e a interdição de armas, além do sacrifício de escravos juntos à carroça transportando a estátua da deusa em um lago. As principais regiões do seu culto foram as ilhas dinamarquesas e a região oeste do Rio Elba. A descoberta das duas carroças de Dejbjerg (Dejberg I, datada de 100 a.C.; Dejberg II, datada de 1-400 d.C.), deliberadamente depositada em um pântano do oeste da Jutlândia, poderia ter relação com este culto, que pode ter subsistido até a Idade do Ferro germânica (Todd, 1990, p. 121). Outras carroças depositadas para cultos em pântanos também são consideradas precursoras e inspiradoras dos simbolismos que serão elaborados da Era Viking: Rappendam, na Zelândia, do qual foram descobertos fragmentos junto à diversos restos animais; Tranbaer, encontrada em sul de Vejle, no sudoeste da Zelândia. Ambas têm indicações que foram utilizadas em sacrifícios ou ritos funerários, sempre em conexões com indivíduos de alta hierarquia ou *status* (Pevan, 2019, 11-17).

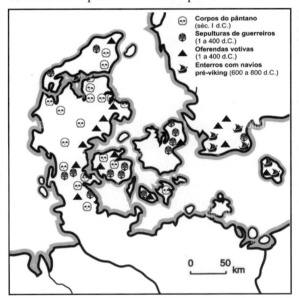

Figura 6: *Principais sítios arqueológicos com intenções religiosas na Dinamarca da Idade do Ferro.* Mapa do autor, baseado em Haywood, 1995, p. 25. A área com maior concentração de sítios é a Jutlândia, seguida da Ilha da Fiônia. As áreas com indícios de sacrifícios em pântanos ainda são as mais quantitativas – apesar de talvez originalmente não terem sido as mais importantes, mas as que tiveram melhor preservação arqueológica (Simek, 2013, p. 295).

Tácito ainda descreve uma grande quantidade de deusas que eram veneradas nas províncias romanas controladas pelos romanos. Mas especialmente importante era o culto as três matronas, cujo ritual não era exclusivamente germânico, também ocorrendo na Itália e Gália, sendo levado até regiões fronteiriças, como a Inglaterra, pelos legionários – o que levou o pesquisador alemão Rudolf Simek a considerar uma área de culto germâni-co-romano-céltica (Simek, 2013, p. 294).

Os cultos à guerra ocuparam um lugar privilegiado a partir da Idade do Ferro germânica. As fontes latinas são abundantes em relatos de prisioneiros de guerra que eram sacrificados, geralmente para conceder sorte nas batalhas. *Wodan* era uma das divindades guerreiras, também associado ao comércio e a condução das almas dos mortos para o mundo subterrâneo. Outro deus guerreiro, *Tiwaz*, reinava sobre o campo de batalha e o mundo da ordem e da lei, além de envolver uma festividade religiosa anual com a consagração de um bovídeo sagrado. O terceiro foi *Donar*, símbolo de força física e combate, associado especialmente com as florestas e o mundo natural (Todd, 1990, p. 118-120). Alguns indícios arqueológicos e toponímicos apontam que no Período das Migrações os principais deuses da guerra e da força em batalha foram Ullr e Tiwaz, sendo depois substituídos pelo deus Wodan ao fim da Idade do Ferro (Gudar, 2011).

O principal local com atividades rituais na Dinamarca de toda a Idade do Ferro foi a península da Jutlândia, seguida da Ilha da Fiônia: Vimose (Fiônia) e Nydam (Jutlândia) ocupam o centro de uma extensa rede de espaços rituais, atingindo amplas populações (cf. figura 6). Mas se isso foi uma consequência da liderança de alguma tribo ou influência de algum tipo de liga religiosa, é uma questão que permanece problemática. Também o encontro de estátuas antropomórficas pode indicar diferentes variações em torno de uma espacialidade sagrada ou da presença de santuários: Broddebjerg e Rosbjergaard (ambos na Jutlândia) podem ter assumido as funções de um espaço com caráter sacro (Todd, 1990, p. 129, 131). Outros pesquisadores percebem que a incidência destes locais indica uma organização social centralizada por uma pequena chefia que tinha em um pântano o seu santuário particular, usado por séculos – o local era mais importante em si do que o nome ou culto a uma divindade em particular. A natureza das oferendas mudou muito com o tempo. No início da Idade do Ferro eram recipientes cerâmicos com alimentos, mas durante a Idade do Ferro romana mudou para armas e joias. Também os sacrifícios públicos exigiam uma regularidade baseada em calendário, além da existência de banquetes comunais. Mas nada sobreviveu além dos vestígios materiais: não existem indícios para reconstituir os seus ritos, nem música, orações ou cantos (Simek, 2013, p. 295-296).

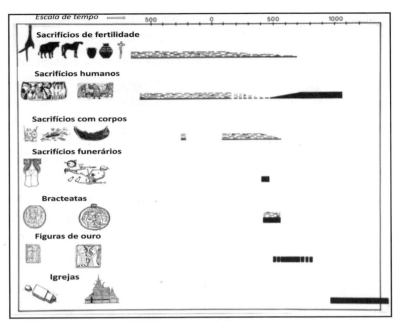

Figura 7: *Tabela das variações religiosas ao longo do tempo na Arqueologia da Dinamarca (500 a.C. a 1000 d.C.).* Os sacrifícios em terra úmida são marcados com sombreamento claro, os achados em terra seca com cor preta. Na Dinamarca pré-cristã, uma descontinuidade no local de culto é vista no Período das Migrações (séculos V-VI d.C.) e uma outra descontinuidade religiosa na Era Viking (séculos VIII a XI d.C.). Tabela do autor, adaptada de Näsman, 2006, p. 222.

A primeira grande mudança na prática religiosa da área dinamarquesa ocorreu com relação aos tipos de objetos que eram depositados nos pântanos. No período pré-romanos, a maioria destes vestígios eram constituídos por objetos de luxo provindos de áreas externas ao mundo germânico, bem como da área celta e romana. Durante a Idade do Ferro romana, os depósitos ritualísticos passam a ser formados especialmente por objetos militares (espadas, lanças, escudos e rédeas de cavalo). A partir do século V, já durante a Idade do Ferro germânica, os materiais votivos eram constituídos essencialmente por artefatos de ouro, como anéis, braceletes, colares e bracteatas (Ayoub, 2014, p. 44-57).

Os pesquisadores acreditam que os pântanos foram interpretados como localidades que simbolicamente eram considerados pontos de divisão entre os mundos (terrestre e celeste, domesticado e natural, deuses e homens) (Hedeager, 2011, p. 173), ou então, eram importantes locais para a subsistência humana, fornecendo água e peixe para os alimentos, as bases principais do cotidiano na Idade do Ferro (Ayoub, 2014, p. 53).

Aproximadamente em 500 d.C., os povos dinamarqueses pararam em grande parte de usar lagos e pântanos para sacrifícios tradicionais (figura 7). Para o arqueólogo Malcolm Todd, o culto aos deuses da guerra teria suplantado o culto à fertilidade: a religião mudou com as transformações sociais (Todd, 1990, p. 124). Desta maneira, os locais de culto foram transferidos dos pântanos para as residências dos magnatas, líderes religiosos ou reis (Gunnell, 2001, p. 17). Tanto no continente quanto no sul da Escandinávia, a natureza dos cultos parece ter recebido uma ampla mudança: os pântanos perdem a importância e as localidades que mantinham algum tipo de poder político-secular passam a centralizar os principais rituais (Simek, 2013, p. 299).

Após o Período das Migrações, os objetos utilizados ritualmente foram encontrados em ligação com edifícios e em terra firme. É surpreendente que muitos achados estejam ligados aos salões ou edifícios de culto nas residências das elites locais. Estes achados arqueológicos demostram que existiu um pano de fundo material para as descrições de assembleias e tribunais das fontes escritas. Isto também sugere uma mudança em que uma elite assumiu o controle do culto, do ritual e da religião em uma nova perspectiva – *a prática religiosa se tornou uma tradição ligada aos poderes políticos*. Pode-se imaginar que a elite tenha adquirido esta nova posição social forte como resultado dos resultados alcançados no período de extrema agitação de 200-500 d.C. (o Período das Migrações), bem como uma consequência social do grande cataclisma do século VI. No fim da Idade do Ferro germânica com o advento da Era Viking, houve outras mudanças religiosas, mas sempre dentro de uma continuidade do poder das elites atrelado com os principais cultos. No século IX, as elites também participam da cristianização, construindo as igrejas nos mesmos locais das antigas edificações "pagãs" (Näsman, 2006, p. 221-223).

Durante o fim da Idade do Ferro tiveram início a construção de *edificações de culto* (figura 8) – um termo mais técnico e menos faustoso para templos, no qual alguns arqueólogos procuram se distanciar dos exageros e fantasias dos textos medievais sobre o mesmo tema – são estruturas especializadas para fins puramente religiosos, independentes de seu tamanho e de suas similitudes ou diferenças com as fontes escritas. Elas são edificações (geralmente fechadas) e locais onde o culto foi a prática predominante e de forma contínua, ou ainda, foi um local edificado para fins sagrados e separado das demais operações sociais, além de ter funções de conexão com o sobrenatural (Lundquist, 1983, p. 84-111). Alguns escandinavistas preferem evitar o termo templo para as edificações especializadas em rituais na Escandinávia antiga (e adotar algo "mais neutro" como casas ou edifícios de culto), porque os usos empíricos destes locais ainda seriam em parte desconhecidos e, por outro lado, o uso analítico do conceito de templo remeteria quase sempre aos modelos culturais greco-romanos, mediterrânicos e cristãos (Sundqvist, 2016, p. 106-110). Neste presente livro, vamos conservar o termo "edificação de culto" para estruturas fechadas do qual foram encontrados vestígios de ritos e "santuário" para locais abertos onde se praticavam algum tipo de intenção religiosa.

Assim, além do espaço dos grandes salões (casas comunais), onde se mesclavam usos político-militares e religiosos, também existiram edificações específicas para rituais e atividades de culto do qual sabemos ainda muito pouco. Alguns postulam suas principais características: são sempre vinculadas a grandes fazendas; possuem um único cômodo; são destacadas em suas posições nas fazendas; nunca apresentam indícios de preparação de comida ou resquícios de manufatura; os objetos deste local se diferenciam dos encontrados em outras edificações do mesmo período (Herschend, 1993, p. 182-183).

Um importante santuário dedicado a Wotan foi construído entre os séculos 150 a 450 d.C. em Stavsager Høj (Jutlândia, próximo a Ribe, figuras 6 e 7), abrigando dezenas de túmulos e principalmente, uma edificação fechada que continha em sua entrada uma disposição de 50 lanças cravadas no solo em torno de dois postes da entrada, o que atestaria uma função de edifício de culto ao local. Os túmulos do local continham vestígios de pérolas, anéis de ouro e taças de vidro originadas do Mar Negro. O arqueólogo Lars Grundvad compara o local com outra referência dos antigos germanos: o culto à deusa Nerthus, citada por Tácito em sua famosa obra Germânia (*De origine et situ Germanorum*), do século I d.C, devido ao encontro de uma carroça próxima da edificação (Kristensen, 2023, episódio 4: Den romerske gud). Também neste local houve uma destruição deliberada de acessórios para cintos, broches e chifres para beber (indicando uma intenção ritual). A edificação também foi utilizada de modo quase inalterado da Idade do Ferro romana até a Era Viking e a região onde se situa hoje tem o nome do deus Freyr (Grundvad, 2021, p. 119, 136-137).

Mas essa tendência não foi apenas na região dinamarquesa, também ocorrendo outros casos de edificações rituais na Noruega da Idade do Ferro, como em Maere em Trøndelag, escavado nos anos de 1960 e que apresentou indícios de duas edificações religiosas do Período de Migrações até o fim da Era Viking. Uma das grandes evidências encontradas foram diversas placas de ouro com figurações (*guldgubber*). Esta edificação de culto foi originalmente construída em madeira e, posteriormente, durante o fim do século XII, ergueu-se uma igreja de pedra – sendo a primeira evidência de uma continuidade entre as duas religiosidades na Escandinávia (Lidén, 1969, p. 3-21). Este local foi mencionado na *Saga de Håkon*, o bom, associado com rituais, sendo atualmente ainda ocupado pela igreja de pedra (Blewit, 2014, p. 61-63). A toponímia também confirma a localidade de Maere como um antigo e importante espaço de rituais pré-cristãos (Sundqvist, 2016, p. 143).

Para Terry Gunnell, o *hof* (islandês antigo), seria a principal edificação da religiosidade das localidades centrais (que examinamos anteriormente), existindo na Islândia, Noruega e Suécia, sendo principalmente a residência das chefias (os salões longos), mas para outros, a sua semântica seria extremamente variável e com diferentes sentidos nas fontes escritas (Sundqvist, 2016, p. 143). O *hof* contém poucos indícios de ter sido uma habitação ou local de manufatura, sendo antes locais especializados na esfera religiosa e política, a grande maioria edificada ainda no Período das Migrações e se mantendo até o momento que algumas foram convertidas em igrejas, a partir do século X d.C. Um elemento importante e comum tanto nas edificações religiosas quanto nos grandes salões é a presença de amuletos – pequenas e finas placas de ouro com figurações geralmente de um casal hierogâmico (*guldgubber*), que indicam questões mítico-religiosas destas localidades. Muitos são encontrados na base dos pilares das edificações citadas. Outro elemento importante era o altar elevado (Gunnell, 2001, p. 3-25). Vamos aprofundar estes conceitos mais adiante, quando tratarmos de edificações de culto na Era Viking no capítulo 2.

Também na Inglaterra anglo-saxônica temos exemplos de estruturas religiosas. Em Yeavering, uma das residências dos reis da Nortúmbria, existiu uma edificação entre os séculos VI e VIII onde habitava o rei (*heall*), alinhado com um edifício de uso comunitário e religioso, ocupado a partir do século VII por uma igreja cristã. Durante o período pré-cristã do referido edifício, animais sacrificados eram enterrados na sua porta. Ao lado dos dois conjuntos, havia uma espécie de anfiteatro para as reuniões (Bérnardez, 1990, p. 63). Esta edificação, conhecida como estrutura D2a, com o tamanho de cerca de 5,5 por 11m, tinha um enorme poste externo no canto norte e três postes internos no extremo sul, além de uma cerca à volta da entrada. Dentro da porta leste havia uma enorme pilha de ossos de boi e crânios. O salão era de planta retangular, com paredes internas de pau a pique reforçadas externamente por madeira, enquanto ao lado havia um segundo prédio menor que poderia ter servido como local onde a comida era preparada. O edifício poderia ter sido utilizado para sacrifícios realizados em determinados momentos do ano (Niles, 2013, p. 309; Cardoso, 2004, p. 30; Davidson, 2001, p. 22-23). Também o edifício D2a foi utilizado em congruência com atividades seculares e religiosas no grande salão A2 – este apresentando um padrão semelhante aos grandes salões escandinavos (Walker, 2010, p. 96-98).

Após o Período das Migrações as crenças religiosas se tornam muito mais complexas e recebem diversas variações sociais e geográficas. Por mais que os povos germânicos tenham uma base em comum, de um ponto de vista linguístico e cultural, não é possível traçar uma linha de continuidade temporal absoluta entre eles, de um ponto de vista das crenças. Assim, temos três problemas metodológicos básicos para o estudo da antiguidade germânica no fim da Idade do Ferro. Primeiro, existe uma variação e disparidade temporal, geográfica e social que impossibilita uma uniformidade de práticas dentro de um conceito fechado chamado "paganismo ou religião germânica" (Fell, 1980, p. 33; Simek, 2013, p. 292; Niles, 2013, p. 305). Em segundo, o problema da questão do conteúdo das fontes escritas: a utilização das fontes medievais escandinavas – tardias, apresentando muitas variações históricas da experiência pré-cristã nórdica geralmente ao fim da Era Viking, mas também com diversos adendos posteriores e filtragens cristãs; as fontes latinas e vernaculares antigas – também com diversas filtragens cristãs. Em terceiro, a imagem nas fontes escritas apresenta equivocadamente o sistema de crenças pré-cristãos dos povos germânicos como sendo sistematizado, coerente, institucional, hierarquizado, uniforme e em termos cosmológicos, organizado e coerente.

Assim, a utilização dos dados arqueológicos com as fontes escritas sobre o tema deve partir de debates que contemplem tanto a dinâmica interna de cada tipo de fonte (a cultura material é diferente da escrita), como uma comparação entre elas (existem pontos em comum, mas também divergências) e suas múltiplas derivações do ponto de vista geográfico (comparando dados arqueológicos e fontes escritas da área danesa com outras áreas germânicas da mesma época). Com isso podemos obter o seguinte quadro após o século VII: 1) Ausência de sacerdotes profissionais ou de uma hierarquia sacerdotal; 2) A maior parte dos cultos eram realizados ao ar livre, em campos, montanhas, florestas, rochedos, rios, pântanos; 3) Alguns ritos eram realizados em edificações fechadas de pequeno tamanho, mas somente em poucas áreas e acessível somente a algumas pessoas, geralmente da aristocracia ou realeza; 4) Os cultos e rituais tinham diferenças sociais, agrupadas em dois grandes grupos: a aristocracia guerreira e a configuração das fazendas; 5) Existiam diferenças regionais, com diversas variações, mas as crenças quanto ao nível social têm uma larga difusão – a aristocracia vai privilegiar o culto guerreiro especialmente a deuses Wodan/Odin (e em menor escala a Tiwaz/Tyr e Thunor/Thor), enquanto os camponeses mantinham uma grande adoração a seres sobrenaturais, encantamentos e práticas mágicas e curativas, ou então a deidades relacionadas com a fertilidade; 6) A experiência religiosa é frequentemente constituída de sincretismos, hibridizações entre formas mais antigas, bem como entre múltiplas experiências entre cada estrato social (o culto aos deuses da aristocracia e os cultos populares, ligados ao cotidiano rural) (Nordberg, 2019, p. 339-360), mas não existindo uma única religião ou prática religiosa institucionalizada de forma geral.

A crise climática do século VI

Em 536, 540 e 547 d.C. ocorreram os maiores eventos catastróficos da história do norte europeu dos últimos 2 mil anos: a erupção do vulcão Ilopango (atual El Salvador) e possivelmente duas erupções na Islândia, provocando o resfriamento climático da região, que ficou conhecido em inglês como *dust veil* ("véu de poeira"). A ejeção de enxofre e detritos na atmosfera fez com que a radiação solar fosse diminuída, tendo como consequência a perda de colheitas, abandono de povoações, fome e milhões de mortos – iniciando uma pequena Era do Gelo, situada entre 536 a 560 (Büntgen, 2022, p. 2.337). Em recentes análises de padrões de lascas de carvalhos dinamarquesas, a bióloga Claudia Baittinger concluiu que após o século VI d.C. houve uma diminuição do padrão de luz solar, confirmando a intensa atividade vulcânica deste período – criando verões extremamente fracos – o que para a Escandinávia foi uma catástrofe, possivelmente a origem do *Fimbulvinter* – o longo inverno que antecederia o caos supremo, o *Ragnarök* da Mitologia Nórdica (Kristensen, 2023, episódio 6: Ragnarok).

Entre os séculos VI e VII houve um grande declínio no número de assentamentos e atividade humana em geral na Escandinávia. Diversos povoados foram abandonados, enquanto sepultamentos suntuosos desapareceram e florestas voltaram a crescer (indicando falta de atividade humana). Algumas estimativas apontam que o impacto climático tenha reduzido a população escandinava pela metade (Price, 2021, p. 89, 94).

Também diversas fontes contemporâneas ao ano de 536 (especialmente do mediterrâneo), confirmam o obscurecimento do Sol e a Lua durante o ano, além do fato de que diversos depósitos de tesouros e objetos podem ter sido originados para tentar "aplacar" a ausência do sol durante o seu ciclo normal (Axboe, 1999, p. 186-188). Muitos destes artefatos (como as bracteatas, que veremos na seção seguinte) foram encontrados amassados e enterrados propositalmente na Dinamarca, talvez com a intenção de sanar a grande crise em que o mundo transcorria naqueles tempos (Kristensen, 2023, episódio 6: Ragnarok).

Neste momento de crise, antigos cultos solares (que predominavam desde a Idade do Bronze) foram abandonados e a Escandinávia passa por um novo incremento ao culto dos deuses germânicos, dos quais os ritos odínicos prevalecem entre as aristocracias guerreiras. Uma nova sociedade baseada em novos princípios sociopolíticos emergiu após o século VI: a ascensão de elites militarizadas (Price, 2021, p. 98). Os motivos solares (círculos, espirais, rodas) eram preponderantes na cultura visual da Escandinávia desde a Idade do Bronze (como a famosa carroça solar de Trudholm da Zelândia), fundamentais em culturas agrárias. Estes motivos permaneceram durante a Idade do Ferro, como podemos constatar em várias estelas da Ilha da Gotlândia, no báltico sueco, datadas dos séculos V ao VI (com símbolos centrais apresentando rodas circulares com vários terminais espiralados em Sanda IV, Havor I e Bro). Muitos destes monumentos eram centrais para a comunidade, localizados em cemitérios ou ao longo de estradas, comemorando também os mortos (Price; Gräslund, 2015, p. 118-120).

Após o século VI, as representações e os mitos solares praticamente desaparecem da Escandinávia – e seu término nas representações das estelas gotlandesas é muito claro. Com a crise climática, a falta de visibilidade e do calor solar, os governantes combinam um discurso de liderança política e militar, clamando por uma descendência divina e controlando a esfera dos cultos com deuses antropomórficos (com elementos reconhecíveis na Mitologia Nórdica tardia, como as figurações das diversas estelas gotlandesas realizadas entre os séculos VIII e IX). As referências ao culto solar sobreviveram com aspectos marginais e de forma isolada, sendo preservadas na literatura nórdica medieval durante o século XIII (Andrén, 2020c, p. 1.474-1.480), bem como diversas referências diretas aos fenômenos climáticos do século VI, como escurecimento do Sol, noções de combate entre deuses (ordem) e gigantes (caos), sobrevivência de poucas pessoas e o ressurgimento da vida, todas filtradas pelo referencial cristão medieval na poesia escáldica, *Eddas* e no Kalevala (Price; Gräslund, 2015, 121-127).

Mas quais seriam os vestígios da instituição de uma nova ordem religiosa na Escandinávia, após o cataclisma climático? Como podemos estudar as crenças religiosas deste período? Na próxima seção, veremos um dos mais instigantes e precisos objetos arqueológicos provindos da área dinamarquesa.

Os signos do deus dos corvos: as bracteatas

No início deste capítulo, mencionamos a grande descoberta arqueológica escandinava de 2023, envolvendo as bracteatas. Vamos nos deter agora no estudo destes objetos em geral e também a descoberta em si. O que são as bracteatas? A palavra vem do latim *aureae bracteae* e significa "peça fina de metal". Elas consistem em discos circulares de ouro, usados como medalhões nos pescoços, para o qual possuíam ilhós em que se passavam os cordões (Ayoub, 2018a, p. 107) e foram encontrados em sepulturas por inumação, tesouros, depósitos votivos e algumas vezes como suprimentos de metalurgia (DeHart, 2012, p. 76). Cerca de mil destes objetos foram encontrados até hoje (Magnus, 2005, p. 45). Na área dinamarquesa, elas foram produzidas entre os anos de 450 a 550 d.C. Elas foram recuperadas tanto em contextos masculinos quanto femininos, mas em sepulturas elas aparecem quase que exclusivamente relacionadas com mulheres (Nielsen, 2016, p. 214). As bracteatas atestam um longo contato cultural e comercial entre os habitantes do norte europeu, mas a área de maior concentração são as ilhas dinamarquesas, seguidas do báltico e sul da Suécia. Mas também ocorrem vestígios destes objetos na Inglaterra, Hungria, Polônia e norte da França (Behr, 2006, p. 15-16).

As bracteatas foram divididas em quatro tipos básicos, variando conforme os motivos gravados – tipo A: contém um rosto antropomórfico, tendo como protótipo as moedas e medalhões romanos representando a cabeça do imperador; B: mostra uma ou três figuras antropomórficas, inspiradas no motivo romano da vitória coroando um herói e no deus Marte; C: figura antropomórfica com a cabeça sobre um cavalo ou um cavaleiro, inspirada no motivo romano do imperador a cavalo; D: apresenta figuras zoomórficas ornamentais no estilo germânico e altamente estilizadas (Ayoub, 2018a, p. 107; Nielsen, 2016, p. 214; Davidson, 2001, p. 39). Os antigos germanos não apenas copiavam os motivos romanos, mas os adaptavam aos seus elementos culturais (DeHart, 2012, p. 94) bem como os reinterpretava ao contexto nórdico de maneira ampla (Axboe, 2007, p. 141).

Estes objetos tornaram-se um dos principais ícones materiais do novo mundo instaurado pelos grupos guerreiros do Período das Migrações. Elas se tornam um elemento de identidade na cultura material, preconizado pelos elementos de etnicidade destes grupos, articulando o novo sistema de valores e poderes em uma unidade simbólica. Elas também foram um instrumento político utilizado em associação com crenças religiosas (Hedeager, 2011, p. 40, 55). A grande maioria dos acadêmicos percebe a principal função das bracteatas como sendo amuletos de proteção (Wicker, 2015, p. 29).

Apesar das variações regionais das crenças religiosas germânicas, a difusão das bracteatas apontam uma uniformidade em torno do culto de um deus específico e dos mitos e simbolismos em sua representação. Esse conhecimento foi compartilhado amplamente no norte europeu entre diferentes grupos. A produção destes objetos atesta o papel dos novos poderes políticos onde os materiais eram produzidos. O caráter religioso destes pingentes reforça o papel das localidades centrais para as crenças e rituais deste período (Behr, 2006, p. 24-25).

Muitas bracteatas trazem inscrições rúnicas, e em especial, a de Seeland II-C oferece uma proteção para a viagem de quem a possui. As gravações rúnicas atestam a importância do objeto como instrumento de ação mágica e da relação entre o homem e o sagrado (Ayoub, 2018a, p. 108), fornecendo sorte e proteção aos seus proprietários (Davidson, 2001, p. 39). Um dos principais tipos de bracteata, o tipo C, tem imagens vinculadas por muitos pesquisadores ao deus Odin.

45

Alguns autores do século XIX percebiam as imagens masculinas do tipo C junto a dois animais como sendo o deus Thor e suas duas cabras, enquanto pesquisadores do século XX passaram a identificar nelas representações do deus Odin, todos se atendo aos textos éddicos (Wicker, 2015, p. 27). Mas a mais famosa e seguida identificação de temas da mitologia nórdica com as bracteatas teve início a partir dos anos de 1950, sistematizadas e classificadas em um grande *corpus* (*Ikonographische Katalog*, em três volumes) durante a década de 1970 com Klaus Hauck: este pesquisador alemão definiu que as bracteatas seriam uma fonte especial que criaria um elo entre as formas religiosas do Período das Migrações com as preservadas em fontes tardias do medievo islandês: elas conteriam cenas do deus Wodan e seus corvos no material do tipo C; as cenas do tipo B conteriam cenas da morte do deus Balder e o deus Tyr sendo atacado pelo lobo Fenrir (figura 9, Nielsen, 2016, p. 214; Hedeager, 2011, p. 75, 88). A interpretação central de Hauck seria a de que as imagens preponderantes são as de Odin curando e tendo atitudes xamânicas. Outra via interpretativa foi a de Wolfgang Krause em 1966, que dividiu as bracteatas em dois grandes grupos: as que conteriam fórmulas mágicas e outro, envolvendo mestres rúnicos (Wicker, 2015, p. 28, 29).

Estas interpretações religiosas com fundo mitológico das bracteatas sofreram várias críticas desde os anos de 1990. Algumas das objeções contemporâneas ao modelo de Hauck vieram de Edgar Polomé em 1994, alegando que as supostas representações de Loki e a morte do deus Balder (representados por exemplo, nas bracteatas IK 165, IK 149, IK 51, IK 595-B), estariam situadas prematuramente muito antes das fontes clássicas sobre a Mitologia Nórdica – pois elas dependeriam de um contato com o cristianismo para desenvolver as imagens relacionadas com o Ragnarok, ou seja, a partir do século VIII. Johan Adetorp, num viés totalmente diferenciado, identificou as representações como sendo de deidades celtas (Wicker, 2015, p. 32).

Alguns também refutam a associação estreita de representações de animais somente com Odin, sendo que Freyr e outras deidades também estão associados aos mesmos animais, não servindo como elemento de identidade a somente uma deidade (Starkey, 1999, p. 373-392) – mas estas críticas são superficiais, baseadas somente nas fontes do século XIII, não levando em conta outros elementos da cultura material, como inscrições rúnicas, estelas gotlandesas e demais fontes iconográficas contemporâneas às bracteatas.

Lotte Hedeager concorda com Hauck que Odin está representado nestes objetos, mas ela os interpreta como evidência do xamanismo, em vez de uma magia de cura interpretada através do *Segundo encanto de Merseburg*. Ela propõe que as imagens das bracteatas retratam Odin como um xamã cavalgando até o Outro Mundo com seus espíritos auxiliares. Segundo Lotte Hedeager, o xamanismo pode ser identificado geralmente em ornamentos de estilo animal e especificamente em imagens das bracteatas, onde o êxtase e uma viagem ao Outro Mundo estariam representados (Hedeager, 2011, p. 75). Outra diferença com Hauck é que ela interpreta o grande animal das bracteatas do tipo C como sendo um alce e não um cavalo.

Desde Klaus Hauck a maioria das interpretações iconográficas propõe análises baseadas nos textos éddicos (seja interpretando que as imagens representam cenas específicas – como a morte de Balder; a luta de Sigurd contra serpentes; a jornada de Odin aos outros mundos ou curando (Wicker, 2015, p. 32). A explicação das mulheres utilizando as bracteatas com representações masculinas seria porque Odin foi associado ao seidr, prática mágica exclusiva de mulheres e que as valquírias que serviriam a Odin eram seres femininos. Assim, as bracteatas encontradas em sepulturas femininas refletiriam o poder e a influência das mulheres (Lindeberg, 1997, p. 108).

Nancy Wicker realizou um balanço crítico destas interpretações – nem todas as bracteatas foram feitas pelo mesmo método, então não poderiam ter sido utilizadas ou interpretadas da mesma maneira. E os objetos poderiam ter significados sociais, além dos religiosos, refletindo variações regionais e expressando um mosaico de crenças (Wicker, 2015, p. 38). Os supostos significados conectados ao deus Odin nas bracteatas poderiam ter sofrido variações, pois o seu culto não era unificado ou consistente no período de migrações (Wicker, 2012, p. 167).

Seguimos parcialmente algumas das considerações de Nancy Wicker. Ao nosso ver o problema básico das interpretações iconográficas das bracteatas são: 1) Os pesquisadores analisam cenas, motivos e imagens específicas de algumas bracteatas, não realizando nenhum tipo de seriação ou contexto que possa definir tradições iconográficas, nem realizam comparações com outras séries visuais advindas do mundo germânico antigo e nórdico medieval. 2) Toda interpretação segue um modelo genérico e fixista, não levando em conta possíveis variações de significados com os mesmos símbolos e figurações. 3) Para analisar imagens, existe uma dependência muito grande dos textos escritos sobre a Mitologia Nórdica produzidos no século XIII: eles definem uma interpretação única, criando teorias fixistas em modelos simplificados – o que Frog denomina de uma mitologização das interpretações mitológicas, especificamente utilizando o exemplo de Hauck analisando os cavalos e figuras antropomórficas nas bracteatas (Frog, 2015, p. 104). As fontes literárias são extremamente importantes e não devem ser abandonadas, mas devemos considerar que as fontes visuais têm um dinamismo próprio e não devem ser apenas *sujeitas* à literatura, mas analisadas em *conjunto* com elas. 4) Existem diversas variações de temas e figurações nas bracteatas, incluindo figuras femininas individualizadas (como em IK 389), interpretada como uma deusa. Não descartamos possíveis variações nas interpretações e usos destes objetos, afinal, uma imagem específica pode ter sido elaborada para um fim específico, como a magia protetora, mas o objeto em que a imagem está gravada pode ter também sido empregado para outros fins, como a lealdade a um grupo: as coisas podem ser multifuncionais (Williams, 2012, p. 195). A nossa interpretação neste texto é puramente iconográfica: usos e contextos sociais destes artefatos devem ser explorados por outros pesquisadores.

Em relação ao ponto 1 que elencamos acima, não podemos correlacionar divindades e seres sobrenaturais que não possuam tradições iconográficas no mundo antigo-medieval. O deus Balder não possui nenhuma imagem objetiva no mundo antigo e alto medieval. Deste modo, a interpretação de que bracteatas possuem cenas da morte de Balder é injustificada. Outras interpretações, como a suposta imagem do deus Tyr na IK 190 (figura 9), a deusa Frigg em IK 389 ou bracteatas do tipo C serem Thor e suas duas cabras (DeHart, 2012, p. 105), merecem mais pesquisas. No caso de Fenrir e o deus Tyr, existem pesquisas que vêm demonstrando a existência de uma tradição iconográfica com este motivo, dentro da arte escandinava antiga (um canídeo devorando uma mão, cf. Pentz, 2018a, p. 26-29).

A única divindade que possui uma citação escrita nas próprias bracteatas é Odin, cujo primeiro vestígio foi revelado em 2023, com Vindelev e alterou significativamente as interpretações desde o modelo de Hauck. A bracteata IK 738 (figura 17) foi descoberta em 2020, junto a um grande tesouro na região de Vindelev, Jutlândia, datada entre 450-490 d.C. e contendo a primeira referência escrita ao principal deus germânico (150 anos antes da mais antiga até então): /*Íz Wōd[a]nas weraz*/ (Ele é o homem de Odin), referindo-se a uma pessoa de nome *Jagaz*, possivelmente um rei (ou um senhor da guerra). Este homem em questão recebeu alguma legitimidade divina de Odin, o que pode significar que ele também era o líder principal de culto de sua comunidade (Imer; Vasshus, 2023, p. 60-99).

Mas um aspecto fundamental até agora tem escapado aos pesquisadores em geral. Um grande número de bracteatas possui símbolos geométricos não figurativos. Eles foram muito estudados até a Segunda Guerra Mundial, mas após o findar dela, poucos estudos foram publicados. Desde então, estes símbolos são apenas pontualmente mencionados, quando o são (como em DeHart, 2012, p. 93). Destes, o mais importante é a suástica, do qual também voltaremos a analisar no fim do capítulo 2 deste livro.

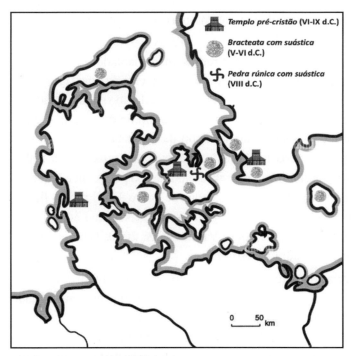

Figura 8: *Edificações de culto ("templos"), bracteatas e pedras rúnicas*: Mapa com os sítios onde foram encontrados vestígios de construções pré-cristãs especializadas em cultos, bracteatas com suásticas e uma pedra rúnica com suástica (Snoldelev, DR 248), na região da Dinamarca antiga. Mapa do autor.

A suástica é um símbolo de origem asiática, que se espalhou por toda a Eurásia durante a Antiguidade, recebendo diversos significados religiosos, políticos e ideológicos. A grande maioria dos manuais e estudos comparativos do século XIX percebeu a suástica dentro de uma visão orgânica, fenomenológica e funcionalista, onde ela teria sido basicamente um símbolo solar (Müller, 1877, p. 43-87; Greg, 1884, p. 1-25). Nossa principal crítica a estes estudos clássicos consideram que estas interpretações foram isoladas e retiradas de seu contexto original, separando os símbolos de outros elementos iconográficos e visuais que poderiam auxiliar o seu estudo. Também a interpretação é puramente morfológica, não levando em conta outros tipos de paralelos, como uma análise comparativa do tipo de suporte físico. A suástica foi presente na Escandinávia desde a Idade do Bronze, como podemos constatar nas pinturas rupestres de Hikivuori, Finlândia, mas elas são pontuais e extremamente raras, comparadas com outros tipos de geometrismos (a roda ou cruz solar, por exemplo). A suástica foi mais comum e difundida plenamente no norte europeu a partir de 200 a 300 d.C. (Mandt, 2005, p. 57).

Quando este símbolo for representado isolado em objetos será muito difícil realizar qualquer tipo de interpretação de seu significado. Os melhores objetos para uma análise contextual são os que estão relacionados com cenas ou figurações, mas sem prescindir de metodologias comparativas. De modo geral, o simbolismo da suástica recebeu as mais variadas significações e usos na Eurásia, mas sempre relacionada a dois grandes grupos interpretativos: como amuleto mágico para conceder sorte, proteção e benefícios a um local ou pessoa; de outro lado, muito ligado ao culto de divindades específicas ou figuras religiosas (como Mitra, Cristo, Apolo, Moisés etc). (Blujiene, 2000; Vaitkevičius, 2020; Dennis, 2016; Coimbra, 2014; Burilo-Cuadrado, 2014).

Em relação à região da Escandinávia antiga e medieval, ainda não existem publicações sistematizadoras ou estudos de caso envolvendo a suástica, apenas referências pontuais em algumas investigações arqueológicas. Não sabemos o nome em nórdico antigo para a suástica, nem sequer qualquer tipo de citação ou referência na literatura nórdica medieval sobre ela. Vários antiquaristas utilizaram o termo *fylfot* para suástica, que teria sido originado de documentos medievais de origem anglo-saxã, mas trata-se de uma invenção linguística do Oitocentos (Wordsworth, 2000, p. 14).

Uma dupla de pesquisadores cita que o nome nórdico original para a suástica seria *sólarhvél* (roda solar), mas sem conceder referências de fontes primárias (MacLeod; Mees, 2006, p. 9). Buscamos o termo na literatura nórdica medieval e não encontramos nenhuma alusão a esta palavra. Ela foi empregada na poesia islandesa do século XX (como Sólarhvel, Ritmálssafn Orðabókar Háskólans) e talvez um dos autores tenha se equivocado neste sentido, utilizando também poemas alemães do fim do século XIX, como *Sonnenwende*, 1899, que cita a roda solar (Mees, 2008, p. 11).

Ao realizamos um levantamento quantitativo e morfológico das bracteatas (do tipo A ao D) que possuem suásticas, baseados no catálogo de Hauck (1970), Magnus (2005), Axboe (2017) e Hauge (2022), concluímos que elas possuem os seguintes padrões: cabeça humana + suástica (tipo A); cavalo + homem + 2 pássaros + suástica (B); homem dançando + suástica (B); cavaleiro + suástica (C); cavaleiro + serpente + suástica (C); cavaleiro + homem armado + 2 pássaros + lança + suástica (C). Isso demonstra uma variação nos motivos com o dito símbolo, mas apontam alguns padrões de simbolismo (e possíveis variações), como veremos a seguir.

Levando em conta que na bracteata de IK 738 (um cavaleiro junto a uma suástica, figura 17) foi gravada uma inscrição remetendo ao deus Odin, temos uma evidência textual que de que este símbolo remete ao culto da referida divindade. Levando em conta outras evidências runológicas, iconográficas e bibliográficas (Langer; Sampaio, 2021; Langer, 2022a) , temos o seguinte quadro: a suástica foi um símbolo geométrico não figurativo essencialmente associado ao deus caolho (mas também pode ter sido asssociado a outros deuses) e recebeu dois significados básicos, diferentes mas complementares e não antagônicos:

1. *Um sentido de proteção mágica* – associada em algumas bracteatas às inscrições ALU, LAUKAR (IK 26) e em outras à runa isolada Sól (S). Essa associação vai sobreviver ainda na Era Viking, como demonstra a suástica gravada junto com seis runas sól em um cabo de faca na área dos Ru's (Langer, 2022b). Magia aqui tem um significado de sistemas de crenças e operações práticas conectando o sobrenatural (ou mundo não natural) com o cotidiano, que no caso escandinavo esteve intrinsecamente presente na religiosidade e nos mitos (Boyer, 1986, p. 14-15). Uma grande quantidade de acadêmicos nega que a esfera religiosa dos germanos e escandinavos antigos teve alguma conexão com magia, seja relacionada com as inscrições rúnicas, seja para com simbolismos ou figurações de deuses. Muitos pensam que a magia consistia em práticas de feitiçaria, num sentido pejorativo e supersticioso, dentro do grande esquema do

discurso antimágico reinante no Ocidente desde os gregos (Hanegraaff, 2016, p. 393-404). Assim, a "antiga religião germânica" (pensanda assim, em um enfoque uniforme, singular, quase institucionalizado) não poderia ter incluido práticas consideradas inferiores – afinal, ela foi antecessora do cristianismo. Isso pode ser constatado na negação de práticas mágicas presentes nas bracteatas (Grønvik, 2005, p. 5-22) ou em algumas inscrições rúnicas (Crawford, 2023).

Mas isso não implica a inexistência de exageros com relação à temática mágica nas bracteatas. A interpretação desde Klaus Hauck de que vários exemplares do tipo B conteriam alusões à morte de Balder são fantasiosas e/ou pouco convincentes. Também foi equivocada a principal interpretação das bractetatas do tipo C – de que o cavaleiro seria o deus Odin, montado no potro de Balder, do qual estaria realizando algum tipo de "cura", ao assoprar no ouvido deste animal (figuras 12, 13, 14, 15 e 16). Como vimos na recente descoberta da inscrição de Vindelev, a figura do cavaleiro não é Odin, mas um líder ou um rei (Imer; Vasshus, 2023, p. 60-99). A principal base para a interpretação de Odin montado no cavalo de Balder foram as fórmulas mágica de Merseburg (Magnus, 2005, p. 46-54), redigidas em alto-alemão antigo e datadas entre os séculos IX e X. Elas contêm a referência de que num bosque, o potro de Baldur teria torcido uma pata, sendo curado após o proferir de um terceiro encanto, por Wotan: "Vol e Wotan foram ao bosque. Aí o potro de Baldur torceu a pata. Neste lugar proferiram o seu encantamento sobre ele, Sinthunt e Snone, sua irmã. Neste lugar proferiram seu encantamento sobre ele, Frija e Volla, sua irmã. Neste lugar proferiram seu encantamento sobre ele, Wotan, tão bem quanto pôde" (Bragança Jr. 2015, p. 164).

Esta interpretação tem dois problemas. Primeiro, a citação de *Baldr* no dito poema pode ser tanto simplesmente o uso da palavra num sentido de "senhor", cognata do anglo-saxão *bealdor*. Mas se for nome próprio e não um substantivo, seria muito mais a indicação de seu caráter literário tardio, em um texto redigido e compilado no contexto cristão – neste caso, Balder seria uma figura tardia também no "paganismo", influenciada pelo contato com a religião cristã (Shaw, 2002, p. 150-156). E em segundo (e mais importante), não existe nenhuma tradição iconográfica da imagem de Balder para ser utilizada em comparação com as bracteatas. Mas ao contrário, a tradição visual de um cavaleiro sendo protegido pelo deus Odin, esta existe nas fontes iconográficas (veremos mais adiante).

Mas o vínculo da suástica com Odin e a magia nas bracteatas é confirmado pela presença da inscrição rúnica ALU (como na bracteata IK 739). Alu é uma forma de encanto ou uma palavra mágica que ocorre em mais de 20 inscrições rúnicas, dos séculos III ao VIII. Ele pode ocorrer solitário ou associado a nomes ou outras palavras mágicas (como laukaR) (Simek, 2007, p. 11). A mais extensa pesquisa sobre a ocorrência do termo alu (em bracteatas, cerâmica, armamentos e objetos variados) da Europa antiga, concluiu que ela foi utilizada geralmente em contextos aristocráticos de guerra e religião, em conexão com rituais em que seriam necessários força ou auxílio sobrenatural. Com isso, a interpretação mais aceita seria a de auxílio e proteção, bem como de feitiçaria e encantamento. Também a tradicional interpretação de que alu seria um verbo na primeira pessoa do singular (eu ajudo, eu concedo poder), relacionada a uma figuração masculina nos objetos, vem sendo resgatada. Em algumas inscrições, o termo alu aparece junto ao nome de Odin (Imer; Søvsø, 2022, p. 132, 137-141).

O mundo aristocrástico do Período das Migrações elegeu Odin como o governante dos deuses e senhor da magia, porque eles próprios competiam entre si para o governo entre os reis escandinavos. Com isso, os governantes terrenos "emprestavam" a legitimidade do deus para com a sua própria legitimidade. E a função mágica das bracteatas não invalida o seu uso como objeto de riqueza, presente político e símbolo do poder das categorias sociais dominantes (Axboe, 2007, p. 154). Apesar do quadro geral da religiosidade nórdica pré-cristã deste período não ser unificado, homogêneo e codificado (Wicker, 2012, p. 163), o fato das bracteatas serem produzidas pela elite e para serem utilizadas por esta elite (de homens e mulheres), reforça o nosso referencial de que o único deus objetivamente identificado nestes objetos é Odin (com a confirmação da inscrição rúnica de IK 738). A ligação das bracteatas com as localidades centrais foi discutida por Wicker (2012, p. 171-175).

Outra questão importante de ser pontuada: a maioria das representações da suástica nas bracteatas do tipo B e C estão atreladas à figurações de cavaleiros (ou de cabeças acima de cavalos), lobos, serpentes e pássaros, atestando a interpretação de que estejam relacionadas ao deus Odin. Outros tipos sem este símbolo (IK 190, figura 9, IK 595, IK 51, IK 165), mas com figurações antropomórficas, poderiam ser vinculadas à outras deidades ou cultos? É uma questão em aberto. Também em diversas bracteatas a suástica está ao lado de uma cruz do tipo latina, um triskelion (ou figuras, símbolos tripartidos, a runa Tiwaz – IK 215 – ou a runa sól em NM 1048 – bem como estes também se apresentam sem a presença da suástica: IK 79, IK 25). O triskelion, a triquetra e os símbolos tripartidos serão discutidos na parte final do capítulo 2.

Alguns autores perceberam a presença de cruzes como sendo um elemento de cristianização nas bracteatas, mas eles não levaram em conta que este símbolo também ocorre na Escandinávia pré-cristã desde a Idade do Bronze (Williams, 2012, p. 196), o que demonstra uma total falta de sistematização, comparação e produção de modelos para a simbologia nórdica. Como veremos nos capítulos 2 e 3, com relação às moedas, quando a cruz surge de forma marginal e paralela a outros símbolos geométricos (estes objetivamente "pagãos", como o valknut) e ao contexto geral do objeto, eles têm um sentido também "pagão". Mas quando a cruz se torna o símbolo central (e o único símbolo) em uma face da moeda, ela tem um sentido cristão (e sua datação também é mais tardia em relação às moedas "pagãs": como nas moedas de Sven barba bifurcada, produzidas entre 986 a 1014 d.C.). Essa mesma relação vale para as bracteatas: as cruzes acompanham suásticas, triskelions e/ou círculos (como em IK 25, IK 79, NM 12430) e não são símbolos únicos e centrais, portanto, são "pagãos".

2. *A suástica como um emblema dos guerreiros cultuadores do deus Odin* – uma imagem constante nas bracteatas e na pedra rúnica de Snoldelev, na Era Viking (da qual examinaremos no fim do capítulo 2). Em diversas bracteatas ocorre um sentido bélico, paralelo à figuração do cavaleiro. Na arte do fim da Idade do Ferro temos vários exemplares de um cavaleiro portando uma lança, sendo apoiado (ou auxiliado) por figurações menores (figura 19) interpretadas como sendo o deus Odin (Rood, 2017, p. 135-144).

Na bracteata IK 79 a figura da cabeça central é acompanhada lateralmente por uma figura humana de corpo completo, portando uma espada na mão (Odin?). Em IK 78 a figura de uma grande cabeça sobre um cavalo é margeada por uma pequena cabeça (Odin?). Em IK 50 a figura diminuta que está na lateral esquerda do cavaleiro porta uma lança (Odin?) – neste mesmo objeto, duas serpentes ladeiam a cabeça do cavaleiro. Em IK 196 o cavaleiro possui uma língua que se transforma em uma seta/

lança, que se quebra em direção ao pássaro que está na sua cabeça. Em outra representação (IK 353, figura 11), a suástica está no meio de uma cena onde a figura maior porta um arco e flecha, ao lado de dois lobos e de uma diminuta pessoa que permanece sentada. Mas uma das mais interessantes figurações para este contexto que estamos examinando é a IK 92: um cavaleiro tem seu cabelo transformado em um pássaro, cuja frente é ocupada por outra ave. Na frente do cavalo, segue a pequena figura de um homem portando lança e espada. Uma suástica está abaixo da cena, enquanto do lado direito segue a representação de um dardo ou lança. Indubitavelmente, algumas bracteatas reforçam a ligação de um senhor ou liderança (ou rei) com o mundo da guerra, do poder político pelas armas e com o grande deus.

Outras evidências da ligação da suástica com os cultos promovidos pelas elites aristocráticas e guerreiras da Idade do Ferro são especialmente três objetos móveis: uma bainha de espada de Guttenstein (encontrada perto de Sigmaringen, Baden-Württemberg, atual Alemanha, figura 18, datada do século VII d.C.), onde foi representado um guerreiro com máscara de lobo (um proto-Úlfhéðnar?) e logo abaixo, uma suástica muito ornamentada e com seus terminais duplicados. O segundo é uma lápide funerária de Näsby (atual Suécia, século VI d.C.), em cuja superfície foi gravada uma suástica de grandes proporções e do outro lado, a representação das armas do guerreiro (escudo, lança, espada). Em terceiro, uma suástica ao lado de um triskelion em uma ponta de lança do século III (Dahmsdorf-Müncheberg, atual Alemanha).

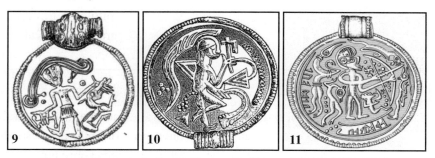

Figura 9: Bracteata do tipo B, Naglum Trollhättan (IK 190, SHM 1164).
Figura 10: Bracteata do tipo B, Års, Jutlândia.
Figura 11: bracteata do tipo B, IK 353 (DR BR 4) (Lindeberg, 1997, p. 107, 113).

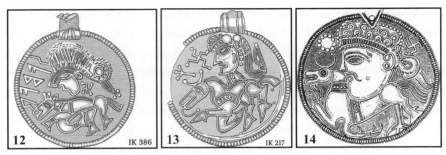

Figura 12: Bracteata do tipo C, IK 386.
Figura 13: Bracteata do tipo C, IK 217.
Figura 14: Bracteata do tipo C, Dödevi, Olândia (Lindeberg, 1997, p. 105).

Figura 15: Bracteata do tipo C, IK 95.
Figura 16: Bracteata do tipo C, IK 215.
Figura 17: Bracteata do tipo C, IK 738. Fonte: Imer; Vasshus, 2023, p. 72.

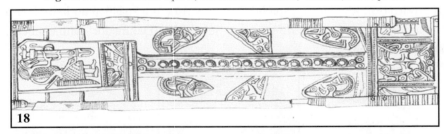

Figura 18: Ilustração (posição deitada) da bainha da espada de Guttenstein com representação de um guerreiro portando pele de lobo (esquerda) e ao lado, uma suástica ornamentada (extrema direita do objeto), atual Alemanha, século VII d.C. Fonte: Ament, 1980, p. 67.

Figura 19: Figura da placa de elmo de Valsgärde 8, Suécia, século VII d.C. Fonte: Helmbrecht, 2007/2008, p. 36.

Sintetizando o tema das bracteatas, podemos apontar que os estudos atuais demonstram que a origem destes objetos foi devido a uma série de influências romanas – segundo Lotte Hedeager, a imagem de cavaleiros guerreiros que foram representados nas bracteatas teria sido influenciada pelo contato cultural dos germanos com os romanos e os hunos, sendo a figura do antigo Wotan (Odin) um produto de hibridização com o Átila histórico, idealizado culturalmente pelos germanos. Lotte adverte que Átila não criou a figura do deus, mas ajudou este a obter certas configurações com o tempo – como a associação com cavalos e animais, ausentes da arte germânica mais antiga; e também o xamanismo, típico de populações asiáticas e circumpolares. A própria origem asiática na visão evemerista de autores medievais como Snorri Sturluson, apontaria para estas antigas conexões (Kristensen, 2023, episódio 5: Krigeren fra Øst; Hedeager, 2011, p. 175-228).

A criação das bracteatas no Período das Migrações também refletiu uma mudança nos cultos e crenças dos povos germânicos, onde o culto a Odin (Wotan, Woden, Wodan, Wuotan) começou a preponderar na elite aristocrática e guerreira, especialmente quando se tornou a crença pessoal dos reis e principais lideranças (Karnitz, 2022, p. 43). Mas não podemos apontar que Odin dominou a esfera religiosa dos grupos dominantes antes da Era Viking. Outros deuses ocupavam uma função primordial, como as jurídicas e os locais e atividades das assembleias (o deus Tiwaz/Tyr, Lindow, 2020a, p. 1.345-1.361). Thor aparece como um deus favorito dos primeiros colonos islandeses e Freyr ocupou uma grande importância na esfera genealógica da realeza (Karnitz, 2022, p. 23-27), como veremos no caso do edifício pré-cristão de Uppåkra, no capítulo 2. Assim, não podemos criar um esquema rígido e estruturado com relação aos cultos pré-cristãos. As fontes que examinamos e vamos examinar nos próximos capítulos concedem apenas uma parcela do passado religioso. Devemos levar em conta que existiram vários tipos de variações nos níveis social e espacial: Odin não foi o deus principal e nem o mais cultuado, antes ou durante a Era Viking, mas ocupou um papel importante para as elites guerreiras. Podemos considerar a ideia de uma área cultural comum aos falantes de línguas germânicas no tocante a alguns mitos (enquanto narrativas de divindades e ou simbolismos religiosos), mas nunca sendo homogênea ou contendo uma espécie de pan-escandinavismo em se tratando de cultos e ritos. Mas também devemos levar em conta que muitas das narrativas sobre divindades foram construções e acréscimos posteriores dos escritores medievais, não refletindo necessariamente crenças pré-cristãs (Karnitz, 2022, p. 24). Atualmente, para os escandinavistas, o pior anacronismo são as generalizações e uniformizações. Mas qual teria sido o tipo de participação ou usos políticos das realezas e dos bandos guerreiros para com o deus Odin durante a Era Viking? Como o culto a este deus estaria conectado com a autoridade e o poder? Como os seus símbolos religiosos foram utilizados? No próximo capítulo, vamos examinar e apontar algumas respostas.

2
O início da Era Viking (século VIII)

Quando teve início a Era Viking? Nunca houve um consenso. Basta ler em alguns livros que as datas diferem muito. Mas na realidade, desde o século XIX, esse debate já existia. Quando os historiadores dinamarqueses inventaram o conceito de Era Viking a partir dos anos de 1830, alguns optaram por um início baseado em datas históricas internas, utilizando elementos da cultura material. As famosas incursões vikings em outros países ainda não eram o foco principal, sendo por vezes preteridas algumas batalhas regionais, como a mítica Bråvalla. A partir de 1870, tudo dependia da nacionalidade do pesquisador escandinavo e do seu conceito de viking: estes seriam alguns heróis das sagas islandesas, piratas das crônicas medievais ou até mesmo personagens do passado semi-histórico. E também neste sentido, as delimitações para a Era Viking variavam. Já no fim do Oitocentos, os historiadores britânicos elegeram os ataques vikings nas ilhas britânicas como o ponto inicial (especialmente Lindisfarne, em 793), ou seja, eles defendiam fatores externos (Langer, no prelo).

Tudo mudou no século XX. Após os acadêmicos britânicos adotarem o conceito de Era Viking, eles realizaram a produção de diversos manuais em língua inglesa durante os anos de 1960. Mas quando se descobriram vestígios de uma expedição viking na Estônia em 2008, datada de 750, a coisa complicou. Além de ser muito mais precoce, ela estava situada na área do Báltico, ou seja, do outro lado da Escandinávia. Aliás, isto já havia sido aventado parcialmente pelo arqueólogo dinamarquês Jens Worsaae no Oitocentos, mas pensando somente em questões de cultura material interna ao eleger o ano 700 d.C. como marco inicial (Langer, no prelo). Ao escrever estas linhas (em novembro de 2023), nos deparamos com uma nova notícia: arqueólogos noruegueses descobrem um novo sítio arqueológico de um sepultamento com embarcação, datado cerca do ano 700 d.C., na região de Leka, Noruega, numa pesquisa conduzida por Geir Grønnesby (Arkeonews, 2023).

Pensar o mundo nórdico da Era Viking necessita de conceitos e demarcações que não levem em conta simplesmente fatores locais ou uma cronologia muito simplista. Assim, a Era Viking se torna um conceito global. As mais atuais tendências acadêmicas procuram pensar os fenômenos históricos dentro de conexões mais amplas (globais), tendo em vista que as articulações políticas, sociais, econômicas e culturais estão atreladas tanto em questões internas quanto externas. Não faz sentido ficar procurando uma causa, um início ou um marco fundador em referenciais pontuais ou regionais. Assim, o melhor é demarcar a Era Viking com a noção de século e não por ano – ela foi iniciada no século VIII d.C. (Féo, 2022, p. 63; 2020; Féo; Guzzo, 2020, p. 274-299).

Aqui percebemos como a historiografia pode ser útil para os debates contemporâneos sobre o passado nórdico, todos imbrincados em questões tanto históricas quanto arqueológicas. As demarcações de início e fim, o conceito de viking e a própria concepção (ou o não uso) do termo Era Viking são alvo de inúmeras controvérsias (Christiansen, 2002, p. 1-9). De nossa parte, já realizamos esse debate em outro livro, bem como diversas considerações sobre a palavra viking (Langer, no prelo). De qualquer forma, as ações que criaram as definições mais importantes durante o século XIX e que são vigentes até hoje, seja para delimitar o período mais popular da história escandinava, seja para definir o próprio viking em si, são as atividades náuticas predatórias. E assim chegamos a outro ponto controverso: o que explica o impulso predador e, por consequência, a diáspora nórdica? Este ponto também embarca uma ampla série de debates historiográficos, da qual não nos ocuparemos, mas que também estiveram relacionados com a cultura material da Dinamarca da Era Viking. Algumas discussões mais recentes criticam as velhas hipóteses de uma superpopulação, clima ou fatores tecnológicos, concentrando-se em questões sociais (a falta de mulheres, atrelada a anseios de prestígio político e de liderança em um contexto de crescente centralização – um capital social, Ashby (2015, p. 89-106); atualizando o referencial anterior de fortuna e poder (Williams, 2008, p. 193). Mas as expedições não poderiam ter sido realizadas se não estivesse em curso, logo na transição dos séculos VII ao VIII, um novo modelo de exploração agrícola nas fazendas e vilas (que trataremos no capítulo 3), uma nova sociedade urbana (cf. próxima seção sobre Ribe e capítulo 3, com Hedeby) e um novo tipo de aristocracia e formas de realeza (capítulos 3 e 4).

Em síntese, o fenômeno da expansão viking deve ser entendido em uma articulação entre mudanças sociais, políticas e econômicas, que engendraram o desenvolvimento de ações marítimas agressivas, de colonização e assentamento (Herschend, 2014, p. 6-13). Somente no capítulo 4 nos ocuparemos em algumas considerações sobre o termo *viking*, pois as únicas menções rúnicas a ele ocorreram no final do século X.

Ribe: o despontar da primeira cidade

Durante o século VII as localidades centrais começaram a ser substituídas pelos primeiros agrupamentos que viriam mais tarde a constituírem protocidades. Lugares antigos perdem importância ou desaparecem completamente no fim da Idade do Ferro. A elite que controlava as localidades centrais passa a controlar os excedentes agrários das comunidades em sua volta, mas novas necessidades exigiam novas demandas. Uma mudança qualitativa no processo de urbanização tem início e ela teve relação direta com os grandes empórios ao fim do século VII, como em Dorestad (Holanda) e Ipswic (Inglaterra) (Nãssman, 2006, p. 216). Ribe é classificada dentro da primeira fase da rede de conexões e rotas comerciais da Era Viking, ao lado de Hamwic, Dorestad e Birka (ou Truso) (Sindbaek, 2008, p. 150).

Figura 20: *Mapa das principais cidades do norte europeu durante o início do século VIII.*
Mapa do autor, baseado em Feveile, 2013, p. 4.

Ribe provavelmente foi a primeira cidade a se desenvolver em toda a Escandinávia. Ela está situada ao lado oeste da península da Jutlândia (figura 20), na margem norte do Rio Ribe Å (no ponto onde ele deixou de ter maré, acima de um banco de areia), cerca de 5 quilômetros do Mar do Norte (Haywood, 2000, p. 156). Por outro lado, a cidade situava-se no ponto de interseção do norte e do sul da península da Jutlândia, ligando as rotas terrestres. O pequeno centro mercantil que cresceu nesta área, portanto, estava muito bem situado para desenvolver relações comerciais extensivas com as rotas estabelecidas ao logo do Mar do Norte e do Mar da Frísia (figura 20). Era uma posição ideal para centralizar o comércio terrestre e marítimo, unindo a Europa com grande parte da Escandinávia (Graham-Campbell, 1997, p. 84). Isso foi um grande atrativo para os colonos que residiam em torno do primeiro assentamento (datado de 705), instalando-se nos 10 anos seguintes. Foram criados postos e oficinas, casas e canais. Nessa época, a região foi ocupada temporariamente, especialmente no período de verão. Com o aumento da aldeia agrícola no assentamento, em 725 já existia um centro comercial bem-delimitado ao longo de duas vias terrestres e ao lado do Rio Ribe Å (Feveile, 2013, p. 10).

A iniciativa para criar um centro comercial em Ribe pode ter partido dos frísios, em congruência com uma estrutura de poder local, um líder comunitário ou um rei. A área que envolve o Mar de Wadden (o Mar Frísio) possuía um estatuto especial desde o século VII. Ao sul de Ribe, existiu um importante assentamento da Idade do Ferro, Dankirke, no qual foram descobertos fragmentos de vasilhames importados de vidro para bebidas. Mas até agora, não foram encontrados vestígios arqueológicos de alguma residência aristocrática que controlava diretamente Ribe a partir do ano de 700 (Feveile, 2013, p. 5).

Durante o século VIII a cidade de Ribe tornou-se um próspero ponto de intercâmbio entre a Escandinávia e a Europa Ocidental, mas especialmente nas rotas comerciais (figura 20): na Alemanha Central e Meridional, especialmente a região da Renânia (via a cidade de Colônia), eram importados vinhos e pedras para moer grãos feitas de basalto (para uso cotidiano pelos fazendeiros em geral); e a Itália, de onde se obtinha cristais de vidro (para artigos de luxo pelos aristocratas e fazendeiros ricos) e metais. Os principais produtos exportados de Ribe era o âmbar, obtido nas costas da Jutlândia, bem como cabeças de boi e cavalos, provenientes do interior da península.

Também é possível que desde os seus primórdios o mercado exportasse escravos, talvez obtidos na Zelândia. Outro produto muito exportado eram os pentes, feitos basicamente de chifres de cervídeos (especialmente o cervo vermelho, *Cervus elaphus*). Mas no século IX, os pentes começaram a ser fabricados a partir do chifre de bodes e cabras, mais resistentes (Feveile, 2013, p. 25, 39).

Para o centro comercial afluíam pessoas de várias regiões e línguas – possivelmente os fazendeiros e viajantes estrangeiros se comunicavam com linguagens corporais, gestos e sinais – assim, "pagãos" e cristãos negociavam conjuntamente. Os mercadores estrangeiros moravam em Ribe, provindos de locais como Dorestad, viajando para outros mercados como Kaupang e Birka. As pessoas viviam o ano todo em torno da cidade (a partir de 770), mas os artesãos e mercadores trabalhavam ao ar livre (e somente no verão), instalando fornos em buracos protegidos contra a ação dos ventos. Ali se fabricavam joias de bronze, ornamentos de diversos tipos, contas de vidro e pingentes. Também a produção têxtil era muito intensa, apesar de requerer muita paciência: 42 mil fios de algodão e 840 horas de trabalho eram exigidos para se fabricar dois trajes completos. A tecelã era uma pessoa muito importante no mercado, atendendo de fazendeiros a militares. Outra figura muito valorizada era o ferreiro – mas, na realidade, toda vila e fazenda tinham um especialista neste ramo. O ferro era importado da Noruega e Suécia, além de uma pequena produção local advinda dos pântanos ao redor. Mas se desconhece se todos eles residiam em Ribe ou viajavam de mercado em mercado para oferecer as suas habilidades (Feveile, 2013, p. 9, 17, 43, 47).

A principal fonte de alimentação da cidade eram os porcos, de cujos vestígios foram encontrados espécimes bem novos. Já o gado era usado para exportação e o consumo de leite – espécies que foram encontrados ossos no local há mais de 20 anos (Feveile, 2013, p. 51). O peixe foi uma carne importante nas refeições diárias, especialmente o linguado (Enghoff, 1999, p. 53). Aves domesticadas (como galinhas, gansos e patos) complementavam a dieta. As ovelhas raramente eram mortas para consumo: a lã era muito mais importante. As bebidas consumidas no local eram o vinho (importado da Renânia), a cerveja e o hidromel (ambos produzidos no local). A cerveja possuía o mesmo tipo das produzidas no império Franco (Feveile, 2013, p. 51).

Aos poucos uma colônia permanente foi instalada, a cerca de 100m a sudeste do mercado, caracterizada por casas grandes feitas com vários postes, casas pequenas, uma rua e poços. Já no século IX, a fama de Ribe fez com que alguns viajantes conhecessem o local, como o bispo-missionário Ansgário de Hamburgo – mas nessa época a cidade já se encontrava com um sistema defensivo e ocupava uma área de 120 mil metros quadrados. Em 825 foi construída uma seção especial no cemitério da cidade para cristãos e em 865 foi erigida uma igreja no lado sul do rio. No século X a zona principal de povoamento passa da margem norte para a margem sul do Rio Ribe Å (a atual posição da cidade: trata-se da única cidade fundada na Era Viking ainda povoada). Mas nessa época, o centro comercial já estava decadente, apesar da cidade ser então o centro eclesiástico mais importante da Jutlândia (Graham-Campbell, 1997, p. 84). As razões para o declínio de centro comercial são desconhecidas (Feveile, 2013, p. 11; 2008, p. 127).

A religiosidade é uma das questões investigadas no sítio arqueológico de Ribe. As escavações foram iniciadas a partir dos anos de 1970 e retomadas entre 1984 e 2000 (Feveile, 2008a, p. 126). Um dos locais da cidade utilizado para o estudo das crenças é o cemitério: entre 750 e 850 d.C. viveram 300 pessoas na região de Ribe, durante todo o ano. Entre 1.200 a 1.700 pessoas foram enterradas no cemitério dessa cidade. Muitos dos túmulos não possuem objetos, enquanto outros são repletos de contas de vidro, pequenas facas, pentes e alfinetes. Alguns dos túmulos foram demarcados por pequenos montes, em volta do qual foram cavados pequenos fossos. A descoberta de um cavalo sacrificado no centro deste cemitério levou a conclusão de que se trata efetivamente de um local "pagão" e que muitas destas pessoas viveram no local de comércio. Existem alguns mercadores estrangeiros, bem como alguns cristãos, enterrados em uma área especial do cemitério a partir de 825. Outros objetos foram encontrados fora do cemitério, mas também apresentam relações com as crenças religiosas, além de serem objetos preciosos: argolas de ouro, cujo contexto foi datado entre os séculos IX e X (Feveile, 2013, p. 55-59). Mas um dos objetos mais importantes descobertos em Ribe inclui um osso humano com runas, que examinaremos na próxima seção.

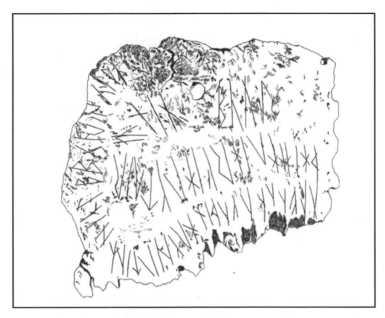

Figura 21: Fragmento de osso com inscrição rúnica de Ribe, 725-750 d.C., ilustração em MacLeod; Mees (2006, p. 26).

O crânio com runas de Ribe

Um fragmento de crânio humano foi descoberto em Ribe durante uma escavação arqueológica (em julho de 1973, com a catalogação DR EM85;151B, figura 21), medindo 6 por 8,5cm. Ele foi descoberto em um montículo com detritos, ao lado de fora de uma oficina na cidade de Ribe. No topo do crânio foi gravada uma inscrição rúnica – mas ela foi feita após a pessoa ter morrido e não constitui um caso de sacrifício ou decapitação especialmente realizada para isso (MacLeod; Mees, 2006, p. 25).

O fragmento possui um pequeno orifício – tradicionalmente interpretado para ser utilizado como um amuleto em volta do pescoço, mas análises laboratoriais recentes indicam que o objeto nunca foi utilizado na prática, pois não apresenta desgastes. O objeto foi datado como tendo sido fabricado entre 725 a 750 d.C., com base na dendrocronologia de fragmentos de madeira encontrados na mesma camada (Søvsø, 2103, p. 173-176). Apesar de nunca ter sido utilizado na prática, o seu intento original como uma espécie de amuleto, contendo um encantamento mágico apotropaico para prevenir doenças, vem sendo objetivamente referendado por especialistas em história das antigas religiões nórdicas (Nygaard, 2021). O fragmento foi elaborado para ser utilizado preso em roupas (ou no pescoço como pingente) ou exibido fora ou dentro de uma casa. Não se sabe como este objeto terminou numa camada de detritos fora de uma oficina em Ribe e, no entanto, três outros fragmentos cranianos também foram recuperados de outras três oficinas em Ribe – e muito dificilmente por coincidência (Eriksen, 2020, p. 4).

As inscrições rúnicas que foram gravadas no fragmento ósseo são consideradas de "transição" (figura 21): apresentam tanto letras utilizadas no alfabeto antigo (denominado de futhark antigo, com 24 letras, especialmente as runas para o M e o H) quanto do novo sistema, com 16 letras (futhark novo). Na realidade, é a inscrição modelo para a discussão dos runologistas sobre o período de transição da escrita rúnica (Schulte, 2006, p. 46), um debate do qual não nos ocuparemos.

Quanto ao conteúdo do artefato, vamos explorar algumas questões. A transliteração da inscrição rúnica para o alfabeto latino: <**ulfuʀaukuþinau khutiuʀ hialbburinsuiþʀ þaimtuiarkiauktuirkuniu buur**>; transcrição para o nórdico antigo: /Ulfʀ auk Ōðinn auk Hō-Tīwʀ. Hiālp burin es viðʀ þaeim dvaergi auk dvaergyniu Bōur/ (Schulte, 2006, p. 46; MacLeod; Mees, 2006, p. 25). Quanto à tradução, três runólogos publicaram uma proposta semelhante: "Ulfr e Odin e o Altíssimo Týr. Buri ajuda contra a dor. E o anão é superado. Bourr" (Schulte, 2006, p. 46); "Ulfr, Odin e o Altíssimo Tyr ajudam Bur contra eles; dor e sofrimento pelo anão. Bur" (MacLeod; Mees, 2006, p. 25); "Ulfr e Odin e Tyr, o Grande. Buri é uma ajuda contra esse mal. E o anão (é) derrotado. Bourr." (Marez, 2007, p. 433). Uma nova tradução foi proposta mais recentemente: "Ulfr e Óðinn e Altíssimo Týr, ajuda é criada/ ajuda de Burinn contra aquele anão e aquela anã" (Nordström, 2021, p. 5-24).

A polêmica da primeira frase é relativa à identificação dos três nomes citados e não a tradução em si. O termo Ulfʀ se refere a lobo (Fenrir?), pode ser um nome próprio e ou em terceiro, uma designação para o próprio Odin, que foi associado com este animal. <uþin> é Odin mesmo. (<**hutiuʀ**>) / Hō-Tīwʀ/ pode ter dois significados: primeiro, Tyr como um epíteto geral para deidades. Por exemplo, no poema escáldico *Haustlǫng*, escrito pelo escaldo Þjóðólfr ór Hvini no ano de 900 d.C., estrofe 6, linha 7, Loki é denominado de hirðitýr, "O deus muito sábio" ou "O deus com muito conhecimento". O próprio Odin foi denominado desta maneira: Sigtýr (o deus da vitória), Fumbultýt (o deus poderoso) (MacLeod; Mees, 2006, p. 27). Mas

Tyr é um deus que também foi relacionado com lobos, como Fenrir. Então, fica a dúvida: pode ser uma referência tanto ao deus Tyr como ao próprio Odin. Este último também aparece relacionado a outros dois deuses em inscrições rúnicas, como na fíbula de Nordendorf (séculos VI-VII).

Alguns identificam os nomes Buri e Bor como idênticos, mas a maioria traduz como sendo seres diferentes. Alguns identificam estes nomes com referências na cosmogonia (Buri como ancestral dos deuses e Bor como o pai de Odin, Vili e Vé, MacLeod; Mees, 2006, p. 25) mas a atual tendência é perceber estas duas palavras como sendo os anões citados no *corpus* mitológico, pelo contexto do objeto – os anões foram agentes de desordem, caos e doenças no mundo germânico antigo e medieval – e o osso alude a algum tipo de mal ou doença que se está a afastar. Assim anão aqui teria um sentido de "força maléfica" (Marez, 2007, p. 433).

Este encantamento mágico foi composto na métrica poética conhecida como *ljóðaháttr* e vem sendo considerado um artefato ritual, sacro e textual, criado com o intento de potencializar ou criar uma relação entre o usuário e a comunidade religiosa. Ou seja, é um texto religioso que foi produzido para ser utilizado de modo empírico, prático (uso como artefato). Ele invoca poderes do outro mundo para curar doenças ou males que foram causados por agentes sobrenaturais (Nygaard, 2021).

O fragmento ósseo de Ribe pode ser comparado com outros objetos da área cultural germânica em dois contextos. Primeiro, com artefatos que evocam os poderes das divindades para algum tipo de proteção, como o amuleto de Kvinneby (Suécia, século XI, invoca a proteção de Thor e seu martelo); o bastão de Ribe (século XI, invoca a proteção de Thor e Odin); bastão de Bergen (Noruega, século XIV, invoca Odin para proteção); bastão de Bergen (Noruega, século XIV, runas gravadas contra doenças causadas por anões, elfos, trolls, valquírias). Em segundo, com objetos que invocam deuses (ou Deus) para promover curas de doenças causadas por anões ou elfos, como a placa de Fakenham (para curar doenças de anões, Inglaterra, séculos VIII-XI d.C.); o encantamento de Canterbury (Inglaterra, século XI, conclama o deus Thor para aplacar ferimentos) (MacLeod; Mees, 2006, p. 25, 28, 30-31, 34-35, 120; Marez, 2007, p. 432, 465-467, 474).

Desta maneira, podemos ter duas conclusões principais sobre o crânio de Ribe. Primeiro, que a relação entre Odin e a magia de proteção é uma prática que sobreviveu desde as bracteatas do Período das Migrações, que examinamos no capítulo 1. E em segundo (e mais importante): Odin não foi somente uma divindade aristocrática, relacionada aos reis, guerreiros e integrantes das elites. Ele foi uma deidade também cultuada pelas pessoas de outras categorias sociais. A cidade de Ribe era um local constituído basicamente de fazendeiros que provinham do interior, para vender os seus produtos; de comerciantes, alguns que se estabeleciam de forma fixa e outros de modo provisório no local; de artesãos, que produziam vários objetos de metais, vidro, ossos e madeira. O artefato foi descoberto em uma camada de detritos, em frente a uma oficina – e recordemos, foi datado no início da Era Viking. Por certo a existência de um texto rúnico acaba por restringir a sua produção a uma camada bem pequena da sociedade (a maioria das pessoas eram iletradas), mas o local de sua descoberta reflete com certeza a amplitude social do culto e crença no deus caolho.

Culto aqui não tem um sentido apenas de pessoas que frequentam determinada área sagrada, edificação ou participam de ritos públicos, mas de crenças religiosas que permeiam a vida cotidiana das pessoas. O objeto rúnico de Ribe seria uma importante evidência por conter ao menos três categorias dos quatro indicadores arqueológicos de culto: a focalização da atenção; possui indicações da zona limite entre o nosso mundo e um (ou o) outro mundo; a presença de divindades; participação e oferta (Insoll, 2005, p. 35). A inscrição foca a atenção do leitor, ela tem a intenção de ser lida e seu apelo atendido. A citação dos anões e de que teriam causado alguma doença indica a conexão entre os mundos. Os deuses são claramente citados. Somente o último item não é atendido claramente na inscrição.

Segundo a arqueóloga Alexandra Sanmark, as únicas evidências de veneração das deidades nórdicas seriam literárias e grande parte das descrições dos antigos escaldos sobre os deuses constituiriam em invenções (Sanmark, 2002, p. 148). Como analisamos na inscrição de Ribe, existe uma objetiva demonstração material de crença no deus Odin na vida das pessoas. Isso não quer dizer que concordamos com a visão de que mito e rito são a mesma coisa. Já detalhamos em obra anterior (Langer, 2023, p. 125-131) a necessidade de diferenciação entre fontes literárias (que conservaram as descrições genéricas sobre as narrativas míticas, preservadas na área nórdica, bem posteriormente à cristianização) e ritos (as formas empíricas das adorações e cultos). Mas querer, como Sanmark referenda, de que as fontes sobre os mitos são puras criações literárias, é um exagero.

Por certo existem as filtragens e interpolações (como já verificamos no caso de Balder e o encantamento de Merseburg no capítulo 1), mas não podemos colocar a iconografia e a cultura material de lado – essas contemporâneas às crenças da Era Viking.

Com isso, reafirmamos uma diversidade social no culto ao deus Odin. Aqui empregamos também as considerações de que qualquer tipo de crença religiosa é antes de tudo pessoal, tendo cada indivíduo sua própria concepção de divindade e que não necessariamente coincide com as de outras pessoas: "embora dois ou mais grupos possam fazer parte de um culto a Odin, esses grupos não necessariamente participam ou compreendem o culto exatamente da mesma maneira" (Karnitz, 2022, p. 27).

Iremos continuar a analisar outras evidências do culto a Odin na Dinamarca, ainda neste capítulo, quando examinarmos os edifícios de culto e a pedra rúnica de Snoldelev. Por enquanto, precisamos refletir sobre uma questão comercial e política: as causas e consequências da emissão das primeiras moedas na Escandinávia, pois também elas possuem conexões com a religiosidade, como veremos.

Figura 22: Esceta do tipo X (Wodan-Monster) de Ribe, Malmer, 2013 – esquerda: *anverso*; direita: *reverso*.

Monstros e barbas: as moedas de Ribe

A exemplo de outras cidades do Mar do Norte durante o início do século VIII, Ribe pode ter cunhado moedas próprias, utilizadas como forma de pagamento. Mas não sabemos se elas eram cunhadas no próprio mercado ou em alguma residência real próxima desta região. Mas também existem numismatas que questionam a fabricação local – pois até agora não foram encontradas as oficinas originais de cunhagem – defendendo que elas teriam sido originadas na área frísia (Feveile, 2008b, p. 53; mas também: nunca foram descobertas moedas carolíngias na área de Ribe do século VIII,

69

p. 61). Mas uma coisa é certa: a grande maioria das moedas encontradas em Ribe tem um padrão próprio, o estilo *Wodan/monster* (Feveile, 2013, p. 49), que iremos examinar logo mais. Elas constituem as primeiras moedas existentes na Escandinávia (caso tenham sido cunhadas localmente). Mas uma rápida observação. As moedas dessa época não eram fiduciárias, no sentido moderno (não possuíam lastro em metais e nem valor intrínseco), as produzidas no período que examinamos possuíam um valor intrínseco ao uso do dinheiro (que geralmente era a prata) (Menini, 2018, p. 507) e também as moedas não tiveram uma difusão fora da cidade de Ribe, sendo encontradas somente nesta área urbana (Croix, 2017, p. 21).

Inicialmente elas teriam sido imitações de moedas da região da Frísia e do mundo anglo-saxônico, posteriormente adotando símbolos e identidades locais. Possuíam 1g de peso e cerca de 10mm de diâmetro. Os exemplares que foram produzidos entre 710 a 730 d.C. são denominados *escetas* de prata do tipo X (Wodan-Monster). As escetas eram moedas de prata de origem anglo-saxã, surgidas no século VI, como substitutas para moedas de ouro, sendo cunhadas na Inglaterra, sul da Escócia, mas também na Frísia e na Dinamarca. Como foram produzidas ao longo de dois séculos, existem vários modelos, os quais apresentam influência merovíngia e tardo-romana, como uso do alfabeto latino, de efígies, entre outros padrões (Oliveira, 2021, p. 29).

Em escavações arqueológicas na década de 1970, mais de 200 escetas foram encontradas em Ribe, sendo a maioria do tipo X, o que levou arqueólogos como Metcalf a sugerirem a hipótese de que aquela pequena cidade teria criado esse padrão (Feveile, 2012, p. 113). Entretanto, estudiosos como Malmer (2007) contestaram essa ideia, sugerindo que esse tipo poderia ter sido cunhado na Frísia e cópias foram depois feitas em Ribe. A grande quantidade de moedas poderia ser oriunda do comércio ou de saques, e depois foi sendo cunhada no restante do século VIII, pois na Frísia, anexada ao Império Carolíngio, adotou-se leis de cunhagem nos reinados de Pepino, o Breve (r. 751-768) e de Carlos Magno (768-814) (Feveile, 2008a, p. 58-60, 64-65). As escetas do tipo Wodan-monster foram utilizadas amplamente nos centros comerciais até o início do século IX, quando foram substituídas por outros padrões a partir de 820 d.C., que examinaremos no fim do capítulo 3.

No caso do tipo X, dois aspectos principais se destacam nessa moeda: um rosto cabeludo e barbudo (anverso) e um monstro (reverso) (figura 22). Quando essas moedas começaram a serem catalogadas na década de 1970, os pesquisadores adotaram por convenção uma hipótese que passou a ser difundida: que o rosto visto neste modelo seria uma referência a Wodan/Odin. Embora seja uma hipótese controversa, ainda hoje para fins de classificação das escetas se utiliza esta denominação.

Malmer (2007) referiu-se em diferentes estudos que esta representação seria um monstro não identificado, ou podendo ser uma serpente ou dragão, pois apresenta patas. No entanto, Barret (1990, p. 116-117) sugeriu que este monstro seria um animal quadrúpede em corpo serpentiforme (figura 22, reverso), talvez um lobo, um padrão que ocorre na arte escandinava e germânica antiga. Todavia, ele não descartou que possa ter sido também um dragão. A hipótese de Barret possui respaldo, pois na arte germano-escandinava houve a prática de representar animais como lobos, cavalos, aves, cervídeos e ursos com corpos serpentiformes, o que dificulta em alguns casos determinar a espécie animal retratada (Klingender, 2019, p. 103-115). Anna Gannon (2010: 148-154) assinalou que este animal presente nas escetas de prata é de difícil definição, mas em alguns outros modelos podem-se ver lobos, cavalos, cervos ou serpentes. Além disso, a mesma autora apresentou exemplos de moedas que possuíam a efígie de centauros e grifos, revelando a variedade de animais e criaturas presentes nas escetas. No entanto, no caso destes animais do tipo X serem realmente uma serpente/dragão, o paralelo é verificado em pedras rúnicas suecas dos tipos Pr3 ao Pr5. Levando em consideração que a efígie retratada pode ter sido controlada por algum governante, os animais neste contexto poderiam ser algum selo referente ao líder, uma interpretação sugerida por Barret. Ou poderiam invocar a ideia de autoridade, força e bravura (Oliveira, 2021, p. 25). Pois mesmo entre os germânicos antigos a serpente apresentava alguns desses simbolismos (Klingender, 2019, p. 103-107).

Barret (1990, 116-117), citando o arqueólogo David Hill, cogitou que o rosto no padrão Wodan-monster (figura 22, anverso) seria uma referência a Jesus Cristo, pois essa esceta apresentaria influências de moedas bizantinas e contém duas pequenas cruzes. Por sua vez, Barret comentou que a numismata Brita Malmer foi mais cautelosa ao propor uma interpretação, chamando essa efígie de "ray face", pois os cabelos e barba estão num formato radiado. Para Malmer, não havia evidências de que poderia ser o rosto de Odin. Além disso, como assinalado por Barret (1990), Malmer (2007) e Feveile (2008), existe a possibilidade de que o padrão original dessa moeda teria sido de origem frísia ou anglo-saxã, o que colocaria em dúvida o emprego da imagem de Wodan, mesmo ele sendo uma divindade germânica, no entanto, a Frísia do século VIII estava sendo cristianizada. Além disso, moedas do tipo X também foram cunhadas na Inglaterra, território já cristão.

A teoria mais recente sobre a face Woden/monster é do arqueólogo Morten Søvsø (Sydvestjyske Museer), que acredita que ela teria sido uma representação alegórica do rei que cunhou as moedas, ou então, do prestígio e autoridade real dos patrocinadores da cunhagem, cujo centro político pode ter sido a região de Gammel Lejre, Zelândia (Kristensen, 2021, episódio 1: Haralds spin). Outro estudo apontou que esta face barbuda do anverso pode ter sido influenciada esteticamente por representações presentes em moedas romanas e carolíngias da górgona Medusa e de Oceano (denário, tipo S 959) (Deckers *et al.*, 2021, p. 46-47). Mas e quanto as duas cruzes ao lado da face barbuda?

Analisando um extenso catálogo de moedas merovíngias e escetas anglo- -frísias dos séculos VII e VIII (disponível em Schiesser, 2020, p. 445-482), percebemos claramente que o símbolo da cruz é central e dominante em pelo menos um dos lados destas moedas (geralmente o reverso): ao seu lado estão dispostas letras e outros símbolos menores (cruzes, quadrados, pontos) ou então, ocorrem cruzes duplicadas. Em muitas delas, a cruz ocupa praticamente toda a superfície da moeda, tendo os braços/laterais alcançando as margens do objeto. É importante também destacar que em várias imagens medievais, a cruz é ladeada por quatro pequenos círculos/esferas, que estão relacionados aos quatro evangelistas e a ligação de Cristo com os quatro pontos cardeais (Chevalier; Gheerbrant, 2002, p. 310). Inclusive, a grande cruz central no reverso será um dos padrões das moedas danesas após o século X, como as que foram cunhadas por Sueno Barba-Bifurcada e Canuto II o Grande.

Uma situação totalmente diferente é presente no padrão Wodan-monster (figura 22, anverso): as duas cruzes apresentam-se de forma pequena, lateral e marginal à figura central deste lado da moeda (anverso). Ou seja, ela não deve ter uma conotação cristã. Como comentamos no capítulo 1 a respeito das bracteatas, o símbolo da cruz era conhecido pelos escandinavos desde a Idade do Bronze, com a famosa cruz solar, e foi ressignificado junto ao contexto do cavaleiro e seus elementos odínicos. Mas mesmo assim, é muito difícil analisar com mais pormenores o seu suposto significado, porque a cruz é menos frequente na iconografia de contextos figurativos da Escandinávia pré-cristã, da Idade do Ferro até o fim da Era Viking, ao contrário de outros símbolos geométricos, como a suástica, o valknut, a triquetra, o triskelion e a espiral. Voltaremos a comentar esse tema no fim do capítulo 3, quando analisarmos as moedas produzidas em Ribe e Hedeby no século IX. Mas, se a Península da Jutlândia esteve impregnada de atividades comerciais e urbanas tão intensas, o que ocorria com as outras regiões da Dinamarca neste período do século VIII? Vamos agora examinar os casos da Escânia e da Zelândia.

O edifício de culto de Uppåkra

A região de Uppåkra, no sul da Suécia, foi um dos mais importantes centros populacionais e de poder do sul da Escandinávia, no primeiro milênio de nossa Era. A cidade tinha uma localização estratégica e ricas fazendas ao seu redor, sendo o grande ponto religioso, econômico e político da maior parte da Escânia, além de poder ter abrigado uma residência real. As primeiras evidências de povoamento neste local remontam ao ano de 100 a.C., onde pessoas viveram por cerca de 1.100 anos (Uppåkra Arkeologiska Center, 2019). Com o tempo, transformou-se num local de manufatura e comércio. O período Viking de Uppåkra foi caracterizado pela existência de uma sofisticada metalurgia artesanal, produzindo joias de alta qualidade, como um belo objeto de bronze adornado com o tema de um homem pássaro, possivelmente uma referência ao ferreiro Völundr. Este objeto foi encontrado em uma das casas comunais do local (Price, 2015, p. 272-273). Em termos de qualidade dos achados arqueológicos, Uppåkra pode ser comparada a outras cidades escandinavas da Era Viking, mas ela foi um tipo de assentamento totalmente diferente. Ela não foi o resultado de uma fundação por parte de uma realeza da Era Viking, mas uma fazenda aristocrática com contatos externos e alta qualidade de manufatura, cobrindo uma grande área, mas sem densidade populacional. Assim, ela se afasta dos modelos de Birka e Hedeby, aproximando-se muito mais de Tissø na Zelândia (Hårdh, 2009, p. 148).

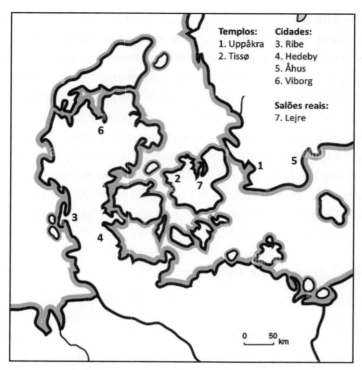

Figura 23: *Mapa da Dinamarca no século VIII d.C.* Assinalamos os principais pontos urbanos, edifícios de culto ("templos") e salões reais. A fortificação de Danevirke e o centro real de Jelling já existiam ao fim do século VIII, mas não foram incluídos neste mapa por questões didáticas – preferimos apontar somente as localidades mais importantes existentes até 780. Mapa do autor.

A cidade foi escavada inicialmente pelo arqueólogo Bror-Magnus Vifor em 1934. A partir de 1990 tiveram início escavações mais sistemáticas, onde a importância política e religiosa do local foi conhecida mais profundamente e, em especial, a edificação de culto (*Kulthuset*, Uppåkra Arkeologiska Center, 2019). Esta estrutura inusitada apresentava o pequeno tamanho de 13m de comprimento e 6,5m de diâmetro e foi descoberta durante as novas escavações de 1997 a 2000 (Larsson, 2007, p. 12). Ela foi edificada durante o século III, ao lado da casa comunal, sendo reconstruída cerca de sete vezes até o século X de nossa Era (figura 25). A estrutura era sustentada por quatro grandes pilares centrais e era toda de madeira. Tanto a proporção quanto a quantidade de ossos animais indicam que o local não foi utilizado no cotidiano doméstico, constituindo restos de sacrifícios (Larsson, 2005, p. 248).

Neste edifício havia três entradas, duas são ao sul e uma ao norte. Adições nas paredes sustentam a interpretação de que a entrada norte era a mais importante. Duas enormes argolas de ferro foram encontradas próximo à edificação e podem ter sido penduradas em suas portas (datadas de cerca de 800 d.C.). Também ocorria uma lareira central na estrutura (figura 25, Price, 2015, p. 273), mas ela era de um tipo diferente (Larsson, 2007, p. 13). As argolas possuem 150mm de diâmetro – os anéis/argolas eram símbolos de poder e fortuna no mundo nórdico antigo, ao mesmo tempo em que eram símbolos dos deuses. Outros objetos com alto valor simbólico encontrados dentro da estrutura foram moinhos de pedra, colocados como preenchimento de cavidades rasas sobre o chão, que podem ter servido de base para algum pilar especial. Os moinhos simbolizavam paz, boa fortuna, guerra e desastres, ao mesmo tempo em que eram relacionados cosmologicamente ao pilar do mundo (Larsson, 2007, p. 17, 21-22).

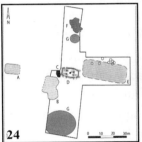 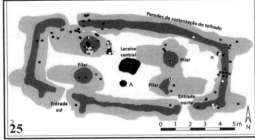

Figura 24: Diagrama da área de escavações em Uppåkra: A: salão; B: pavimento; C: Concentração de pedras e ossos queimados; D: o edifício de culto; E: o grande salão; F: concentração de armas; G: concentração dispersa de armas.

Figura 25: Diagrama ampliado do edifício de culto de Uppåkra. Os pequenos círculos de cor negra são os locais onde foram depositadas as figuras em folha de ouro (*guldgubber*); os círculos de cor branca indicam a deposição especial dos guldgubber em torno de um dos pilares da edificação da entrada sul. O círculo maior de cor escura (demarcado pela letra A) indica o local onde foram depositados a taça de prata e a vasilha de vidro. Fonte: Larsson, 2007, p. 15; Jørgensen, 2009, p. 336.

Estivemos no local original do edifício de culto de Uppåkra em 2019. Ele atualmente é delimitado por quatro pequenos troncos cortados de árvores, demarcando a posição original dos pilares centrais. Distante 82m, no lado norte, localiza-se a atual igreja, construída nos anos de 1860 (acima de uma mais antiga, datada do século X, Hårdh, 2009, p. 145). Como a região é muito plana, este edifício devia ter sido visível a uma grande distância. Próximo ao centro arqueológico, uma pequena réplica em madeira (com cerca de 3m de altura, escala de 1:3) foi construída, permitindo aos visitantes perceberem os detalhes da estrutura, incluindo os quatro pilares centrais (figura 26). A réplica foi inaugurada em 2018 e doada pelo PEAB Byggservice (Uppåkra Arkeologiska Center, 2019).

Alguns objetos encontrados no local confirmam que se tratava de uma edificação especializada para cultos. Uma tigela de vidro e um copo de prata e cobre foram colocados como oferenda no chão do edifício. O copo foi datado de 500 d.C. e possivelmente foi feito no próprio local, mas com influência romana, possuindo entrelaçados de cavalos, serpentes e humanos. A tigela de vidro tem a mesma datação, mas originou-se de alguma localidade próxima ao Mar Negro, tendo elementos mistos dos gregos, germânicos e sassânidas (Karsten, 2019, p. 18, 20).

Foram resgatados pelo menos dez fragmentos de vasos de vidro e cento e onze plaquetas finas de ouro (*guldgubber*), estampando figuras masculinas, femininas ou casais. Estas figuras foram feitas entre 400 a 800 d.C., imitando moedas romanas para templos e podem ter sido utilizadas para rituais relacionados com religião e lei, além de cerimônias envolvendo temas mitológicos (Karsten, 2019, p. 22). O seu achado junto a um dos pilares da edificação (cf. figura 25) pode ter também uma relação cosmológica: simbolizaria as folhas de ouro das árvores do bosque de Glasir descritas no *Skáldskaparmál* 34 (Larsson, 2005, p. 251-252).

Ao norte do edifício foram encontrados quatro túmulos, enquanto que no sul, os arqueólogos escavaram diversos itens de equipamentos militares, incluindo partes de um elmo do século VII. A estrutura e os tipos de achados sugerem que esta casa foi utilizada como um tipo de edificação religiosa (*tempel; kulthus*) na qual objetos eram ofertados e ocorriam sacrifícios (*blót*). Após a cristianização, estes locais foram conhecidos como *blóthus*, um tipo de designação para casas onde ocorriam supostamente "ações diabólicas" (Karsten, 2019, p. 14).

No pavimento do edifício, foram encontrados também sacrifícios de armas, composto por lanças, partes de escudos, ossos humanos e de animais (um dente de *Bos taurus*, um dente e um osso humano; todos datados dos séculos VI-VII) – estes itens foram colocados em pequenos montes, ao redor da estrutura (figura 25, Price, 2015, p. 275; Larsson, 2007, p. 16). Estes indícios, em particular, ofereceram bases para a associação do local com o culto a Odin nesta comunidade, fora o fato de um pingente de uma figuração masculina com apenas um olho (e um apêndice duplo sobre a sua cabeça, cf. figura 34) ter sido encontrado na cidade, datado do início da Era Viking (Nilsson, 2014, p. 80, 82). Também o achado de 23 objetos cirúrgicos em volta do edifício (entre os quais, um par de pinças, um bisturi, uma sonda cirúrgica) demonstrou uma influência direta com o mundo romano (podem ter feito parte do equipamento de um cirurgião militar para tratar cortes e fraturas). Datados entre os anos de 200 a 600 d.C., eles podem ter sido associados com o deus Odin, pelo fato da deidade ter um papel ligado à cura (Karsten, 2019, p. 41), assim como vimos antes no crânio de Ribe.

O encontro de duas figurações de valquíria em volta do edifício de culto reforça o simbolismo ligado ao deus Odin. Mas também temos que perceber que outros indícios apontam para uma possível variabilidade religiosa. Um colar com martelo do deus Thor feito de ferro foi encontrado em meio a ossos em um pavimento de pedra, além de uma estatueta representando um leão (Hårdh, 2010, p. 274-275; 2009, p. 146).

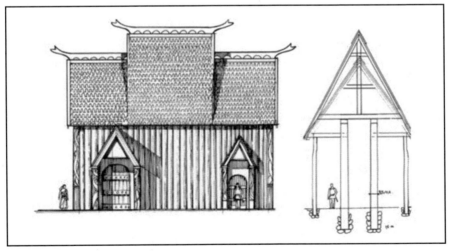

Figura 26: *Reconstituição do edifício de culto de Uppåkra*, ilustração de Luïc Lecareux (Page, 2015, p. 274). A altura, a forma, os detalhes dos telhados e as figuras esculturais deste local são hipotéticas, baseadas em igrejas norueguesas do século XI d.C., que teriam sido inspiradas em "templos pagãos" erigidos anteriormente no mesmo local. A segunda imagem mostra em corte dois dos quatro pilares centrais da edificação. As figuras humanas servem de escala visual.

Esta casa de culto foi reconstruída diversas vezes, sendo finalmente arrasada durante o século X, um pouco antes da fundação da cidade de Lund, também na Escânia. A importância desta edificação declinou bastante após o Rei Canuto II da Dinamarca fundar a sede do bispado em Lund, em 990. A cidade de Uppåkra foi aos poucos abandonada perto do ano 1000, tendo a população migrado para a nova cidade. Talvez o novo rei tivesse a intenção de evitar as conotações "pagãs" de Uppåkra, criando uma sociedade totalmente cristianizada em Lund (Price, 2015, p. 276). Novas pesquisas indicam que o depósito do vaso de vidro sobre o chão do edifício de culto, seria o indício de que o local foi fechado simbolicamente ou dessacralizado, durante o século X. A igreja ao lado sucedeu a antiga "casa pagã de culto": a nova religião foi oficialmente aceita em 990 em todo o sul da Suécia (Nilssen, 2014, p. 82, 87).

Mas existiram edificações de culto em outros locais da Dinamarca e da Escandinávia durante a Era Viking? Para o historiador Olof Sundqvist, teria existido dois tipos de edificações para culto na região nórdica desde a Idade do Ferro: os grandes salões multifuncionais e aristocráticos (as casas comunais), erguidos nas localidades centrais de Slöinge (Suécia), Uppsala (Suécia), Huseby em Tjølling (Noruega), Borg em Lofoten (Noruega); o outro tipo seriam as edificações pequenas e especializadas, presentes em Borg e Östergötland. Uma variação destas construções foram erguidas ao lado de casas comunais, como vimos em Uppåkra, mas que também existiram em Gudme, Gammel Lejre, Tissø e Järrestad (Escânia) (Sundqvist, 2016, p. 102). Na próxima seção vamos analisar o caso de Tissø, situado na Zelândia danesa.

Os locais de culto em Tissø

A região em torno do Lago Tissø envolve uma das mais bem documentadas fazendas aristocráticas da Dinamarca da Era Viking, do ponto de vista da Arqueologia. O complexo é situado no lado oeste do lago na Zelândia ocidental, Dinamarca. O local localiza-se cerca de 7km do mar, sendo acessado por rio navegável. O assentamento encobre cerca de 500.000m². O local sempre esteve envolvido com descobertas incomuns, como armas e joias depositadas no fundo do lago e, principalmente, dois túmulos com homens com suas cabeças colocadas entre as pernas. Na área dos campos agrícolas e oficinas, foram descobertos muito ouro, prata e bronze, mas o destaque é uma argola de ouro com cerca de 30cm de diâmetro e 1,8kg (datado do século X). A estimativa é que esse colar teve um valor de aproximadamente 500 cabeças de gado na Era Viking (Price, 2015, p. 328), sendo até hoje o maior objeto de ouro da Era Viking já recuperado (Nielsen, 2016, p. 240).

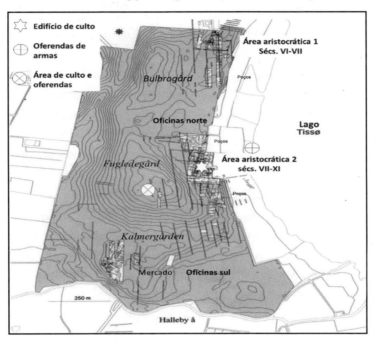

Figura 27: *Mapa do sítio de Tissø*. A área aristocrática 2 (região de *Fugledegård*) foi criada no século VIII e ocupava um total de 15.000m². Ela é caracterizada por diversas atividades de culto, destacando-se pela falta de edificações utilitárias. Mesmo fossos situados no norte e sul da área tinham funções rituais, mas o destaque maior é a edificação ritual especializada (marcada no mapa por uma estrela). Ao oeste do complexo, ocorria uma elevação com diversos vestígios de oferendas em área descoberta (marcada por um círculo com X). Do lado leste, na borda do Lago Tissø, destaca-se o local de oferendas de armas (demarcado com um círculo com cruz). O mercado e a principal área com oficinas localizam-se ao sul do complexo (na região de *Kalmergården*).
Mapa adaptado de Jørgensen, 2009, p. 341.

As escavações em grande escala foram conduzidas entre 1995 e 2003, descobrindo duas residências aristocráticas, em conjunto com mercados e oficinas, além de uma edificação para cultos, todos associados a muitos objetos de metal raros e de origem estrangeira. A primeira propriedade foi datada do ano de 500 d.C. e foi queimada no século VII, situada na região de Bulbrogård. A segunda propriedade (na região de Fugledegård, figura 27), foi instalada a 600m ao sul da anterior, funcionando entre os anos de 700 a 1050 (em quatro fases), cercada por uma grande paliçada. O grande salão (em nórdico antigo: *salr* ou *hof*) possuía 48m de comprimento e incluiu objetos como copos carolíngios de vidro; moedas inglesas, carolíngias e árabes; equipamentos e armas da Germânia e Irlanda, além de um número muito grande de amuletos (como martelos de Thor, pingentes e fíbulas com valquírias, que veremos a seguir) e um fragmento de lira. A maior parte deste material foi encontrado na parte leste do salão – foi provavelmente a área onde se realizavam os grandes banquetes de prestígio, atividades rituais e atividades administrativas dos aristocratas (ou reis). A parte oeste deste edifício conteve poucos achados, sendo provavelmente a seção residencial.

Ao redor do grande salão (casa comunal) foram encontradas várias casas pequenas, voltadas para a produção de artesanato, mercado, comércio, produção têxtil e metalurgia, com cada edificação demarcada por uma pequena vala. Também ocorreu uma área de fornos para fundição de ferro (Price, 2015, p. 329). Comparando a quantidade de objetos derivados de rotas comerciais de Tissø com outros empórios (como Ribe, Hedeby, Kaupang e Birka), ele foi bem menor – as atividades externas foram intensas, mas por um breve período (Jørgensen, 2008, p. 81).

O governante provavelmente também foi o juiz em situações jurídicas, protetor do povo e comandante em situações militares, além de supervisionar as atividades artesanais e comerciais, bem como patrocinar as ações religiosas (Price, 2015, p. 330). Novas pesquisas indicam que apesar desta sociedade ser estratificada, hierarquizada e não igualitária, existem indícios de que houve um dinamismo intermitente, incluindo conflitos, cooperações e resistências na sua organização (Borake, 2017, p. 43-59). Por outro lado, alguns arqueólogos pensam que o local não constituiu uma residência permanente, sendo antes um complexo real utilizado como um dos vários pontos de um sistema estatal de uma monarquia móvel (Jørgensen, 2008, p. 82). Assim, esta área não praticava a agricultura, não sendo ocupada durante todo o ano. Era o local onde o rei exibia e demonstrava o seu poder (Nielsen, 2016, p. 240).

Cinquenta objetos descobertos no fundo do lago foram datados do início do século IX. A conexão com o nome é bem interessante: Tissø significa o *Lago de Tyr*, um dos deuses germânicos da guerra (Jørgensen, 2008, p. 77). Um dado muito importante é que o deus Tyr não aparece na toponímia da Suécia e Noruega, somente da Dinamarca (Brink, 2007, p. 121).

A edificação religiosa ficava ao lado da grande mansão (salão), cercada por uma pequena divisória. Ela é uma evidência de que a elite controlava as atividades religiosas, políticas e comerciais da sociedade nórdica durante a Era Viking. Esta edificação foi reconstruída diversas vezes e foi abandonada em algum momento do século X. Também existiam outras áreas cerimoniais, como o próprio lago ao redor, além de uma pequena colina que pode ter sido um local de sacrifício e oferendas ao ar livre (figura 27). O edifício de Tissø é considerado o mais bem estudado caso da segunda geração de complexos de culto do sul da Escandinávia (Jørgensen, 2009, p. 338-344).

As duas principais regiões que possuíam funções rituais em torno do lago foram Fugledegård (que abrangia o grande salão e o edifício de culto) e Kalmergården (a área do mercado e a principal oficina). Na colina de Fugledegård, associada com a estrutura do grande salão, foram encontrados vestígios de rituais de banquetes e depósitos de oferendas, contendo ossos de animais, contas de vidro, joias, armamentos, âmbar e fragmentos de amoladeiras. Neste sítio foram descobertos os pingentes de duas figuras femininas (Price, 2013, p. 166-167).

Na área do mercado (Kalmergården), um poço central foi escavado e foram encontrados fragmentos cerâmicos, metálicos, ossos de animais e broches do século X. As análises dos ossos constaram que eram sete cavalos, cinco bois, um porco e um carneiro jovens (Jørgensen, 2017, p. 47-55). Neste local foram encontrados a já comentada argola de ouro e pingentes de valquírias (Price, 2013, p. 116).

Vamos elaborar alguns comentários sobre as principais descobertas iconográficas da área de Tissø: as que foram encontradas dentro do edifício de culto da área aristocrática 2 (quatro pingentes de figurações femininas e um pingente com dois caprídeos, Nationalmuseet, 2013) e duas figurações masculinas interpretadas como sendo figurações de Odin em área não especificada em torno do Lago Tissø (Pentz, 2018a, p. 23).

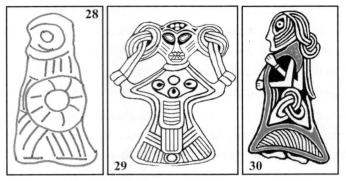

Figura 28: Valquíria de Tissø, ilustração de Johnni Langer, baseada em foto de Wihlborg, 2019, p. 106.

Figura 29: A deusa Freyja de Tissø, ilustração de Dirks, 2017.

Figura 30: Valquíria de Tissø, ilustração de Dirks, 2017. Como na representação anterior da figura 29, a figura feminina possui seu rosto marcado com listras (que poderiam ser pinturas faciais ou até mesmo tatuagens, Pentz, 2023, p. 322).

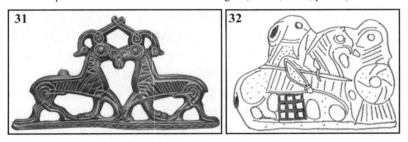

Figura 31: Broche com dois caprídeos de Tissø, ilustração de Carsten Lyngdrup Madsen, fonte: Heimskringla, 2022.

Figura 32: broche de duas valquírias de Tissø, ilustração de Johnni Langer, baseada em foto de Price, 2013, p. 116.

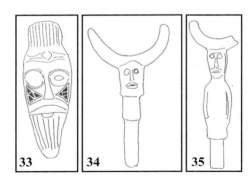

Figura 33: Pingente-máscara de Odin de Tissø, ilustração de Johnni Langer, baseada em foto de Pentz, 2018, p. 23.

Figura 34: Pingente de Odin de Tissø, ilustração de Johnni Langer, baseada em foto de Morgan, 2023.

Figura 35: pingente do Odin de Uppåkra, ilustração de Johnni Langer, baseada em foto de Nilsson, 2014, p. 82.

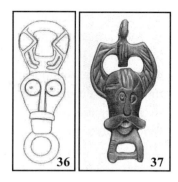

Figura 36: molde para pingente de Odin, Ribe, ilustração de Helmbrecht, 2007/2008; p. 39.

Figura 37: pingente do Odin de Ribe, ilustração de Carsten Lyngdrup Madsen, 2017, fonte: Heimskringla, 2022.

A primeira representação é de uma figura feminina portando um escudo e segurando um corno de bebidas (figura 28). Ela é considerada feminina por portar um vestido, mas sua cabeça está coberta por um elmo. Assim como na figura 32, ela é interpretada como sendo uma valquíria por uma tradição bibliográfica da área escandinava (Gardela, Pentz, Price, 2022, p. 112). As valquírias foram os seres sobrenaturais encarregados de transportar os guerreiros mortos ao Valhalla, cujo conceito transformou-se de campo de batalha para um paraíso celeste na literatura nórdica medieval (Simek, 2007, p. 349). Figuras femininas isoladas portando armas sofrem as mais variadas variações icnográficas na área nórdica da Era viking, no tocante ao número e tipo de armamentos; mas geralmente elas são encontradas de forma fortuita e sem contexto arqueológico, por parte de buscadores de objetos valiosos na área escandinava (Gardela, Pentz, Price, 2022, p. 104-105). Para uma discussão dos motivos de "valquírias" encontradas na Escandinávia, especialmente na região danesa, consultar Wihlborg, 2019, p. 9-128.

A figuração 31 apresenta dois seres femininos ao lado de um cavalo: a do lado direito porta também um escudo, um elmo e um corno, mas a do lado esquerdo está junto a um cavalo e segura uma lança; o seu cabelo está entrelaçado na forma de um nó. Nos estudos escandinavos, de forma tradicional são interpretadas como sendo duas valquírias (Gardela, 2022, p. 24). Algumas outras interpretações mais recentes ampliam o quadro dos estudos iconográficos destes objetos: em vez de representações mitológicas, elas são percebidas como figurações de cenas rituais, reais, em que mulheres realizavam performances ritualísticas e transgrediam as normas sociais de gênero – ao portarem armamentos, elas retiram a exclusividade masculina do campo de guerra. A principal base desta interpretação é a comparação de imagens de mulheres portando armas na tapeçaria de Oseberg (século IX) (Deckers, Croix, Sindbaek, 2021, p. 30-65). Esta proposta é interessante, mas limitada; não faz sentido pessoas, sejam mulheres ou homens, portarem pingentes representando cenas de uma suposta dramatização "real", que por sua vez, estaria representando o quê? No contexto do fragmento aludido da tapeçaria, temos uma figura masculina portando apêndices córneos em sua cabeça e um par de dardos na mão; ao lado, outra figura porta um escudo e uma máscara de urso – um estaria representando Odin e o outro um bersekr? Mas neste caso temos uma cena completa, na qual os outros fragmentos também apresentam cenas complexas, como um funeral com dezenas de pessoas e outro, uma árvore com enforcados. Nestes casos, as pessoas realizam supostamente ações performáticas representando alguma deidade. Não faz sentido um pingente representar uma cena de drama religioso, e sim, representar diretamente o motivo que o próprio drama quer simbolizar. Ou seja, dentro do quadro geral de objetos religiosos encontrados na Escandinávia antiga, figurações materiais representando objetivamente deuses e seres míticos fazem muito mais sentido.

Outra interpretação alternativa é que estes seres femininos armados poderiam ser representações de mulheres mortas adentrando o salão da deusa Freyja (figura 28) e os pingentes de mulheres isoladas (figura 29 e 30) a própria deusa Freyja (Gardela, Pentz, Price, 2022, p. 123). O pingente mais complexo e enigmático encontrado dentro do edifício de culto de Tissø é de um ser feminino (usa vestido e cabelos longos com entrelaçado, figura 29). Em cada lado do cabelo está um grande nó, cujas pontas do cabelo caem e são seguras por uma das mãos. Os seus olhos estão arregalados e o seu rosto parece estriado, lembrando um felino – levando a maioria dos pesquisadores a considerarem como sendo uma imagem da deusa Freyja, associada com os gatos, o amor e a guerra. Ou então a uma bruxa (*harg*, Wihlborg, 2019, p. 108). O pingente da suposta deusa Freyja segurando os seus cabelos tem paralelos com outras descobertas da Dinamarca, como em Stavnsager (Jutlândia) e Stålmosegård (Zelândia), datados por contexto dos sítios entre os séculos VI a IX d.C. (Wihlborg, 2019, p. 99, 101).

O motivo artístico de uma deusa (ou mulher) segurando as pontas do cabelo em cada mão teria sido influenciado pela área romana, adaptado ao tema nórdico da metamorfose divina em animais (Pentz, 2018a, p. 19, 20). A principal similaridade é proveniente de esculturas e moedas romanas da deusa Vênus Anadiômena segurando o seu cabelo, que também inspirou representações de sereias no mundo carolíngio dos séculos VIII e IX (Deckers, Croix, Sindbaek, 2021, p. 46). Outro motivo que também foi influenciado pelo mundo clássico é o *adventus* – a cena de boas-vindas, ressignificada pelas elites germânicas desde o século IV e transformada na cena artística de uma valquíria recebendo um cavaleiro no outro mundo (a cena completa é encontrada nas estelas gotlandesas dos séculos VIII e IX). Neste caso, a cena isolada da valquíria (figuras 29 e 30) seria uma alegoria de seu caráter psicopombo – ela seria ainda mais importante do que o cavaleiro morto, pois encarnaria o próprio deus Odin (Gardela, Pentz, Price, 2022, p. 116).

O pingente com duas cabras (figura 31) é diretamente associado com as duas cabras do deus Thor (Tanngrisnir e Tanngnjóstr, citadas nas duas *Eddas*). Em outro broche encontrado em Birka, duas cabras estão ao lado de dois martelos em cada extremidade, mas o motivo duplicado de caprídeos da Era Viking também aparece em outras áreas, como Alemanha e Polônia (Kryda, 2021, p. 2-33).

Um detalhe muito importante nestes objetos encontrados em Tissø é o simbolismo numérico. Na base do vestido de uma das valquírias da figura 32, aparece um quadrado decorado com nove pinos quadrangulares. Em um detalhado e extenso estudo, foi constatado que estas miniaturas tanto podem representar tabuleiros de jogos de mesa quanto objetos relacionados com têxteis, todos conectados com o simbolismo do número nove na cultura material e na literatura nórdica medieval; este número estaria ligado a ritos de passagem, diversas deidades (em especial Odin), gigantes, feiticeiras e ritos sacrificiais em crônicas históricas (Gardela, 2022, p. 15-36). Por sua vez, a figura 30 representa uma mulher segurando uma espécie de corno alongado, sendo que sua base possui um belo trançado de uma triquetra – um símbolo geométrico constituído por três lados, do mesmo modo que os nós para cabelos das figuras femininas dos broches e monumentos (figuras 28 e 29) – uma conexão percebida por Gardela, Pentz, Price (2022, p. 110), mas sem maiores aprofundamentos. O simbolismo geométrico não figurativo é pouco estudado pelos escandinavistas, como já alardeamos. Em nossas pesquisas (Langer, 2023b, p. 255-269; Langer; Sampaio, 2021) constatamos que a triquetra esteve relacionada com figurações dos deuses Thor e Odin.

Alguns estudos relacionaram o simbolismo do número três com vários elementos da cultura material germânica desde o Período das Migrações, como alguns tipos de túmulos em pedra com três pontas (como os *treuddar*, os quais não vamos nos aprofundar). Esse ideal de tripartição teria sido um complexo ideológico-simbólico que permeou as elites do mundo germânico antigo até o fim da Era Viking, atestando uma descendência divina dos aristo-cratas-guerreiros. Sendo o número três associados aos deuses, a sua visibili-dade material atestaria tanto a relação dos seus portadores com o sacro quanto a legitimidade do seu poder. Este simbolismo tripartido conectaria diversos aspectos diferentes das elites escandinavas, mas especialmente com o deus Odin (Main, 2020, p. 52-53). Isso é particularmente perceptível em Tissø, com um pingente que representa uma máscara (figura 33). A figuração é de um ser masculino, portando uma longa barba e tendo o olho esquerdo sem representação de pupila (Pentz, 2018a, p. 23), o que indicaria que seria o deus caolho. Snorri Sturluson cita o fato de Odin ter perdido um dos olhos para beber da fonte de Mímir (em *Gylfaginning* 14). O detalhe mais interessante deste objeto é que em ambas as faces foi representada uma triquetra, muito semelhante à gravada no pingente encontrado no edifício de culto desta mes-ma região (figura 30) e associada ao simbolismo do número três.

Também neste pingente (figura 33) percebe-se um detalhe fascinante: ele possui a sua boca aberta, considerado uma referência aos aspectos poéti-cos e mânticos de Odin (Pentz, 2018, p. 23), um elemento presente também em outros pingentes, como os de Ribe (figura 37). Uma possível figuração de Loki, também encontrada em Tissø no ano de 2022, justamente tem um aspecto invertido: ela tem a sua boca costurada, remetendo aos padrões que surgem nas máscaras de Øster Lindet, Ulstrup e a pedra de Snaptun (Pentz, 2018, p. 24-25), uma referência ao *Skáldskaparmál* 44, onde Brokkr castiga Loki costurando a sua boca. Numa sociedade marcadamente oral, o poder da palavra esteve inserido em quase todos os aspectos jurídicos, religiosos, mágicos (o *galdr* de Odin), os juramentos, as disputas, as irmandades (Rii-soy, 2016, p. 141-156). Brokkr costurou a boca de Loki para silenciá-lo, evitando mais problemas. A imagem das máscaras de Loki (confeccionadas para serem objetos de uso pessoal) poderia ser um lembrete de que os deu-ses se vingavam dos infratores e dos trapaceiros, enquanto os pingentes de Odin com a boca aberta, poderiam constituir no oposto – o poder da palavra teria significados mágicos e sociopolíticos.

Outro detalhe que confirma a forte ligação de Tissø com o deus dos cor-vos é o encontro de um pingente representando um ser masculino com bigo-des e com a sua cabeça terminando em dois apêndices curvados (figura 34).

Ele é idêntico a outro que foi encontrado em Uppåkra (figura 35) e que são ambos classificados no subgrupo 4 de figurações com terminais córneos. Este tipo de figuração surgiu após o período Vendel (Helmbrecht, 2008, p. 31-54) e foi quando o deus Odin passou a ser associado visualmente com os dois corvos (simbolizados pelos apêndices córneos, como na figura 19). Um padrão um pouco mais estilizado foi encontrado na cidade de Ribe (figuras 36 e 37), que no caso deste último, também apresenta uma falha na pupila do olho esquerdo. Estes elementos (os dois corvos e o detalhe caolho) não apareciam na arte das bracteatas representando Odin, que tratamos no final do capítulo 1, demonstrando inovação e complexidade no desenvolvimento artístico, ou talvez estes detalhes não teriam sido invenções tardias na mitologia oral dos grupos germânicos? Ou então, inovações da própria Era Viking?

Ao sintetizar as principais descobertas da área de Tissø, temos assim uma argola de ouro (possivelmente utilizada em rituais, devido ao simbolismo do anel); um pingente do martelo de Thor; uma figuração dos dois caprídeos de Thor; um pingente com máscara de Odin e símbolos de triquetras; um pingente com a figuração de Odin com apêndices córneos; um broche com figuração feminina e uma triquetra; broche da deusa Freyja (ou valquíria?); broches isolados e em dupla de valquírias. O material aponta para uma diversidade no culto aos deuses nórdicos (Thor, Freyja, Odin), mas se levarmos em conta que as valquírias foram conectadas ao deus Odin e a quantidade de triquetras encontradas, esta deidade recebeu um maior incremento nesta área. Na próxima e última seção deste capítulo, examinaremos o monumento mais importante da Dinamarca pré-cristã.

Figura 38: A pedra rúnica de Snoldelev, 700-800. Ilustração de Nielsen (1974, p. 132) (o conjunto de imagens está em posição lateral, em relação à sua posição na pedra rúnica do Museu Nacional da Dinamarca, que é vertical).

Brindando ao deus dos caídos: a pedra rúnica de Snoldelev

A pedra rúnica de Snoldelev foi descoberta em 1775 no Monte Sylshøj, Gadstrup, Zelândia, Dinamarca. Ela consiste em um bloco de granito e foi encontrada em um montículo funerário em paralelo com outras duas pedras (Imer, 2016, p. 274), em meio a um conjunto totalizando 16 pedras orientadas no sentido Norte-Sul, mas que foram removidas e perdidas, restando somente Snoldelev (Jacobsen, 1941, p. 32, 37). Suas primeiras análises foram publicadas a partir de 1812 e registradas pela Comissão de Antiguidades da Dinamarca. Escavações arqueológicas no mesmo local da descoberta, realizadas em 1985, demonstraram a existência de um cemitério do início da Era Viking, inclusive com sepultamentos de uma mulher de alta aristocracia do século IX. A pedra de Snoldelev é datada tradicionalmente entre os anos 700-900 d.C. (Imer, 2016, p. 274; Stoklund, 2006, p. 368; Nielsen, 1974, p. 132). Atualmente Snoldelev encontra-se exposta no salão de pedras rúnicas do Museu Nacional da Dinamarca, em Copenhague, do qual visitamos em 2018. As inscrições e especialmente as gravuras dos cornos e da suástica são de difícil visualização, fato que motivou o museu a criar um painel ao lado, no qual se reproduzem as imagens em alta definição.

Os escultores de Snoldelev aproveitaram uma pedra que já possuía um símbolo gravado (atualmente pouco perceptível no original), datado da Idade do Bronze e que consiste em uma roda solar. Esta gravura foi realizada na parte superior do bloco – e o escultor da Era Viking inseriu uma suástica em um dos seus cantos e no outro, uma parte da inscrição rúnica, que se prolonga até a parte inferior do bloco. Logo abaixo, foi esculpido um triskelion entrelaçado com três cornos (figura 38). A inscrição rúnica (com 1,25m de comprimento) é uma das primeiras realizadas dentro do padrão denominado de *Futhark recente*, desenvolvido no início da Era Viking.

A transliteração da inscrição rúnica para o alfabeto latino: **<kun uᴀlts stᴀin sunᴀʀ ruʜalts þulaʀ o salʜauku(m)>** (Project Samnordisk, 2023); transcrição para o dinamarquês antigo: /Gunnvalds staein, sonaR Hröalds þulaR ä Sallaugum/, Imer (2016, p. 274). Quanto à tradução: "A pedra de Gunnvaldr, o filho de Hróaldr, recitador do Salhaugar" (tradução nossa ao português, baseado em Imer [2016, p. 274]). O texto alude ao proprietário ou ao homenageado pela ereção da pedra e ao seu pai, Hroald, que é caracterizado como sendo o recitador de uma região denominada de Salhaugar.

A palavra seria constituída por *sal* (hall, salão) e *högar* (monte, montículo), traduzido do inglês de Sundqvist (2009, p. 660). Alguns acreditam que Salhaugar se trate hoje da vila de Salløv (cidade de Gadstrup), Dinamarca, próxima de Snoldelev. Mas os arqueólogos até agora não encontraram os salões ou corredores referidos na inscrição (Imer; Hyldgård, 2015).

Esse recitador teria sido uma espécie de líder comunitário, com funções políticas e religiosas, mais especificamente em um salão real ou de culto – na interpretação de Stefan Brink, o termo *sal*, da palavra Salhaugar, teria esse significado. E tanto *sal* quanto *thul* teriam conexões na toponímia com o deus Odin (Brink, 1996, p. 255-258). Este pesquisador compara o sentido de *thul* com o anglo-saxão *þyle* mencionado em *Beowulf*, 1166 e 1457 (Brink, 1996, p. 257). Na tradução ao português: "Unferth (de usual fala) uniu-se a eles nesse salão, aos pés do rei danês sentado". (Ramalho, 2007, p. 73). Mas na linha 1155 o tradutor brasileiro se equivocou e não traduziu corretamente a frase do original: "þyle Hroðgares", que seria – recitador/narrador de Hroðgares, traduzido como "fidalgo de Hrothgar" (Ramalho, 2007, p. 91) Na literatura nórdica medieval, um dos registros mais importantes da palabra *thul* relacionada com o deus Odin é no poema éddico *Hávamál* 80: "(...) ok fáði fimbulþulr" (Jónsson, 1949), "e que o supremo recitador tingiu" (tradução nossa ao português).

O termo original, þulaR, pode compreender uma série de significados (*thul* – recitador, líder, pessoa proeminente, sacerdote, homem da lei, chefe, poeta, escaldo, leitor (Brink, 1996, p. 256); orador, sábio (Imer; Hyldgård, 2015); homem instruído, orador culto (Sundqvist, 2003, p. 114); narrador, fabulador (Abrahamson; Thorlacius, 1812, p. 289), mas todos conectados a elementos religiosos, ou seja, trata-se de um especialista em rituais pré-cristãos. Não existia um sacerdócio profissional na religião nórdica antiga, mas uma série de categorias da sociedade que poderiam conduzir rituais em certas ocasiões, como rei (*konungr*), líderes regionais, *goði* (chefe político, judicial e religioso da Islândia), þulʀ (Hultgård, 2008, p. 217), *solvir* (sacerdote de um santuário), *vífill* (consagrador/sacerdote), *Lytir* (adivinho/sacerdote/intérprete) (Sundqvist, 2003, p. 113, 116). Na poesia escáldica o termo þulʀ é um nome particular para os escaldos e também poder ser interpretado como o guardião da tradição religiosa e jurídica, recitador da tradição e do culto (Simek, 2007, p. 331-332). O termo *thul* ocorre nas pedras rúnicas de Sö 82 e U 519; nas bracteatas de

IK 364, DR IK 585, DR IK 225 e IK 2 (e nesta última o termo é associado com Wotan/Odin); nos poemas éddicos *Vafþrúðnismál*, *Hávamál* e *Fáfnismál* e o seu correspondente em anglo-saxão (*þyle*) em *Beowulf* (Tsitsiklis, 2017, p. 6, 8, 32-266). Para outro pesquisador, o substantivo *þulʀ* é relacionado ao verbo *þylja* do Nórdico Antigo, que significa fala, murmúrio, canto (Sundqvist, 2009, p. 660). Não há consenso de quem seja o dito recitador, segundo a inscrição de Snoldelev; os pesquisadores tanto alegam que seja Gunvald quanto Hroald. Neste último caso interpretativo, seguimos MacLeod; Mees (2006, p. 177).

Também para outro pesquisador, a inscrição de Snodelev se relacionaria estritamente com um especialista em culto da alta aristocracia, em um ambiente relacionado a um salão real e que teria conexões com Odin e seus mitos (Sundqvist, 2009, p. 660-661), algo já antevisto, mas superficialmente, em Glahn (1917, p. 139).

Os dois símbolos da pedra de Snodelev receberam pouca atenção, geralmente analisados pela perspectiva da inscrição ou de forma isolada e em casos extremos, considerados simples ornamentos (Imer, 2016, p. 274). É um problema comum entre os escandinavistas, especialmente arqueólogos e numismatas, em considerar os símbolos religiosos pré-cristãos como sendo puramente decorativos ou ornamentais nos monumentos e objetos móveis da Era Viking (Garipzanov, 2011, p. 4) (no caso de triquetras em moedas) (Raudvere, 2009, p. 9) (tratando do valknut representado na base do monumento Stenkyrka Parish/Lillbjärs III, Gotlândia). Isso se deve em parte à falta de estudos analíticos, sistematizadores e comparativos do simbolismo nórdico antigo.

O primeiro estudo sobre a pedra rúnica de Snoldelev, publicado em 1812, interpretou a suástica como sendo o símbolo do martelo de Thor. Provavelmente aqui os autores foram influenciados pelo folclore escandinavo moderno, que denominava a suástica de martelo de Thor – como no caso Islandês: *Þórshamar* (Árnason, 1862, p. 445) e sueco. No século XVIII confrarias de camponeses (*Fattigklubba*) utilizavam em suas reuniões martelos com suástica gravadas (Mejborg, 1889, p. 16). Sobre o tema da suástica no folclore moderno, consultar MacLeod; Mees (2006, p. 252). A pesquisadora Hilda Davidson relacionou a suástica com o martelo de Thor e seus efeitos de raios e trovões no céu (Davidson, 2004, p. 69), mas a conexão entre Thor e os trovões foi questionada recentemente (Taggart, 2018). Oura pesquisadora admite a relação entre Thor e a suástica, mas refuta a relação entre este símbolo com o martelo (Motz, 1997, p. 340).

Para o triskelion em Snoldelev, os acadêmicos analisaram várias passagens de sagas islandesas e fontes mitológicas, sempre buscando conexões dos brindes enquanto atos religiosos e comunais e sua relação com o número três (Abrahamson; Thorlacius, 1812, p. 289-322). Ainda no século XIX a suástica de Snoldelev foi interpretada como sendo um símbolo de Wodan/Odin e o triskelion de cornos relacionado a Thor (Stephens, 1868, p. 4). É curioso de perceber que Stephens posteriormente teve uma interpretação totalmente diferente da suástica. Ao analisar a inscrição da lâmina da espada de Saebø (Noruega, século IX d.C.), Stephens concedeu a seguinte transcrição para o nórdico antigo – "oh 卐 muþ"; e a tradução para o inglês – "owns (possesses me) thurmute" (Stephens, 1884, p. 243), o pesquisador interpretou a suástica como sendo um sinal fonético para o deus Thor, uma interpretação runológica equivocada. Em nenhum tipo de contexto, objeto ou suporte, a suástica teve qualquer tipo de ligação com sons ou fonemas na Escandinávia da Era Viking.

Já no século XX, a suástica foi considerada um símbolo solar ou de alguma divindade e o triskelion de chifres relacionado às grandes festas anuais de sacrifício, mas sem grandes certezas sobre o seu significado (Glahn, 1917, p. 139). Outros acadêmicos, apesar de considerarem um significado religioso dos dois símbolos na referida pedra, preferiram permanecer somente na interpretação e contexto da inscrição rúnica (Westrup, 1930, p. 60; Sundqvist, 2003, p. 115). E alguns optaram por considerar que o formato e tamanho da pedra tinha conotações religiosas, sendo uma pedra sagrada (Jacobsen, 1941, p. 32). Mais recentemente, a suástica de Snoldelev novamente recebeu conotação solar e o triskelion foi relacionado aos mitos narrados pelo recitador para criar identidades na coletividade (Imer; Hyldgård, 2015). Outra linha interpretativa é a de relacionar o triskelion de Snoldelev com um símbolo descrito por Snorri Sturluson (Westcoat, 2015, p. 18-19; Simek, 2007, p. 163; Hupfauf, 2003, p. 230; Boyer, 1997, p. 33), uma ideia que discordamos.

Em sua descrição do combate do gigante Hrungnir com o deus Thor, Snorri Sturluson comenta que após o gigante ser destruído pelo martelo da deidade: "Hrungnir átti hjarta þat er fraegt er, af horðum steini ok tindótt með þrim hornum svá sem síðan er gert var ristubragð þat er Hrungnis hjarta heitir" (Sturluson, 1998, p. 21); "Hrungnir tinha um coração que era renomado, feito de pedra dura e ponteado com três cornos, assim como os símbolos esculpidos que são chamados de Coração de Hrungnir" (tradução nossa ao português). A grande maioria dos pesquisadores considera que o símbolo em questão é o *valknut*, pelo fato deste remeter ao simbolismo do número três. Apesar de ele ser um símbolo relacionado objetivamente a este número (são dois triângulos entrelaçados), morfologicamente não possui três pontas externas, mas sim, seis (e contando todas as extremidades, internas e externas, tem nove). Outra questão: o valknut na área nórdica aparece relacionado somente ao deus Odin, nos mais variados contextos figurativos (Langer, 2023b, p. 255-270), enquanto o relato de Snorri sobre Hrungnir é essencialmente vinculado ao deus Thor. Acreditamos que o símbolo mais adequado à descrição contida no *Skáldskaparmál* é a triquetra, especialmente o padrão com pontas que foi representado nas pedras rúnicas suecas de U 937 e U 484 e na estela gotlandesa de Sanda II. O último elemento que consideramos fundamental a esse questionamento é a presença dos ditos símbolos na Islândia medieval, a terra de Snorri Sturluson – a triquetra ocorre em vários objetos, enquanto o valknut nunca foi registrado na ilha (Langer, 2023b, p. 252-270).

Percebemos os dois símbolos geométricos de Snoldelev em duas perspectivas: a suástica de forma isolada e em relação ao triskelion e à inscrição rúnica. De forma isolada, a suástica foi gravada acima do símbolo da cruz solar, datada da Idade do Bronze. Com certeza o seu autor reafirma o sentido solar que estava presente na época das migrações e em várias bracteatas, como já mencionamos antes, no fim do capítulo 1. Algumas figurações datadas da Era Viking também reforçam a sobrevivência deste significado entre os séculos IX e X: na estatueta do deus Odin de Tornes, um sol foi representado ao lado de uma suástica (figura 39); já em uma cerâmica de Hedeby, três suásticas surgem relacionadas a outro símbolo solar (figura 40, um proto-Ægishjálmur?). Nossas pesquisas iconográficas comparativas indicam que em todos estes contextos citados, a suástica da Era Viking foi essencialmente vinculada ao deus Odin.

Em alguns objetos e contextos figurativos da Era Viking, a suástica também apresentou outros significados: proteção apotropaica de embarcações e edificações (tapeçarias de Rolvsøy e Oseberg, Noruega); relacionada a funerais e procissões fúnebres (tapeçaria de Oseberg, figura 40 – aqui o sentido parece muito próximo ao encontrado na pedra tumular de Näsby, Suécia, século VI); relacionada a sacrifícios rituais (tapeçaria de Oseberg, figura 42); associada a danças extáticas (tapeçaria de Oseberg, figura 41 – aqui o sentido parece retomar a suástica relacionada com movimentos/danças representadas em bracteatas, cf. figura 11).

Figura 39: Figuras e símbolos da estatueta de Tornes, Noruega, Era Viking, desenho de Egil Horg. Fonte: Ringstad, 1996, p. 103.

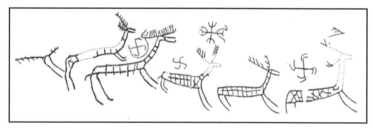

Figura 40: Figuras e símbolos da cerâmica de Hedeby, Era Viking. Fonte: Ringstad, 1996, p. 110.

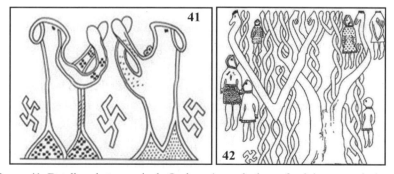

Figura 41: Detalhes da tapeçaria de Oseberg (cena da dança feminina; cena da árvore sacrificial), Noruega, século IX d.C.

Figura 42: Detalhe da tapeçaria de Oseberg (cena da árvore sacrificial), Noruega, século IX d.C. Fonte das duas imagens: Germanic Mythology, 2022.

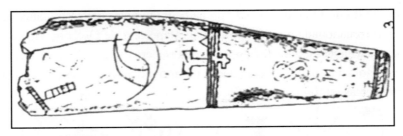

Figura 43: Cabo de faca feito de osso com símbolos gravados, Staraya Ladoga, Rússia, século X d.C. Fonte: Petrenko; Kuzmenko, 1979, p. 81.

Figura 44: Estela de Lillbjärs III (SHM 279). século IX d.C., Museu da Gotlândia, Visby, Suécia. Fonte: Raudvere, 2009, p. 8.

Também podemos comparar a suástica de Snoldelev com as figurações da estatueta do Odin de Tornes: duas suásticas foram representadas ao lado de cervídeos e de uma figuração do Sol, cercados de representações circulares, talvez motivos cosmológicos (figura 39). A interpretação de Erik Westcoat sobre Snoldelev (Westcoat, 2015, 18-20) é equivocada devido: 1) Ele não leva em conta a suástica, somente o triskelion; 2) Sua afirmação de que o triskelion de cornos seja uma representação estilizada de coração (do recitador/escaldo, no caso) é frágil; 3) Sua interpretação de que o valknut seja o coração de Hrungnir citado por Snorri Sturluson é questionável (como examinamos anteriormente); 4) Sua interpretação de que o valknut e o triskelion de Lillbjärs III sejam respectivamente o coração do guerreiro e o coração do escaldo, é questionável; o pesquisador não levou em conta que a figuração do cavaleiro porta um escudo com espiral, um símbolo tradicionalmente solar (figura 44), aproximando de nossa interpretação sobre a suástica e o triskelion de Snoldelev; em Lillbjärs III, abaixo da cena do cavaleiro e da valquíria, foi representada uma embarcação com dois tripulantes e, logo abaixo, um valknut e duas ondas com nós triplos –

certamente aqui o símbolo tem um caráter de proteção marítima ou de símbolo apotropaico para a viagem no além (para comparação com outras fontes iconográficas da Era Viking, cf. Langer, 2023b, p. 255-270), ou seja, o valknut representado na cena do cavaleiro certamente também tem um sentido de proteção ou ligação do deus Odin para com o falecido.

Em outra perspectiva, temos a relação da suástica com os cornos. Fora Snoldelev, o único caso em que temos reunidos no mesmo suporte estas duas figurações é o cabo de uma faca feita de osso animal, descoberta em um sítio arqueológico nórdico de Staraya Ladoga, na Rússia (figura 43). No mesmo local, foram descobertos uma placa com inscrições rúnicas e um colar com três pingentes do martelo de Thor. O cabo de faca possui as gravações de dois cornos entrelaçados, dois martelos do deus Thor, um símbolo semelhante ao número oito, uma pequena suástica e sete representações da runa Sol (Petrenko; Kuzmenko, 1979, p. 78-84). O símbolo com forma de oito também é encontrado em vários pingentes do martelo do deus Thor e talvez seja uma alusão à serpente do mundo (cf. figura 67).

Um par de cornos entrelaçados ocupa o centro do objeto, ao lado de dois martelos de Thor. Uma suástica foi representada em pequeno tamanho e em uma das extremidades, próxima de runas. É possível que em função da diferença de tamanho e do local onde foram representados os símbolos (cornos, martelos, símbolo do "oito", suástica), a suástica não tenha relação direta com os cornos (e sim, os martelos com os cornos). Outra questão é que no objeto foram representados somente dois cornos e não três, como em Snoldelev. Mas o que não resta dúvidas é o fato de que o objeto foi encontrado ao lado de um grande salão e que seus símbolos remetem a ideia de ritual e consagração. Ou seja, talvez tenha sido originalmente uma faca cerimonial.

Em termos morfológicos, o triskelion de Snoldelev é muito mais semelhante a outra representação de cornos existente na estela de Lillbjärs III (figura 44), mas no caso desta última, está próxima de um valknut – é possível que este símbolo tenha substituído em muitos contextos a própria suástica, visto que nunca encontramos os dois representados em conjunto num mesmo suporte material na área nórdica, seja um objeto móvel ou um monumento. A suástica mantinha uma associação com o triskelion (de formato simples, sem ornamentações ou cornos) no mesmo suporte material desde o Período das Migrações, como em algumas bracteatas: Lyngby, Jutlândia (cf. Bliujiene, 2000, p. 19); bracteata NM 12430, Bolbro, Odense, Dinamarca (cf. Magnus, 2008, p. 98); fíbulas germânicas: os mesmos objetos aparecem com terminais em forma de animais – especialmente cavalos – ou no formato de suásticas ou em forma de triskelions (cf. Bliujiene, 2000, p. 18). Em um estudo de cultura material, o pesquisador Fernando Coimbra identificou tanto a suástica quanto o triskelion gravados em equipamentos defensivos e ofensivos na Antiguidade europeia em geral, considerando os mesmos como símbolos de proteção para a guerra (Coimbra, 2014, p. 15-26).

E ao contrário da faca de Staraya Ladoga (que esteve relacionada ao deus Thor), todos os objetos que possuem contexto figurativo com o valknut remetem a Odin (Langer, 2023b, p. 255-270). Aqui mencionamos alguns dos mais importantes objetos com contexto figurativo envolvendo o valknut e que possuem relação com Odin: tapeçaria de Oseberg (século IX); estelas da Ilha da Gotlândia (século IX); moedas danesas de Ribe e Hedeby do padrão *Hjort* (século IX), que examinaremos no fim do capítulo 3.

Do mesmo modo que Snoldelev, a estela de Lillbjärs é um monumento fúnebre, comemorando a memória de um falecido. Um guerreiro (portando um escudo com espiral) é recebido por uma valquíria segurando um corno com hidromel e acima de sua cabeça, pairam um valknut e um triskelion de cornos (figura 44).

Ao contrário dos cornos do cabo da faca de Staraya Ladoga, os triskelions de Snoldelev e Lillbjärs são triplos – obviamente remetendo ao simbolismo do número 3 e ao deus Odin. A quantidade de referências advindas da literatura nórdica medieval envolvendo bebidas e o número três é muito vasta (para um panorama sintético, cf. Abrahamson; Thorlacius, 1812, p. 289-322) e aqui vamos nos fixar rapidamente em apenas duas: uma narrativa mítica e outra ritual. Algumas passagens literárias (*Hávamál* 104-110; *Skáldskaparmál* 1) mencionam que Odin, disfarçado, adentrou à montanha de Suttung para roubar o hidromel. Após passar três noites com a giganta Gunnlond, ela lhe oferece três doses de hidromel, que estavam em três recipientes (originalmente, era o sangue de Kvásir, o sábio assassinado, mesclado com mel e que foi depositado nos vasilhames Odrórir, Bodn e Son; Sturluson, 1998, p. 3-4). Já em um contexto ritual das sagas islandesas, durante a comemoração do Jól no auge do inverno, o jarl Sigurd realiza três brindes: para o deus Odin (para trazer vitória e poder ao rei), Njord e Freyr (para boas colheitas e a paz) e para os ancestrais mortos (Sturluson, 1872). Apesar dos brindes cerimoniais terem sido elementos importantes de vários tipos de atividades religiosas dos germanos e nórdicos da Antiguidade até o início da cristianização da Escandinávia (Davidson, 1988, p. 41-45), o triskelion de Snoldelev nos remete aos mitos e ritos ligados a Odin, uma conexão já aventada por vários pesquisadores (especialmente Sundqvist, 2003, p. 115). No contexto mítico, o álcool possui qualidades que conectariam o outro mundo a Odin e o conhecimento numinoso, enquanto o ato de beber na sociedade nórdica reforçava os laços da aristocracia com o deus da guerra e, principalmente, a autoridade do rei (Rood, 2014, p. 2-12). Mas um outro elemento nos indica essa ligação.

O local onde a pedra rúnica foi descoberta (Monte Sylshøj) fica a 13km de distância de Gammel Lejre, um importante centro político e religioso na mesma época em que o bloco foi erigido. Evidências arqueológicas apontam o complexo de Lejre como contendo monumentos de pedra em formato de navio desde o século VI (para cerimônias fúnebres da elite) e o surgimento de edifícios cerimoniais junto a grandes salões reais no período Vendel (século VII) até princípios do século X, todos controlados por um rei ou governante. A aristocracia de Gammel Lejre utilizava elementos religiosos para a sua legitimação (Rood, 2017, 88-92, 112-113). Voltaremos a analisar Gammel Lejre no início do capítulo 4. Mesmo que o recitador aludido da inscrição possa ter atuado em um salão de um líder regional próximo do local onde foi encontrado o monumento (Salløv, em Gadstrup, ainda não identificado) (Imer; Hyldgård, 2015), é muito provável que ele também possuía conexões ou influências em Lejre. O salão real foi a mais proeminente área para os guerreiros e a aristocracia, sendo o brinde cerimonial o elemento central desta configuração religiosa (Nordberg, 2019, p. 348). Deste modo, a suástica com o triskelion de Snoldelev representam não somente os mitos de Odin (do qual certamente Hroald era o narrador – o corno triplo encarna tanto as narrativas quanto o ato de celebração), mas também a própria relação dos homens com a deidade, refletida na autoridade do rei ou líder (a suástica, enquanto signo solar, encarna tanto a prosperidade da comunidade quanto o poder da liderança humana e do deus Odin). Essa relação de um rei com o poder político, econômico e religioso em diversas áreas da Dinamarca continuará a ser examinada por nós no próximo capítulo, mas desta vez abordando o século IX.

3

A plenitude da Era Viking (século IX)

Sociedade e hierarquias sociais

Atualmente cerca de 82% da Dinamarca é cultivada, enquanto 18% constituem áreas naturais. Na Era Viking esse quadro era o oposto. Mas isso não quer dizer que o cronista Adão de Bremen, durante o século XII, estava correto; ele afirmou que a maior parte da Jutlândia era uma terra horrível e desabitada, estéril e improdutiva. Esse quadro começou a mudar após as escavações mais sistemáticas dos anos de 1970, revelando que a região danesa era muito mais povoada do que Bremen afirmou no Medievo. Ao lado de cada aldeia (ou povoamento), existia um campo para cultivo de grãos ou pastagem para os animais. Mas também áreas como pântanos, bosques e prados eram utilizadas como locais para o pasto, bem como áreas totalmente verdes eram derrubadas para a criação de novas aldeias. E o deslocamento de uma aldeia para outra não era fácil – não existiam estradas e o transporte era feito a pé (para locais de curta distância), em bois e cavalos (para distâncias mais longas). Evidentemente, o deslocamento com navios foi aprimorado na Era Viking, permitindo o deslocamento de grandes distâncias de objetos, mercadorias e pessoas (Grubb, 2013, p. 15-16).

Cerca de 90% das pessoas da área danesa no período viking estavam envolvidas com a agricultura. Cuidar dos campos e dos animais não era uma tarefa fácil, exigindo muito tempo e esforço. Todos ajudavam nesta tarefa: crianças eram enviadas para o pastoreio muito cedo, as mulheres trabalhavam nas atividades domésticas e os homens nos campos. As investigações arqueológicas demonstram que a agricultura estava em desenvolvimento constante. Os grãos eram colhidos com foices, com a participação tanto de homens quanto de mulheres. Também era importante garantir o fornecimento adequado de recursos para o maior número possível de gado durante os invernos nevados. Mas temos sempre que ter em conta as variações da agricultura conforme a geografia da Escandinávia. Na Dinamarca havia bastante pasto para a maioria dos animais, mas na Islândia o gado precisava ser abrigado em estábulos e receber cerca de 2.500kg de feno individualmente durante o inverno, sendo os animais mais fracos mortos antecipadamente. Enquanto na Noruega existem muitas montanhas – obrigando os seus moradores a explorá-las na condução dos rebanhos – a Dinamarca e suas extensas pastagens verdes acabaram facilitando o excedente e a subsequente exportação de gado (Graham-Campbell, 2001, p. 127-128), a exemplo do que examinamos antes com Ribe (capítulo 2).

Um novo tipo de arado que era superior ao modelo anterior surgiu na Era Viking: ele não somente criava um único sulco no solo, mas o revolvia, fazendo com que soltasse mais nutrientes, fertilizando e tornando a terra mais produtiva. Também a introdução do cavalo com arreio, transportando os grãos para os moinhos, bem como o uso de um novo tipo de foice (já no fim da Era Viking), tornou a colheita dos campos muito mais eficiente (Hybel; Poulsen, 2007, p. 203). Isso talvez tenha sido um dos fatores do amplo crescimento das aldeias, entre os anos de 700 a 1000 d.C., sendo Vorbasse um dos exemplos. Uma fazenda camponesa (*bondegården*) que no século VIII tornou-se três vezes maior em relação ao século anterior, e por volta do ano 1000 a área agrícola ficou quatro vezes maior. Na Era Viking os estábulos se separam das edificações residenciais, ficando cada vez maiores – os agricultores agora não apenas consomem os produtos, mas os produzem para mercados externos, especialmente as cidades que começam a se desenvolver em várias partes da Dinamarca (a exemplo da já comentada Ribe. Mais adiante veremos o caso de Hedeby), mas também para comércio externo, via empórios marítimos (Grubb, 2013, p. 18-19).

Durante os anos de 1950 foi realizada uma incrível descoberta arqueológica. No norte da Jutlândia (em Lindholm Høje), os escavadores retiraram uma camada de areia deste local, encontrando a camada original de um campo cultivado no século XI – até mesmo as pegadas e marcas de roda. Cada seção era separada por sulcos paralelos, mas não se sabe o que era plantado no local (Graham-Campbell, 1997, p. 50).

A única povoação agrícola da Era Viking escavada na Dinamarca foi Vorbasse, na Jutlândia. O sítio tem uma história complexa, que vai do século I a.C. até o ano 1100 d.C. No período de 700 a 1000 d.C. ocorreram sete fazendas, seis do mesmo tamanho e uma muito maior do que o restante (provavelmente o líder da comunidade), ocupando uma área de 150.000m², situado a 1km da atual cidade de Vorbasse. As casas consistiam em grandes casas comunais, divididas em quarto, estábulo e celeiro, além de diversas outras edificações menores para tecelagem e produção cerâmica. Os estábulos menores tinham capacidade para conter até 20 bovídeos, enquanto os maiores cerca de 100 (Haywood, 2000, p. 203; Price, 2015, p. 266).

Os principais produtos cultivados na Dinamarca eram o centeio, cevada e aveia. Investigações arqueobotânicas demonstraram que o centeio foi introduzido em larga escala para consumo no inverno, bem como fornos usados para panificação caseira. A aveia só não era comum nas áreas próximas dos pântanos da Jutlândia (Hybel; Poulsen, 2007, p. 202).

Em todo caso, a produção agrícola era limitada. Se a colheita fracassasse ou o gado morresse, a fome imperava sem piedade. Quais eram as condições de vida das pessoas? Uma série de análises realizadas pela Universidade de Copenhague com cerca de 320 esqueletos da Era Viking chegou a conclusões bem interessantes. A altura média das pessoas era inferior a de hoje, mas ligeiramente superior à dos anos de 1880 (esqueletos de homens): 1,73m (Era Viking); 1,66m (1880); 1,80m (2005). Essa diferença na altura corporal deve ter sido causada pela dieta alimentar. Na Era Vikings, as pessoas comiam principalmente alimentos com proteína animal, que promoviam o crescimento. Mas depois de 1700, as pessoas passaram a comer muito mais alimentos vegetais, especialmente pães e mingaus, que são nutritivos, mas não ajudam no crescimento. A altura, portanto, não seria um indício claro das boas condições de vida dos tempos antigos. Em relação à longevidade, os mesmos esqueletos apresentaram dados diferentes. A média de vida foi tão baixa entre homens quanto mulheres (média de 40 anos). Ou seja, a Era Viking foi dura, com períodos repetidos de má nutrição, desgastes devido ao trabalho extenuante, vida em habitações mal aquecidas e úmidas, exposição a fumaças de lareiras e a vida no mar em barco aberto. A osteoartrose era um mal muito comum entre os adultos da Era Viking como um todo. Algumas pessoas eventualmente perdiam dentes e tinham desgastes, mas a cárie era rara se comparada aos tempos atuais. Doenças congênitas foram detectadas, além da mortalidade infantil ser muito alta. O material osteológico também indicou distúrbios reumáticos graves e no caso feminino, vários partos difíceis que encurtaram a vida das mulheres. No geral, pode-se dizer que as pessoas da Era Viking oscilavam num equilíbrio frágil entre uma vida boa e uma vida ruim. Mas apesar das sagas islandesas e dos poemas escáldicos serem muito sangrentos, a análise dos cemitérios revelou um quadro diferente, apontando um panorama geral mais pacífico (Grubb, 2013, p. 20-21; Roesdahl, 1998, p. 31-32).

Em 1876 o historiador dinamarquês Johannes Steenstrup em seu livro *Indledning i Normannertiden* (Introdução ao Período Normando), populari-zou a ideia de uma sociedade nórdica igualitária, durante a Era Viking. Ele se baseou estritamente em uma descrição de Dudo de Saint-Quentin, realiza-da no século IX, onde supostamente os francos teriam se encontrado com o viking Hasting e alguém lhe perguntou: "Qual o nome de seu senhor?" Ele res-ponde: "Nenhum, porque somos iguais em poder" (Steentrup, 1876, p. 278). O historiador não realizou qualquer tipo de crítica documental e contextual, por certo, mas também utilizou um conceito de que todos os vikings faziam parte de uma mesma sociedade, sem diferenciações ou hierarquias. O que não estava distante do modo com que os vikings eram percebidos no Oitocentos. De um lado, temos o ideal do *viking como uma etnia* (que já havia sido popu-larizado antes com os arqueólogos dinamarqueses da década de 1840 a 1870; Langer, no prelo); e outro lado, a visão de que um grupo militar e conquistador seria o reflexo de uma sociedade totalmente igualitária. Desde o início do Oi-tocentos já se representava o viking entre os intelectuais escandinavos como um herói livre, vivendo aventuras náuticas e retornando para sua casa, numa sociedade também livre e igualitária (Menini, 2020, p. 709-737).

Esse ideal de camponeses e guerreiros livres, vivendo em uma socieda-de democrática, ia de encontro com os anseios da sociedade dinamarquesa da segunda metade do século XIX, com intelectuais buscando direitos e liberdade para o povo, espelhando-se em identidades históricas passadas. Essa imagem romântica vai ser popularizada em outros níveis artísticos pela Dinamarca (Langer, no prelo), porém, também genericamente foi em-pregada como um quadro de toda a Escandinávia da Era Viking, pelo me-nos até os anos de 1960 (Brink, 2008, p. 49). Mas o panorama social da Di-namarca Viking foi bem diferente, a depender das pesquisas arqueológicas.

As principais fontes para o estudo da estrutura social da região danesa são as inscrições rúnicas, especialmente de pedras rúnicas, sendo fontes muito importantes. Mas elas foram erigidas como memoriais, foram pro-dutos de uma elite. O que não as impede de fornecerem questões para toda a sociedade, especialmente ao mencionarem títulos, indivíduos e questões de estatuto social (Sawyer, 2000, p. 99). Há cerca de 200 pedras rúnicas na Dinamarca, informando sobre alguns dos estratos ou categorias que existiam na Era Viking, do nível mais alto ao mais baixo (Grubb, 2013, p. 22):

– Kong/drot (rei), dronning (rainha);
– Thegn (homem livre), dreng (homem jovem), faelle (capatázio), svend (artesão), viking (pirata);
– Skipper (capitão), styrmand (marinheiro), gildemedlem (membro de um grupo), smed (ferreiro);
– Landmand (latifundiário), bryde (administrador/arrendatário), bomand (agricultor ou camponês), landhyrde (pastor), traelle (escravo).

Podemos perceber claramente que o quadro era muito mais complexo do que o apresentado no *Rígsþula*, que fundamentava quase todo manual sobre vikings publicado até os anos de 1960. Este poema éddico apresentava a sociedade islandesa antiga dividida em somente três classes sociais: Jarl (nobre), Karl (camponês) e traell (escravo), sendo hoje considerada uma fonte histórico-cultural que exige muitas precauções e cuidados metodológicos (Brink, 2008, p. 50). Outra forma de se entender a maior parte da sociedade, constituída por fazendeiros "livres" e "não livres" (os proprietários de terras, os que não tinham posses de terras e os que eram submetidos a algum tipo de servidão e/ou escravidão) é dividi-la em grupos específicos, como os grandes fazendeiros, caçadores, trabalhadores das fazendas, serviçais, ferreiros, mercadores e guerreiros profissionais (Roesdahl, 1998, p. 56-58). "Uma pessoa sem terras estava apenas meio passo acima dos não livres e totalmente empobrecidos" (Price, 2021, p. 125). Essa diferenciação entre pessoas livres e não livres era muito mais importante do que as divisões sociais entre homem e mulher e entre criança e adultos (Pentz, 2018b, p. 68).

Também a questão da posse jurídica de terras determina a diferença entre "homens livres e não livres", além de questões de família (*hjón*) e prestígio, mas todo "homem livre" podia portar armas e era protegido pela lei. O prestígio poderia ser adquirido por pirataria (sair a viking, que será tratado no capítulo 4, em seção específica), serviços para um grande rei ou líder, comércio, emigração ou posse recente de terras. Também existiam regras comuns para todos (ou pelo menos, para a maioria), definidas pelas relações nas comunidades, obrigações de defesa, religião, sistema legal e assembleias (Roesdahl, 1998, p. 56-58).

Analisando as fontes rúnicas, no topo da sociedade estava o *rei*, seguido por um grupo de homens conhecidos como *thegn* e *dreng*, que aparecem em grande número; por exemplo: a pedra rúnica de *Giver* (DR 130, Jutlândia): / Kali satti sten þaensi aeft Þorsten, faþur sin, harþa goþan þaegn/, transcrição ao nórdico antigo de Runic Dictionary (2008) (Kale ergueu esta pedra em memória a Thorsten, seu pai, um thegn muito bom – nossa tradução, baseada em Grubb, 2013); a pedra Hjermind (DR 77, Jutlândia): "Tholf ergueu esta pedra em homenagem a seu irmão Rade, um dreng muito bom" (nossa tradução, baseada em Grubb, 2013, p. 23); a pedra rúnica DR 68: /Azur Saxa, felaga sin, harþa goþan draeng/ (Assur Saksi, o seu parceiro, um dreng muito bom – transcrição ao nórdico antigo e tradução nossa, ambas de Runic Dictionary, 2008). A figura do rei, a realeza e o poder monárquico (bem como a do viking) serão analisados no capítulo 4, em seção específica.

Os significados exatos de *thegn* e *dreng* são motivos de extensos debates entre os escandinavistas. Para alguns, *thegn* significaria originalmente um homem de proeminência social em uma determina região, em conflito com um rei local e não simplesmente a seu serviço (como se pensava antes), mas com o tempo, o vocábulo mudou o sentido para "vassalo do rei", após o reino de Canuto II, o grande (Sukhino-Khomenko, 2020, p. 201-237). Outros percebem o termo thegn como uma espécie de líder de uma força militar, proprietário de terras ou dignatário local, enquanto dreng seria o membro de algum tipo de grupo; mas ambos seriam de um alto *status* social. Ou então, ambos designariam guerreiros (Sawyer, 2000, p. 103). Em pedras rúnicas da Jutlândia, Escânia e ilhas danesas, o dreng foi descrito como ousado, corajoso, útil, adequado e confiável, enquanto thegn como pessoas boas, proprietários de terras, chefes de família, poderosos e paternalistas (Christiansen, 2002, p. 52, 60-61, 75, 335).

Também não se conhece o exato significado da palavra *dreng*, mas pelo contexto, geralmente pode-se interpretar que deve ter sido uma pessoa da alta esfera da sociedade. O termo dreng no dinamarquês moderno é "menino", mas no contexto da Era Viking era um homem mais jovem, solteiro e sem domicílio próprio. A palavra "bom" significa no contexto da inscrição rúnica que a pessoa era de "boa família", ou seja, pertencia a uma família distinta e respeitada. Inscrições rúnicas também testemunham que tanto thegn quanto dreng fizeram parte da elite militar de sua época, mas os maiores "thegner" tiveram o seu próprio bando de homens armados (Grubb, 2013, p. 24; o termo dreng como sinônimo para guerreiro) (Roesdahl, 1998, p. 58). A inscrição em uma pedra rúnica encontrada em Hedeby (DR 1) menciona estas questões em linguagem bem clara: /A Þorulfʀ resþi sten þaensi, hemþaegi Swens, aeftiʀ Erik, felaga sin, aes warþ; døþr, þa draengiaʀ satu um Heþaby; aen han was styrimannr, draengʀ harþa goþr/, transcrição ao nórdico antigo de Runor (2020) (Thorulf, o vassalo de Svend, ergueu esta pedra em homenagem a Erik, seu companheiro, que morreu quando Hedeby foi sitiada; mas ele foi um capitão, um dreng muito bom – nossa tradução, baseada em Ozawa, 2008, p. 73).

Em toda a Escandinávia antiga, a riqueza obtida pelas posses de terra era a determinante para definir a posição social dos homens livres. Alguns possuíam propriedades imensas, que podiam ser arrendadas e trabalhadas pelos arrendatários. A partir do século IX, os latifundiários mais ricos começaram a erigir pedras rúnicas, glorificando e comemorando a sua família e a sua genealogia (Graham-Campbell, 1997, p. 13).

A genealogia é um dos conceitos mais importantes para se compreender a sociedade danesa da Era Viking. Foram especialmente membros de famílias aristocráticas que, como grandes agricultores independentes, com muitos "empregados", familiares, artesãos e escravos beneficiaram-se da crescente produção agrícola. Boas finanças também foram um pré-requisito para poderem ser efetivadas as expedições comerciais e aos que pudessem participar de campanhas de guerra. Os laços familiares também eram capazes de proporcionar uma proteção física e jurídica. O parentesco foi de grande importância para a mobilidade social, ou seja, para os jovens poderem alcançar uma posição mais elevada na sociedade do que seus pais. Existiam filhos de famílias diferentes através de herança, casamento e assumindo papéis proeminentes nas expedições vikings – uma boa oportunidade de ascensão na sociedade. Para a população em geral, porém, as famílias aristocráticas constituíam um objetivo social que era muito difícil de alcançar (Grubb, 2013, p. 24).

Sepultamentos e sociedade

Um dos materiais arqueológicos mais importantes para se estudar as divisões sociais na Dinamarca viking são as sepulturas – elas esclarecem ainda mais as distinções e hierarquias contidas nas inscrições rúnicas. Também informam uma visão da sociedade danesa totalmente diferente do "referencial igualitário Viking" que foi criado durante o Oitocentos.

Pelas fontes arqueológicas conhecemos também a população rural em geral, cujas sepulturas são muito simples. Muitos levavam apenas uma faca com eles para o túmulo, a ser utilizada na próxima vida. Algumas pessoas foram colocadas em caixões simples de madeira, enquanto outras nem sequer receberam um caixão (Grubb, 2013, p. 25). Em alguns locais específicos, como a cidade de Ribe, as pessoas podiam ser incineradas e seus ossos dispersos pelo solo e cobertos por um túmulo, ou então, reunidos em uma urna depositada na terra. Nesta mesma cidade, foi encontrado um jarro de vinho (produzido em Mayen, próximo de Colônia na atual Alemanha), onde foram colocadas as cinzas de um menino de dois anos de idade. Os cadáveres também podiam ser colocados em buracos e ataúdes simples. Normalmente o morto era incinerado e vestido durante o rito funerário, podendo ser acompanhado por uma quantidade variável de objetos, conforme a categoria social e econômica do defunto (cf. figura 45). Apesar das formas de sepultamento serem variáveis conforme a região, foi nas cidades que elas tiveram a sua maior concentração em um mesmo local (Croix, 2017, p. 25).

Nos túmulos das categorias mais altas ou da aristocracia, um simples caixão não bastava para um único corpo. Uma ou mais câmaras de madeira foram construídas e o corpo era colocado em uma superfície fina. Os mortos recebiam joias, objetos, animais e às vezes escravos com a sua morte. Também temos vários túmulos de mulheres ricamente equipados da Era Viking. Em vários desses túmulos de mulheres ilustres, os mortos eram colocados em uma carroça. O mais famoso túmulo feminino é de Oseberg (Noruega), atualmente conservado em Oslo. Aqui a mulher não foi apenas deitada em um fundo do montículo sepulcral, mas o próprio sepultamento estava em um grande navio viking de 21m de comprimento (Grubb, 2013, p. 25).

A prática da cremação foi a mais antiga na Dinamarca, uma herança direta das populações germânicas desde a Idade do Ferro, mas ela deixou de ser universal durante a Era Viking, com a ampliação de inumações. Em alguns casos, elas estiveram lado a lado no mesmo cemitério, alguns localizados próximos dos assentamentos aristocráticos – como em Gammel Lejre (Zelândia), que veremos com mais detalhes no capítulo 4. Neste último local, bastava atravessar um rio, separando a área deste assentamento para o cemitério, localizado ao lado de *Grydehøj*, um antigo montículo funerário da Idade do Ferro. No cemitério foram descobertos vários sepultamentos

106

de pessoas com alto estatuto social, datados dos séculos IX-X. A maioria continha vestígios masculinos com fivelas decorados com o estilo Borre e a indumentária seguindo a moda carolíngia. Em outra sepultura, um ferreiro foi depositado com o seu martelo (Nielsen, 2016, p. 242).

O cemitério de Gammel Lejre também apresentou vestígios de enterramentos femininos: uma sepultura continha um caixão de madeira, com encaixes dourados e incrustado em esmalte, enquanto em outro, a mulher foi enterrada com o seu fuso de fiar e uma faca de madeira, além de diversos ornamentos feitos de bronze, como broches. Estes foram influenciados a partir da área carolíngia, sendo um dos itens mais comuns em sepultamentos femininos da Era Viking (a exemplo de outro local, Holmskov, na Ilha de Als). Outro elemento tradicional em tumbas femininas é o molho de chaves – um importante distintivo social e de poder, constante em sepulturas de Fløjstrup (Jutlândia). Broches de formato oval e muito elaborados são característicos da região de Nørre Vosborg, também situada na Jutlândia (Nielsen, 2016, p. 244).

Também das escavações dinamarquesas temos um túmulo de navio, Ladby na Ilha de Funen (próximo à vila de Kerteminde). O navio não está tão bem preservado quanto Oseberg, da Noruega e foi datado entre os séculos IX e X. Na verdade, apenas a impressão e os moldes estão preservados (praticamente toda a madeira original desintegrou-se), mas há vestígios de um rico equipamento: tabuleiro, equipamentos de equitação, utensílios têxteis e ferramentas O seu comprimento foi estimado em 21m, tendo 2,75m de largura. Durante a escavação na década de 1930, os arqueólogos encontraram até esqueletos de onze cavalos e pelo menos quatro cães. Possivelmente se tratava de um funeral real. A sociedade danesa certamente não era uma sociedade caracterizada por ampla igualdade e liberdade, muito menos democracia. As pesquisas arqueológicas dos últimos anos não sugerem isso. Pelo contrário, as escavações de edifícios agrícolas muito grandes, como em Tissø, Gammel Lejre e outros locais, apoiaram a percepção da Era Viking como uma sociedade com grandes diferenças sociais (Grubb, 2013, p. 26). Mas um elemento geralmente usual em um enterro masculino de alta aristocracia, as armas, nem sempre foi padronizado. No cemitério de Gammel Lejre eles quase não ocorrem, mas são comuns em Hoby, na Ilha da Lolândia (Nielsen, 2016, p. 245).

Vestígios de sofisticadas indumentárias também foram encontradas na área danesa, em sepulturas do tipo câmera. Entre 970 a 971 um rico magnata foi enterrado em Mammen (centro da Jutlândia) e coberto por um montículo (chamado de *Bjerringhøj*). Deitado em uma cama de plumas, trajava uma calça azul e uma túnica e capa de tons vermelhos (e com bordado nas bordas, feita de pele de marmota). Em seus pés havia dois machados, um deles com ornamentações animais elaboradas, que deram o nome a dos estilos mais famosos da arte viking (Mammen, um padrão estético comum entre os séculos 960 a 1025 d.C., Graham-Campbell, 2018, p. 102). Na parte superior do caixão, estavam alojados três baldes, um de bronze e dois de madeira (Nielsen, 2016, p. 245-246).

Um dos sítios arqueológicos mais espetaculares ainda preservados em toda a Escandinávia é cemitério de Lindholm Høje, ao norte da Jutlândia. O local fica situado em uma pequena colina ao norte de Limfjord, oposto à cidade de Ålborg (que pode ser vista do alto deste ponto). Caminhar entre os diversos alinhamentos em formato de embarcação é uma das experiências de "imersão histórica da Era Viking" mais interessantes que ainda podem ser realizadas nos dias de hoje, como pudemos verificar em 2018. O cemitério contém 700 sepultamentos, a maioria sendo de cremação e datando dos séculos VI-XI. Os sepultamentos mais antigos eram cobertos com pequenos montículos, mas a partir do século VIII, o corpo era incinerado em uma pira, sendo em seguida as cinzas enterradas e demarcadas por blocos individuais de pedras formando um alinhamento com formato de um navio, uma alternativa para o enterro real com embarcações. No decurso do século XI os enterros passaram a ser realizados por meio de inumações, devido ao processo de cristianização do local. De modo geral, o local foi utilizado como cemitério por 500 anos, crescendo ao lado de uma pequena vila e campos de cultivo. Próximo ao ano 1100, toda a região foi abandonada e coberta por dunas de areia – sendo resgatadas pela Arqueologia a partir de 1889 (Haywood, 2000, p. 122; Price, 2015, p. 351).

Na base da sociedade danesa estava o escravo. Träelle (nórdico antigo: *þraell*) era o nome para escravos durante a Era Viking, tanto para os que foram comprados como para os conquistados em expedições Vikings; e apesar da maioria destes serem disponibilizados dentro da extensa rede comercial internacional mantida pelos nórdicos, alguns ficavam em terras danesas (Pentz, 2018b, p. 64). Nas fontes literárias medievais, especialmente as islandesas, o escravo é representado de forma estereotipada (escuro, pequeno, estúpido, enquanto o seu contraponto é o loiro heroico), enquanto nas fontes históricas e jurídicas o seu conceito é problemático, podendo em termos linguísticos ter originalmente um sentido equivalente a "servo" (Brink, 2008, p. 49-54). No sul da Escandinávia, algumas pessoas também podiam se tornar escravas dentro da própria sociedade, porque foram forçadas a fazê-la devido à miséria e à pobreza (escravidão por tempo determinado) ou ainda, por cometerem homicídios, crimes e contravenções. Uma mulher que furtasse poderia se tornar escrava do roubado. A prática da escravidão era regulamentada por regras (Roesdahl, 1998, p. 53-54).

As principais tarefas dos escravos dentro da área danesa eram as atividades pesadas e sujas no campo e as etapas das construções de edificações. Os escravos eram pessoas que não tinham direitos pessoais, sem qualquer tipo de influência política e econômica. Eram considerados *kvaeg* (gado) e provavelmente dormiam junto aos animais domésticos e seus proprietários poderiam puni-los como quisessem. A dieta dos escravos era bem inferior à média do camponês deste período. Talvez alguns escravos tenham alcançado algum tipo de benefício (pela beleza e sexualidade, no caso das mulheres) ou por seu conhecimento em algum tipo de habilidade especial, como o artesanato (Nationalmuseet, 2023). Mas também é importante mencionar a existência de um tráfico sexual, especialmente para a região Leste, colocando as condições femininas de escravidão num patamar ainda mais inferior do que a do homem (Price, 2021, p. 163).

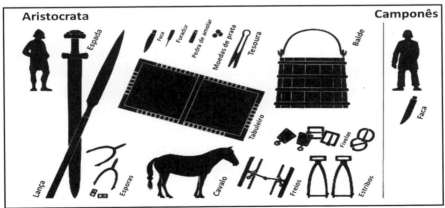

Figura 45: Objetos materiais encontrados em sepultamentos da Era Viking em Brandstrup, Jutlândia. Os da esquerda pertenciam a um homem da aristocracia; o camponês (direita) possuía apenas uma faca. Fonte: Grubb, 2013, p. 25.

Alguns escravos podiam ser libertados por seus donos, como podemos verificar em algumas pedras rúnicas. Em Hørning (DR 58, Jutlândia) isso é perceptível: "Toki Smiþr resþi sten aeft Þorgisl GuþmundaR sun, aes hanum gaf gul(?) ok fraelsi" (transcrição ao nórdico antigo: The World-Tree Project, 2023); "Toki, o ferreiro, ergueu esta pedra em memória de Thorgisl, filho de Gudmund, que lhe deu ouro e salvação (liberdade)" (tradução nossa, baseada em Nationalmuseet, 2023). Este monumento possui uma gravura com uma cruz latina e é uma das mais belas pedras rúnicas preservadas na seção da Era Viking do Museu Moesgaard, em Aarhus, na Jutlândia.

Também existiram outras formas de servidão neste período, mas são de difícil estudo, sendo até mesmo impraticável a separação entre servidão e o conceito de escravidão. Vários pesquisadores argumentam que as formas de servidão-escravidão deste período (dentro da Escandinávia) foram muito diferentes da modernidade – embora tenha existido a perda dos direitos e da personalidade jurídica, ela não envolvia a perda total de uma individualidade. Até mesmo escravos poderiam ter uma liberdade econômica ou uma residência próxima de seu senhor; a possibilidade de ganhar liberdade; a responsabilidade em certos bens materiais e animais (Christiansen, 2002, p. 24; Boyer, 2000, p. 54).

Alguns sepultamentos famosos na Dinamarca podem conter corpos de escravos. Entre 1944 a 1966 o cemitério da região de Gammel Lejre foi escavado e um dos túmulos (sepultura 55) continha dois corpos, um deles descabeçado, o que levou os pesquisadores a considerarem como sendo de um escravo (corpo masculino), tendo morrido com a idade entre 35 a 45 anos, ao lado de outro corpo mais jovem, com cerca de 25 anos. O seu corpo não estava associado a nenhum tipo de artefato funerário (o oposto do outro corpo), o que levou a considerá-lo de baixo estatuto social. Pesquisas mais recentes indicam a possibilidade de que as mãos e pernas tenham originalmente estado amarradas e que os dois corpos enterrados conjuntamente, com o escravo morto para a ocasião, acompanhando o seu mestre na outra vida (Haga, 2019, p. 73-75).

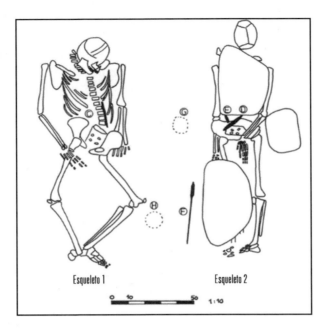

Figura 46: Os dois esqueletos encontrados na sepultura de Gerdrup, Zelândia, século IX: escravo enforcado (esquerda); mulher com lança e as três pedras no seu corpo (direita). A letra C indica a posição da faca do escravo; as letras E, H e G indicam objetos da mulher; a letra F indica a posição da lança no sepultamento. Os três blocos de pedra foram ilustrados em suas posições originais. Fonte: Kastholm, 2021, p. 5.

Outro caso foi encontrado na vila de Gerdrup (Zelândia), onde em uma mesma sepultura foram enterrados um homem e uma mulher (século IX) – nesta o corpo feminino sofreu uma violência no enterro, tendo duas pedras no peito e uma na perna direita (interpretadas como empecilhos para que os mortos não atrapalhem os vivos). O corpo masculino continha apenas uma faca, enquanto o feminino possuía diversos objetos, como agulhas de ossos, uma faca e uma lança apontada para baixo: o primeiro foi interpretado como sendo o escravo (foi morto por enforcamento), enquanto o segundo seria a sua mestra. O enforcamento, o simbolismo do três (o número de pedras) e a lança são associados ao deus Odin, o que levou alguns pesquisadores a considerarem a mulher alguma profetisa ou sacerdotisa do culto a esta deidade (Kristensen, 2023, episódio 3: Hjelmens magt; Kastholm, 2021, p. 16). Os dois corpos atualmente estão expostos no Museu de Roskilde (Romu), Zelândia, reproduzindo inclusive a posição das três pedras acima da mulher da sepultura.

Um outro exemplo de caso de sepultamento entre senhor e escravo da Era Viking é do cemitério de Stengade, na Ilha de Langelândia, Dinamarca. Em uma câmara funerária, foram encontrados os corpos de dois homens, um mais velho (com cerca de 35 anos e 1,73m de altura) e um mais jovem (25 anos, com 1,93m). As pernas do homem mais velho estavam posicionadas em posição pouco natural e as mãos umas sobre as outras, o que indicaria que originalmente tenha sido amarrado. Além disso, a cabeça do homem mais velho foi decapitada. Se for levado em conta que a nutrição da elite era bem melhor do que o restante da sociedade, isso permite explicar por que o jovem era bem mais alto do que o homem mais velho, possivelmente um escravo (Haga, 2019, p. 73-75).

Alimentação e sociedade

A principal característica da alimentação na Dinamarca da Era Viking era a busca por alimentos ricos em gordura animal e para a obtenção de nutrientes visando o longo inverno: carne, peixe, vegetais, cereais e produtos lácteos eram uma parte importante da sua dieta. Alimentos doces eram consumidos na forma de frutas vermelhas, frutas e mel. Segundo fontes anglo-saxônicas, os daneses comiam e bebiam muito, eram considerados glutões. No cotidiano da Escandinávia, a alimentação deveria ser planejada e adquirida ao longo das diferentes estações. A maioria das famílias era autossuficiente, sendo agricultores com animais domésticos e colheitas no campo. Mas os moradores de cidades precisavam comprar comida em mercados. Com relação às fontes históricas relacionadas à alimentação, todas foram produzidas séculos após a Era Viking, sendo necessário muita cautela no seu uso. As melhores fontes de informações são os depósitos e restos de alimentos, plantas, ossos e fezes recuperados pela Arqueologia (Nationalmuseet, 2022; Campos, 2022; 2021).

Em alguns assentamentos daneses foram encontrados vestígios de mais de 50 plantas cultivadas, especialmente o centeio, aveia e cevada, mas também trigo, linho, espelta, grãos em geral, ervilhas e feijões. Em Fyrkat (Jutlândia) foram encontradas plantas estrangeiras, como coentro, ervas aromáticas e menta de peixe (Houttuynia cordata). Também se cultivavam frutas selvagens como avelã, maçãs silvestres, morangos, ameixas, framboesas, amoras e bagas de sabugueiro (Wolf, 2017, p. 16). Os pratos salgados eram temperados com sal, ervas e temperos (cominho, mostarda e rábano silvestre) (Roesdahl, 1998, p. 45).

Algumas regiões da Dinamarca possuíam suas próprias variações de plantas, frutas e alimentos. Em Gammel Lejre foram produzidos grãos de centeio, cevada, aveia e trigo; eram conhecidas a aveleira, o feijão-fava e a azedinha (*Rumex acetosa*); os peixes conhecidos eram o arenque, o bacalhau e o linguado. Em Hedeby a dieta era muito mais complexa do que a descrita por Abu Bakr al-Turtushi no século X, sendo constituída por muitas influências do continente: frutas como a framboesa, duas espécies de ameixa, amora-preta, maçã silvestre, mirtilo, avelã, além de produtos importados como pêssegos e lúpulo. Em Uppåkra eram cultivados especialmente nabos, avelãs, *gåsefod* (pé de ganso, plantas da espécie *Chenopodium*) e camelina (Serra; Tunberg, 2013, p. 74, 90, 122).

Nas fazendas eram instaladas também hortas, onde eram cultivados vegetais como alhos, repolhos, beterrabas, cebolas, feijões e ervilhas. Esses vegetais eram importantes na dieta de todo dia e seu uso se estendia até o inverno. Feijões e ervilhas eram conservados secos, durando meses, enquanto beterraba, nabo, cenoura, salsa podiam resistir ao ar frio, ou então, conservadas em soro de leite em grandes cubas. O repolho brotava até mesmo no clima congelante e consistia em uma importante fonte de vitaminas e fibras diárias. Muitos alimentos também eram conservados em grandes barris (*fadebur*), enquanto outros eram secos, salgados ou defumados e pendurados sobre o teto das casas, como carnes, frutas, bagas, nozes e cogumelos, além de produtos de caça e pesca (Ribe VikingeCenter, 2023).

As principais refeições diárias eram duas: a *dagverðr* (refeição do dia, pela manhã) e a *náttverðr* (refeição da noite, ao anoitecer) (Haywwod, 2000, p. 74). Alguns alimentos tinham conexão direta com banquetes rituais e sacrifícios (*blót*), evidenciando ligações com a elite e a sua busca por autoridade e manutenção do poder; podemos verificar isso na descoberta de ossos de cavalos, cães, bovinos, caprinos e gansos em sepulturas. Esses banquetes geralmente eram realizados dentro dos grandes salões comunais, onde estratégias e negociações de poder eram proeminentes. O consumo de carne era controlado pela elite – os vegetais em geral eram mais comuns, sendo a carne reservada para ocasiões especiais. A carne grelhada era uma prática reservada pela elite. Novas pesquisas indicam que até mesmo o manuseio de instrumentos de cozinhas específicos para grelhar carnes já estavam em uso na Escandinávia desde a Idade do Ferro, utilizados como ferramentas políticas e meios de distinguir os grupos sociais e hierarquias (sempre associando o deus Odin e a elite de guerreiros) (Bukkemoen, 2016, p. 127). Em Gammel Lejre, foram descobertos montículos de pedras queimadas (pelo fogo) para grandes banquetes rituais, com cerca de 40m de diâmetro, possivelmente para a produção de cerveja (Serra; Tunberg, 2013, p. 75).

Exames realizados em sepulturas da Dinamarca da Era Viking com nível social mais elevado, constaram que o consumo de carne (especialmente de porco) era muito maior do que em indivíduos de nível inferior. O porco era um animal relacionado essencialmente com o mundo marcial e a religiosidade (o porco *Saehrímnir* era abatido todas as noites e cozido para alimentar os guerreiros no Valhalla, segundo o *Grímnismál* 18). Mesmo em cidades e fortalezas a carne suína tinha um grande consumo, como em Hedeby e em Trelleborg, mas somente para pessoas de alto nível social (Jørgensen, 2022, p. 62). A narrativa do viajante árabe Abu Bakr al-Turtushi, que visitou Hedeby em 965 d.C., descreveu um grande consumo de peixe, deve ter sido constatada somente para pessoas de estratos baixos desta localidade, ou como mencionamos antes: trata-se de uma descrição incompleta.

Mas não somente as carnes eram possíveis distintivos sociais. No centro aristocrático em torno do Lago Tissø (que tratamos no capítulo 2), foram descobertas evidências do consumo de uvas produzidas no próprio local (as únicas em toda a Escandinávia da Era Viking, até o momento). Apesar de não terem sido encontradas evidências diretas da fabricação de vinho, sua possibilidade é aventada pela proximidade com o modelo advindo do continente, especialmente da área germânica (Henrikssen, 2017, p. 8-9). Segundo o *Gylfaginning* 38, o deus Odin se alimenta somente de vinho, o que comprova indiretamente o uso desta fruta pelas antigas elites locais, como um possível elemento de autoridade divina. Mas uma descoberta feita em Hedeby pode indicar esta conexão de forma mais direta: trata-se de um objeto feito de osso, com 2,4cm de diâmetro e 1,9cm de altura, com formato de um barril e detalhes de uma cadeira (como veremos adiante, o vinho era transportado até Hedeby em barris de pinheiro). O objeto possui um orifício superior, indicando que foi usado como um pingente-amuleto. Sua parte superior possui dois terminais que se encontram, de forma muito semelhante aos encontrados em pingentes de Odin (cf. figuras 34 a 37), levando os pesquisadores a associá-los aos dois corvos, Hugin e Munin. Outros pingentes de tronos-amuletos já haviam sido descobertos na Escandinávia da Era Viking, indicando seu uso como objetos de poder e proteção (Kalmring, 2019, p. 1-6).

Mas é preciso ter cautela no estudo da alimentação de um ponto de vista social. Nem sempre as elites nórdicas consumiam os mesmos alimentos na Era Viking (o bacalhau era muito mais importante na Noruega do que na Dinamarca). As variações regionais também modificam o consumo de alimentos por sexo, como várias pesquisas apontaram (Jørgensen, 2022, p. 66-67).

Uma investigação do esqueleto de três pessoas (análise isotópica de carbono e nitrogênio do colágeno ósseo) que residiam na cidade de Aarhus da Era Viking (Jutlândia), determinaram que elas dependiam basicamente da proteína de animais domésticos (porcos, vacas, ovelhas e cabras), mas também incorporando uma série de recursos aquáticos e marinhos (o bacalhau, apesar de menos consumido que na Noruega, foi mais importante na dieta danesa na Era Viking do que em períodos anteriores, do Neolítico à Idade do Ferro) (Swenson, 2019, p. 43-44).

A região dinamarquesa possuía vários tipos de bebidas alcóolicas neste período. A mais consumida era a cerveja (*Öl*), sendo doce e forte, muito calórica e com fraco teor alcóolico (3 a 4%), usada diariamente e em banquetes ocasionais. A cerveja era um fermentado obtido da cevada ou trigo. Muitas vezes a mesma farinha que seria utilizada para fabricar o pão, era usada para se fazer esta bebida. Existem indícios do uso de lúpulo em cervejas na área danesa para conferir sabor, cor e conservação (importado via Hedeby), mas também existem vestígios de outras adições, como uma mistura de ervas conhecidas como *gruit* (que incluíam Murta, Milefólio, Alecrim). Os métodos de fabricação de cerveja eram muitos semelhantes às de outras áreas germânicas, como a Inglaterra e a atual Alemanha (Roesdahl, 1982, p. 119-120; 1998, p. 45).

O vinho (*Vin*) era um produto somente consumido pela elite (com teor de 10 a 12%), geralmente produzido na região do Reno e importado também via Hedeby, em barris feitos de pinheiro. A bebida mais antiga na área danesa era o hidromel (*Mjød*, 10%), e assim como o vinho, era de consumo muito mais elitizado e, consequentemente, relacionado aos cultos e ocasiões religiosas. O mel para a sua fabricação era proveniente especialmente do Báltico (Serra; Tunberg, 2013, p. 21). A bebida com maior teor alcoólico (22%) é o *Bjorr*, erroneamente traduzida como cerveja pela sua aproximação linguística com o anglo-saxão *Beor* (semelhante ao atual *beer* em inglês). Mas trata-se de um fermentado misto feito de ervas, frutas de baga, água e mel (Campos, 2023), consumido em pequenas taças (Price, 2021, p. 137).

Hedeby: a maior cidade

A povoação de Hedeby (*Heiðabýr*) localiza-se na atual Alemanha, em uma região que foi originalmente da Dinamarca (até 1864, perdida com as guerras do Eslésvico). Atualmente a sua área possui apenas um campo aberto, com uma muralha semicircular com 600m de diâmetro, indicando que ali houve uma cidade, próxima da moderna cidade de Schleswig, na Alemanha (onde o seu nome é Haithabu).

A sua localização era desconhecida até o fim do século XIX, apesar de ser mencionada em crônicas medievais. As primeiras escavações foram realizadas logo no início do século XX e indicaram que a povoação foi iniciada no século VIII, ao sul do que iria ser o centro da cidade. Mas nesta época, a sua estrutura era de caráter mais rural, com edifícios agrícolas. No século IX ela foi substituída pelo povoamento central, agrupada em torno do Lago Haddeby Noor, uma enseada ao sul do fiorde de Schlei, assumindo três funções: como porto, como mercado e como centro artesanal. Já no século X, a cidade foi rodeada de uma muralha que fazia parte do sistema Danevirke (que trataremos na seção seguinte). Em sua máxima extensão, Hedeby tinha 240.000km^2 e cerca de 1.500 habitantes (Glot, 2002, p. 150; Graham-Campbell, 1997, p. 81).

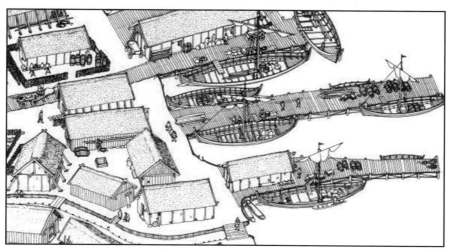

Figura 47: Reconstituição da região leste da cidade de Hedeby, século IX d.C. Fonte: Viking Archaeology Website (2023). Do lado direito, percebe-se a reconstituição dos ancoradouros (porto), conectados às vias pavimentadas da cidade. Os barcos mercantes de diferentes tipos, carregados e descarregados, estão amarrados junto às plataformas do cais (molhes), que se estendem pelas águas do porto com a sua barreira defensiva (Graham-Campbell, 1997, p. 80). As casas eram retangulares, medindo em média cerca de 6m por 15m. Algumas foram construídas com tábuas horizontais; outras foram construídas com aduelas, com tábuas verticais geralmente consistindo em seções em forma de cunha; outras tinham estrutura de madeira, com painéis de pau a pique untados com argila ou esterco para torná-las impermeáveis. Casas menores para os habitantes mais pobres foram encontradas em outros lugares do assentamento. Elas eram cabanas simplesmente feitas de pau a pique, com 3m por 3m, com piso rebaixado e lareira no canto da construção (Graham-Campbell, 2001, p. 95).

O sucesso de Hedeby foi devido principalmente pela sua conexão com Hamburgo, na atual Alemanha e seus primeiros ocupantes terem sido frísios. Ela era chamada de *Slesvig* pelos saxões, *Sleisthorp* pelos francos, *Sliaswich* para os germanos e *Haithaby* pelos daneses (Hilberg, 2009, p. 80). A cidade estava situada no limite sul do denominado *Haervejen* (estrada do exército, cf. figura 68), uma extensa rede de caminhos que tinha um traçado principal do norte da península jutlandesa até a cidade de Hamburgo, utilizada como rota para transporte de gado e produtos que seriam vendidos nas principais cidades-portos da área danesa: Ribe e Hedeby. Segundo anais francos do século IX, Godofredo da Dinamarca destruiu a cidade eslava de Reric, deportando os seus comerciantes para

Hedeby, o que também contribuiu para o sucesso desta última (Glot, 2002, p. 130; Graham-Campbell, 2001, p. 92-94).

As sagas islandesas mencionam frequentemente um lugar chamado Heiðabaer ou Slésvík, documentando a sua importante localização geográfica na fronteira sul da antiga Dinamarca. As sagas também mencionam viagens dos islandeses para aquele lugar, além de se conhecer também referências em fontes saxônicas e germânicas, inclusive Adão de Bremen. A localização de Hedeby às margens do Rio Schlei facilitava o acesso dos produtos do Mar do Norte para as embarcações provindas do Leste – eles não precisavam contornar os perigosos estreitos de Escagerraque e Categate ao norte da península da Jutlândia (cf. figura 2), pegando um atalho pelo Rio Schlei (Price, 2015, p. 337-338).

A mudança de Hedeby de um povoamento agrícola para um centro comercial deve ser entendida no contexto da crise do Império Carolíngio, durante o século IX: houve uma mudança significativa das redes e conexões econômicas do Mar do Norte para o Báltico. Se antes Ribe era um ponto central nestas conexões, agora Hedeby assume o papel de "ponte" entre o Mar do Norte e o Leste europeu. Neste novo contexto, novos "empórios" (ou lugares centrais em termos econômicos) assumem o centro destas conexões: Hedeby, Birka, Kaupang e Staraya Ladoga. Também neste período se desenvolve um novo tipo de organização política, conectada com estas redes de conexões internacionais: as rotas comerciais se somam às cidades e a possíveis proteções institucionalizadas. Aqui surge uma relação direta entre política e economia, sendo as rotas baseadas em algum tipo de proteção ou benefício – várias fontes escritas mencionam a presença de reis em Ribe, Hedeby e Birka (Sindbaek, 2008, p. 150-155).

No lado norte do fiorde Schlei, foi encontrada uma edificação em Füsing, revelando o que pode ser uma residência da elite ou dos governantes que controlavam a cidade, podendo ser comparada com as residências aristocráticas que foram escavadas ao lado de Birka (Suécia) e Kaupang (Noruega), mas que até o momento não tem similar em Ribe (Jutlândia). No geral, as habitações de Hedeby correspondem ao padrão instaurado no século IX, onde ocorria uma separação entre o estábulo e as casas. Cada casa era dividida em três cômodos: uma área para a cozinha, um espaço para o quarto e um pequeno cômodo como oficina (Roesdahl, 1998, p. 42).

Novas pesquisas indicam o uso de janelas com vidro em diversas edificações de Hedeby antes do século XII. Já se conhecia o pleno uso de vidro na região – na cidade de Ribe, a primeira da Escandinávia, iniciada em 705 d.C., já haviam sido encontrados vestígios de vidro para a produção de contas de colares e copos, todos provindos da Itália. Agora pesquisas indicam que em alguns grandes salões comunais de fazendas (e edificações urbanas) possuíam janelas de vidro entre os anos 800-1100. As janelas não eram grandes e não tinham o propósito de visibilidade exterior, mas somente a entrada de iluminação. As pesquisas foram baseadas em estudos na área danesa dos últimos 25 anos, em seis escavações diferentes. As indicações confirmam que a produção não era local, mas importada da Europa, especialmente da região italiana (Medievalists.net, 2023).

Hedeby produziu suas primeiras moedas em 825 e elas atestam um controle aristocrático ou mesmo real em torno de suas atividades (Price, 2015, p. 338). Veremos mais detalhes sobre as moedas na seção final do presente capítulo, mais adiante.

As principais atividades da cidade eram a produção artesanal em metais, couro, contas de vidro, ossos, âmbar, vidro, cerâmica, o reparo de navios (Haywood, 2000, p. 95); a produção de pentes e joias que se trocavam por alimentos nas aldeias rurais próximas, como Kosel no Leste; o comércio do peixe arenque, especialmente para a região báltica (Haywood, 2000, p. 71). Produtos orientais eram trazidos do oriente, como prata e seda, bem como pedras de amolar e vinho provenientes das terras germânicas (Graham-Campbel, 1997, p. 83), mas o seu papel principal era a produção e a distribuição de placas de bronze para pentes, especialmente para Birka e o mundo russo (Hilberg, 2009, p. 80). Mas novas pesquisas concluíram que pelo menos no início do século IX, a maior parte dos pentes foram produzidos no centro e norte da Escandinávia (feitos de chifres de veado vermelho – *Cervus elaphus* – e rena – *Rangifer tarandu*s), sendo produtos de conexões de longas distâncias (Muñoz-Rodriguez, 2023, p. 1.233-1.248).

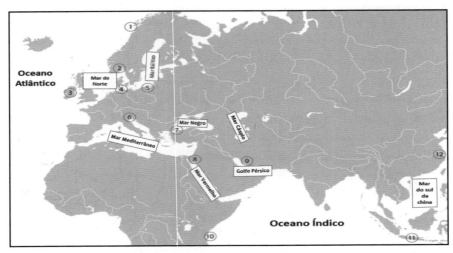

Figura 48: *Principais conexões e redes de comércio de Hedeby e a Escandinávia durante a Era Viking*: 1. Hålogaland (Noruega); 2. Kaupang (Noruega); 3. Irlanda; 4. Hedeby (Dinamarca); 5. Truso (Polônia); 6. Veneza, Itália; 7. Constantinopla (Turquia); 8. Aylah (Jordânia); 9. Siraf (Irã); 10. Zanzibar (Tanzânia); 11. Borobudur (Java); Suzhou (China). Os empórios (cidades com portos) eram pontos situados em uma ampla rede de conexões comerciais. Algumas eram mais modestas, outras mais exuberantes, mas todas denotavam algum tipo de urbanização. As embarcações não apenas satisfaziam a busca por mercadorias – elas mudaram as regras das relações entre as sociedades e os indivíduos e modificaram as conexões culturais internacionais. A descoberta das redes marítimas da Era Viking e as cidades que elas abrangiam é um dos grandes momentos da História da Arqueologia. Fonte do mapa: Sindbaek, 2014, p. 9.

Ao final do século IX,, a cidade de Hedeby foi cercada por uma muralha semicircular, assim como Aarhus (também na Jutlândia) (Nielsen, 2016, p. 239). Mas isso não impediu que ela fosse saqueada em 1050 pelo Rei Harold Hardrada, da Noruega, e novamente em 1066 saqueada e roubada, mas desta vez pelos eslavos orientais. Após esse último ataque, a cidade foi gradualmente sendo abandonada, até a fundação de Schleswig (Price, 2015, p. 339).

A fortificação de Danevirke

O Danevirke é uma enorme muralha de terra que atravessa a base da península da Jutlândia na cidade de Hedeby, ao Leste dos pântanos e zonas húmidas perto da cidade de Hollingstedt (Alemanha) no Oeste (cf. figura 68). A parede tem cerca de 30km de comprimento, com uma altura variando de 3,6m a 6m, mas não chegou a delimitar toda a fronteira sul do espaço danês durante a Era Viking. Esta construção extraordinária foi um reflexo do crescente poder da política danesa e da sua capacidade de organizar e executar projetos de grande escala. Alguns dos seus vestígios ainda são visíveis hoje ao longo de grande parte de sua extensão (Price, 2015, p. 346), sendo que uma das mais preservadas encontra-se ao lado do Museu Danevirke, na cidade de Dannewerk, Alemanha.

O portão original (e o único conhecido) foi encontrado durante escavações em 2010, onde a *Haervejen* (a rota danesa, que nos referimos antes) atravessa o Danevirke, alguns quilômetros a oeste de Hedeby. A construção começou por volta de 500 d.C., de acordo com datações por radiocarbono (Tummuscheit; Witte, 2019, p. 114-136). A estrutura original pode não ter sido defensiva, mas sim uma vala ou canal para navios, atravessando a península. A vala e o muro de terra foram posteriormente reforçados com paliçada de madeira e ainda mais tarde com pedra e tijolo em alguns locais (Price, 2015, p. 346). A última fase de construção da muralha durante a Era Viking foi no governo de Haroldo, o Dente-Azul, juntando-a com as fortificações em volta da cidade de Hedeby, no extremo oriental (Graham-Campbell, 1997, p. 47). O sistema não apresentava uma efetividade na defesa *versus* ataques. Em 815, o imperador franco Luís I, o piedoso, invadiu com sucesso a Jutlândia, bem como os germanos invadiram e controlaram as fortificações entre 974 e 981. No século XII ela foi reconstruída por Valdemar I, da Dinamarca. Mas a partir do século XIII ela não foi mais conservada, sendo os seus últimos usos durante as guerras do Eslésvico, entre 1848 e 1864 (Haywood, 2000, p. 53).

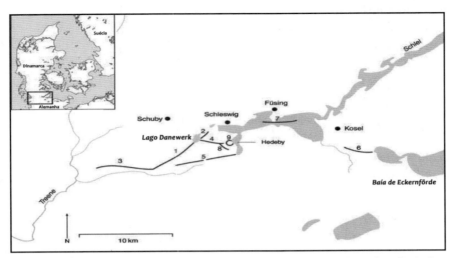

Figura 49: Mapa do Sítio de Danevirke e suas principais seções: (1) Muralha principal; (2) Muralha Norte; (3) Muralha torta; (4) Muralha de conexão; (5) Kovirke; (6) Muralha Leste; (7) Parte descontínua da muralha, localizada na península de Reesholm, ao norte do fiorde Schlei; (8) Outras muralhas; (9) A fortificação semicircular em torno da cidade de Hedeby. O mapa pequeno à esquerda indica a posição de Danevirke no mapa da Dinamarca. Os pontos circulares negros indicam as principais cidades no entorno: Schuby; Schleswig; Füsing e Kosel. Fonte: Dobat, 2008, p. 28, 31.

O mais extenso estudo historiográfico sobre a fortificação de Danevirke foi empreendido pelo arqueólogo Andres Dobat. Ele não realizou somente uma sistematização das escavações no local, mas também uma abordagem histórica, importante para podermos entender os dados e seus contextos. Em sua visão, o Danevirke refletiria uma organização prática de uma sociedade em constante mudança e sua construção não seria simplesmente o produto de um Estado em formação e em vias de centralização, mas sim o produto de vários estágios e várias formas políticas. Por certo, a sua construção requereu um alto grau de planejamento e administração centralizada, sendo o papel dos reis e sua política de autoridade extremamente importantes; porém, a natureza e as características destas instituições reais mudaram muito, durante as diversas fases de construção. Dobat questiona a visão dominante na historiografia dinamarquesa, em que Danevirke foi visto como um elemento central de um único processo de centralização monárquica, uniforme, linear e quase evolutivo. Mas ele atenta que houve mudanças institucionais no processo de liderança – Danevirke nunca funcionou como *uma* unidade – isso fica mais claro estudando as quatro fases de construção da muralha: o segmento entre Hollingsted e o Rio Treene (a muralha "torta"); o Kovirke; a muralha Leste; os trabalhos externos na península de Reesholm (cf. figura 49), realizadas em três períodos: entre os séculos VI e VIII; entre os séculos X e XII; entre 1850 e 1860 (Dobat, 2008, p. 27-30).

O principal problema historiográfico de Danevirke é o seu uso constante pela história nacionalista, desde o século XIX. Durante as duas guerras do Eslésvico, ele teve um papel central para criar uma identidade dinamarquesa defronte à ameaça germânica do sul. Danevirke foi o nome de um periódico nacionalistas dos anos de 1810. Os acadêmicos deste período resgataram uma série de narrativas folclóricas do século XII, que creditavam a autoria da fortificação para a Rainha Thyre, esposa de Haroldo, o Dente-Azul (Langer, no prelo). Mas por outro lado, pesquisas conduzidas por alemães já demonstravam que as fortificações seriam bem mais antigas e não teriam nenhuma conexão com o Império Danês, suprimindo as então pretensões da Dinamarca em permanecer com a região de Schleswig-Holstein, o cerne da disputa das guerras eslésvicas entre Dinamarca e os países germânicos (Adriansen; Jenvold, 1998, p. 8-9).

Outro problema na historiografia do monumento foi que todas as publicações dos séculos XX e XXI foram feitas em dinamarquês, dificultando um debate internacional sobre o local, além do fato dele ser visto como um sinônimo de nascimento do Estado dinamarquês. Uma das novas questões apontadas por Dobat é que existe uma diferenciação entre os conceitos de autoridade e poder, apontando uma problemática essencial para a construção de Danevirke: Este foi um produto de um poder ideológico e militar ou um poder militar e econômico? (Dobat, 2008, p. 31-58).

Analisando as residências aristocráticas em torno de Hedeby e das fortificações, além de fontes históricas, Dobat conclui que as primeiras fases de construção de Danevirke indicam claramente um poder real central, *mas um tipo de liderança que era evocada somente em época de necessidade.* Deste modo, as autoridades militares tiveram um papel limitado como agregadoras das mudanças sociais. Estas sociedades dos séculos VIII e IX (que construíram as primeiras fases da fortificação) não tiveram condições de converter seus poderes de autoridade temporária em poderes permanentes, algo que só foi possível no século X, a consolidação de uma liderança centralizadora estável (com Haroldo, o Dente-Azul), e confirmada plenamente pelo muro de Valdemar, no século XII. Mesmo a cidade de Hedeby, que vimos antes, só funcionou como centro político regional no século X, também com Haroldo. Assim, Danevirke não indica plenamente um poder real em sua história durante a Era Viking, *mas diversas formas de poder, dependendo da situação de seu contexto houve diferentes mudanças militares, diferentes objetivos e diferentes conceitos de organização social* (Dobat, 2008, p. 59-61).

Entre moedas e valknuts: Odin e a centralização política

No início do século IX as regiões de Ribe e Hedeby começaram a produzir novos tipos de moedas, respectivamente nos padrões KG3 Hus (entre 815 a 835) e Hjort (entre 825 a 840). Examinaremos agora estes dois padrões e realizaremos algumas interpretações sobre a sua iconografia e possível contexto social de sua utilização, relacionadas com poder político e simbolismo do deus Odin.

O padrão KG3 Hus (cerca de 825 d.C., *hus* significando casa) foi criado pela numismata Brita Malmer. Essa moeda e as próximas que examinaremos a seguir, foram cunhadas na cidade de Hedeby, a qual estava ligada a rotas comerciais pelo norte germânico, tendo conexão com Hamburgo e Dorestad (Hilberg, 2008, p. 101-109).

Figura 50: Moedas cunhadas em Hedeby entre 815 a 835: a primeira (A, da esquerda para a direita, reverso), apresenta padrões de letras imitadas de moedas carolíngias; a segunda (B, reverso), apresenta uma figura masculina portando dardos e chifres, ao lado de cruzes; a terceira (C, reverso) apresenta uma casa cercada por serpentes, uma máscara e duas triquetras. Fonte: Malmer, 2013.

Elas tiveram uma influência carolíngia onde é visível o uso de monograma no reverso, elementos que aparecem em moedas carolíngias (cf. figura 50, A). Mas também em outras ocorrem referências visuais de motivos internos, próprios da Escandinávia, afastando-se de simples cópias das moedas estrangeiras. Para Malmer (2007, p. 18), esse modelo teria sido inspirado nas moedas *Christiana Religio* do governo do Rei Luís I, o Piedoso (814-840). Essas moedas carolíngias apresentam de um lado uma cruz com inscrição latina referente ao monarca, do outro lado uma igreja e mais uma inscrição latina. Segundo Malmer, a suposta casa na KG3 Hus poderia ser um templo também, como forma de aludir à igreja na moeda carolíngia. Em uma delas (figura 50, C), ocorre uma espécie de casa ou templo, com figuras serpentiformes no telhado cujas bocas abertas apontam para triquetras. Ao centro do telhado há um rosto. Sob a habitação há uma espécie de mastro contendo uma serpente em cada lado (Oliveira, 2021, p. 24-51). Tanto as triquetras quanto as serpentes são temas relacionados com o deus Odin na cultura material escandinava (Langer; Sampaio, 2021), o que sugere que não foram simples cópias, mas modificações baseadas em tradições escandinavas.

Quanto a casa ou templo, sua interpretação é mais difícil, pois não se sabe o que poderia significar no contexto da cunhagem desta moeda. Além disso, se a construção nessa moeda for um salão real, o simbolismo ganha alguns acréscimos de significado. Na Escandinávia da Era Viking e em épocas anteriores, grandes salões eram a residência de pessoas com autoridade política, militar e econômica (como vimos nos capítulos 1 e 2). Eram lugares de poder, juramentos, influência, celebrações, acordos e usados para ritos religiosos (Sundqvist, 2016, p. 3-5). Neste sentido, ao invés de ser uma casa, a KG3 Hus poderia inclusive aludir ao salão do rei que ordenou a cunhagem dessa moeda e que recebeu o seu monograma. E se tratando do salão como símbolo de autoridade político-militar, faz mais sentido sua representação em uma moeda, pela condição desse objeto ser uma forma de expressar influência política. Com isso, as serpentes poderiam neste contexto expressar tanto um simbolismo de proteção, como também reforçar a ideia de autoridade associada com o espaço do salão (Oliveira, 2021, p. 24-51).

Mas a figuração com chifres e dardos (figura 50, B) é o tema mais nativo, remetendo a padrões de representação visual produzidos pelas elites nórdicas pré-cristãs desde a Idade do Ferro. Mas apesar da interpretação tradicional que sejam representações do deus Odin, essa ligação com deidades de fontes literárias foi questionada (Lanz, 2021, p. 237-344). Apesar de não podermos diretamente afirmar que se trata diretamente do próprio deus, a ligação da figura com Odin é clara: o fato da figura portar uma lança e ter um elmo com chifres remete aos pingentes que já tratamos (cf. figuras 33 a 37). A cruz que aparece logo abaixo dos dardos cruzados (figura 50,

B) é semelhante às que foram representadas em bracteatras do período de migrações (como em IK 51, IK 350, IK 259 e IK 389), mas o contexto geral da figura se conecta com a tapeçaria de Oseberg (Noruega, século IX), onde uma figura chifruda portando dardos está representada ao lado de uma pessoa portando escudos e pele de urso (berserkr?), além de um grupo de mulheres armadas (valquírias?).

Moedas do tipo Hjort (c. 825-840). As moedas com motivo iconográfico da serpente e cervo estão entre os estilos KG3 Hjort A, KG5 Hjort B1 e KG6 Hjort B2, em que *hjort* significa cervo em dinamarquês. Estas moedas foram cunhadas num período próximo, em que a KG3 era oriunda de Hedeby, e as outras duas eram oriundas de Ribe. Segundo as informações escassas que dispomos desse período, os anos de 825 e 840 compreenderiam o governo do Rei Horik I, ainda assim, não há certeza se essas moedas trariam o monograma dele ou teriam sido cunhadas por ordem de outra liderança. O primeiro tipo a ser analisado é o KG3 Hjort A o qual traz um monograma parecido com o visto em outros exemplares de KG3, como o subtipo Hus, anteriormente comentado. A diferença é que esse monograma agora está acompanhado de uma triquetra ou um valknut. Por sua vez, na outra face observa-se um estranho animal, que normalmente é considerado a representação de um cervo. O animal está com o pescoço torcido para trás, e próximo à sua cabeça ocorre uma triquetra. Sob seu ventre encontra-se uma serpente enroscada ao lado de três pontos. Os outros exemplos analisados que compreendem os tipos KG5 Hjort B1 e KG6 Hjort B2 apresentam o mesmo cervo e uma versão diferente dele, além de mostrar dois padrões novos que substituem o monograma (Oliveira, 2021, p. 24-51). Tais padrões são chamados pelos estudiosos de "máscara" ou "o rosto de Odin" e remetem a uma atualização do padrão que examinamos antes, o woden-monster do início do século VIII (capítulo 2).

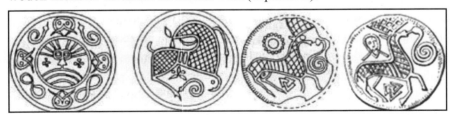

Figura 51: *Moedas do padrão Hjort de Ribe e Hedeby*, datadas de 825 a 840, da esquerda para a direita: A (anverso); B (reverso); C (reverso); D (reverso). Fonte: Jensen, 2006; Malmer, 2013.

O KG5 apresenta duas variações quanto a forma de retratar o cervo. No primeiro exemplo, o cervo olha para frente, justaposto frontalmente a uma serpente que o encara (figura 51, C e D). Sobre seu dorso há um círculo ou máscara e sob seu ventre ocorre um valknut. Por sua vez, o cervo da outra versão do KG5 e no KG6 apresentam forma similar ao modelo KG3 Hjort A; no entanto, eles possuem algumas ligeiras diferenças, e o cervo do KG6 não possui um valknut sob seu ventre e sim uma triquetra, e ao invés de encarar a serpente, esta lhe pica uma das patas (figura 51, B).

A respeito do chamado "rosto de Odin" ou "ray face", este é cercado por um círculo no qual apresenta quatro pequenas faces, duas serpentes e dois "símbolos do infinito" (figura 51, A). Observa-se que este rosto é similar ao visto na esceta do tipo X, o que para Metcalf (1996, p. 412-413) essa semelhança seria uma evidência de que as moedas com serpente e cervo deveriam ter sido cunhadas primeiramente em Ribe, cidade na qual décadas antes cunhou-se a esceta do tipo X, devido à presença do rosto barbudo. Assim, a versão do KG3 Hjort A, para Metcalf, seria uma "cópia" (Oliveira, 2021, p. 24-51).

Além das cruzes, outros elementos vistos na moeda são possivelmente de origem pré-cristã, como os quatro rostos pequenos com longos bigodes, imagem essa encontrada em monumentos como a Pedra de Aarhus (DR 66), e em pedras rúnicas como a U 1034, Sö 86, Sö 367 e DR 66. No caso das moedas, os quatro rostos podem ser também sentido simbólico, assim como nos monumentos e nas "máscaras" (Oliveira, 2021, p. 24-51).

Já o quadrifólio é encontrado em outros suportes como nos broches do tipo L1d (século VIII), descobertos na Dinamarca, e na pedra rúnica sueca Gs 1 (c. 1070-1100), não havendo uma boa interpretação do que ele poderia significar (Oliveira, 2020, p. 184, 236). Embora Gannon (2010, p. 136-139) destacasse que nas escetas do tipo K e O, encontram-se serpentes enroscadas na forma de quadrifólio, "ouroboros" ou espiral. Para a autora, tais símbolos poderiam estar associados com funções religiosas e apotropaicas, associadas ao cristianismo, referindo-se à ressureição, afirmação que contestamos, visto que o quadrifólio foi representado em monumentos nórdicos desde a Antiguidade, ou seja, muito tempo antes do cristianismo.

Interpretações dos simbolismos das moedas. O primeiro elemento a se levar em conta é o fato de que o padrão iconográfico presente nas moedas tipo Hjort é exclusivo deste período e da região da Jutlândia. O tema de cervídeos sendo confrontados com serpentes está ausente da Escandinávia anterior ao século IX e as cenas são únicas – o padrão apresentado nas moedas é de um cervídeo sendo atacado em uma das patas por uma serpente ou os dois estarem em confronto, com suas bocas entrepostas. Cenas envolvendo cervos e serpentes aparecem em momentos posteriores, mas em contexto diferente: geralmente o ofídio está enrolado em um quadrúpede (como na pedra rúnica de Jelling II, DR 42, que examinaremos no final do capítulo 4).

Acreditamos que neste segundo caso a relação visual entre cervídeo-serpente foi ressignificada posteriormente pelo cristianismo, denotando a tradicional oposição Cristo/satã. Outro fator que nos impele a uma interpretação totalmente pré-cristã para as moedas do padrão Hjort é o fato de elas portarem o símbolo do valknut – que ao contrário da suástica, da triquetra, do triskelion e da espiral – foram uma exclusividade visual do século IX, não ocorrendo antes ou depois deste contexto e principalmente, ausente de posteriores pias batismais do século XII pela Dinamarca e Suécia. E também a sua distribuição geográfica é bem menor do que a dos outros símbolos (Langer; Alves, 2021).

Outra questão fundamental é a identificação do animal: trata-se do cervo vermelho (*Cervus elaphus*), um quadrúpede de grande porte que foi encontrado em grande parte da Europa e que era particularmente importante para a subsistência e economia da Escandinávia durante a Era Viking (Ashby, 2013, p. 18-21). Na cidade de Ribe, produtos feitos de chifres de veado vermelho eram numerosos, consistindo desde objetos cotidianos, peças de jogos até os valiosos pentes – altamente apreciados por todo o Mar do Norte. Os animais eram caçados em florestas na região em volta da cidade, ou então, comprados de negociantes estrangeiros. As moedas fabricadas nesta região, possivelmente foram produzidas para o comércio advindo do mercado sazonal e controladas por alguma realeza local (Feveile, 2013, p. 39, 49). Acreditamos que os simbolismos animais e geométricos presentes nas moedas constituíram parte de uma tradição visual que foi ressignificada por alguma liderança regional, com o intuito de obter prestígio e autoridade.

O tema do cervo é dominante e central no reverso das moedas do estilo Hjort, especialmente do tipo B1/H1, H2 e H3. Tendo em vista a ocorrência do símbolo do valknut em vários exemplares nesta série (logo abaixo do cervo) e a sua relação exclusivista com o deus caolho, acreditamos que o cervo também foi uma representação do deus Odin ou associado a este. Na poesia escáldica, Odin foi identificado com cervídeos. Na mitologia nórdica estes animais tinham relação direta com a árvore cósmica de Yggdrasill, que por sua vez tem papel central em algumas narrativas de Odin. No padrão Hjort B1 um rosto masculino com longos bigodes aparece tanto acima do cervo quanto margeando a máscara de Wodan (em número de quatro, geralmente no reverso da moeda). Essas pequenas figurações são muito semelhantes às quatro faces encontradas esculpidas lateralmente no bastão de Sutton Hoo (Inglaterra, séculos VI-VII), que possui um gamo (Dama dama) em seu cimo – e foi considerado por alguns pesquisadores como uma ligação do cervo com a realeza germânica e também se associando diretamente com os cultos odínicos (Tooley, 2009, p. 338-339; De Vries, 1957, p. 257).

Algumas representações visuais de cervos ligam estes animais com questões cosmológicas e ao deus Odin. Na estatueta norueguesa de Tornes (figura 39), que foi identificada como sendo uma representação desta deidade, foi esculpida uma cena em que dois cervídeos estão ao lado de um sol, duas suásticas e 25 círculos-esferas (Ringstad, 1996, p. 103). A tapeçaria de Överhogdal possui uma cena na qual uma árvore foi encimada por um pássaro, ao lado de um quadrúpede com oito patas (Sleipnir?); em outro fragmento desta tapeçaria, um cervídeo possui uma galhada que se transforma em uma árvore gigantesca. Também as representações de cervos encontradas em uma cerâmica de Hedeby parecem confirmar a relação entre símbolos odínicos e cosmologia (figura 40).

O poema *Plácitusdrápa 7* (1200 d.C.) preservou a palavra *elg-Þróttr* (elg-Þróttr í stað sótti), literalmente: alce-Odin, em referência metafórica a uma embarcação (O alce do mar). No poema *Sonatorrek* 15 (século X) surge a metáfora: *elgjar galga* (forca do alce). Clive Tooley (2009, p. 338) acredita que estas duas metáforas poéticas sejam uma referência para a árvore cósmica Yggdrasill. O termo em nórdico antigo, *elgr* refere-se ao alce (*Alces alces*) e na *Germânia* de Tácito, o termo correspondente em proto-germânico a *alhiz/*algiz e foi latinizado para Alcis – e se referia aos gêmeos divinos adorados pela tribo germânica dos Naharnavali da Silésia. O termo teria relação com outras palavras indo-europeias para designar uma proteção divina e seria associado especialmente com cavalos (Simek, 2007, p. 7). O alce é o maior dos cervídeos e na Escandinávia ocorre especialmente na Finlândia, Noruega e Suécia. Existem várias representações de alces nas estelas gotlandesas do báltico: um alce junto a uma serpente (Visby/Endre); um alce sendo caçado (Ire Hellvi); dois alces lutando (Ganda). Quatro cervos roem a árvore Yggdrasill, segundo o poema éddicco *Grímnismól* 34: "São quatro cervos, em brotos novos aqueles/ roem com pescoços abaixados; Dáinn e Dvalinn, Duneyrr e Duraþrór" (Miranda, 2014, p. 315).

O tema da serpente também esteve vinculado ao deus Odin em algumas narrativas, como as relacionadas ao roubo do hidromel (presentes em *Skáldskaparmál* 1 e *Hávamál* 108-110), no qual ele se transforma neste animal para adentrar na montanha de Suttung e se relacionar com Gunnlod, e para fugir, transforma-se em uma águia. Para o pesquisador Jens Schjødt, a dicotomia entre estes dois animais funcionaria cosmologicamente como uma *axis mundi*, normalmente performada pela Yggdrasil, criando uma conexão entre os mundos (Schjødt, 2008, p. 164). No caso das moedas de Ribe e Hedeby, a oposição cósmica seria efetuada entre um quadrúpede e um réptil, que reproduzem um sentido semelhante às narrativas mencionadas: cervo (mundo celeste) *versus* serpente (mundo ctônico). Isso pode ser reforçado pelas imagens de algumas moedas do tipo Hjort, em que o dorso dos cervos possui espirais do mesmo formato que a serpente representada lateralmente (figura 51, B, C e D) – a espiral é um símbolo solar, especialmente importante na Idade do Bronze e período das migrações, raro na Era Viking, mas ainda possuindo alguma relação com o contexto odínico.

Mas além do uso da serpente no intuito de aproximar os reis dinamarqueses da população sueca, a presença destes animais poderia conter algum caráter simbólico, podendo novamente estar associado a ideias de autoridade, boa sorte, prosperidade e até de proteção. Recordamos também o estudo de Anna Gannon (2010, p. 136-140), a qual apresentou que a presença de serpentes enroladas já era encontrada entre escetas anglo-saxãs do século VIII, indicando um possível simbolismo apotropaico e até cristão também, pois a autora destacou que em moedas do tipo J e S, encontram-se elementos cristãos como a videira e a roseta, sugerindo que a serpente enrolada poderia fazer analogia com a crença da ressureição de Cristo, apontado no livro *Fisiólogo* (século II d.C.), importante obra sobre o simbolismo animal cristão. A presença de elementos cristãos nas moedas de Canuto II e Hardacanuto são claros por conta de eles terem sido cristãos e da representação de uma cruz central no reverso. Além disso, sublinhamos que a Suécia do século XI estava em processo de cristianização, fato esse que os reis Eric o Vitorioso e Olavo o Tesoureiro já tinham se convertido, além da condição de que estavam erguendo pedras rúnicas com epitáfios cristãos, e posteriormente dois bispados seriam fundados no reino sueco (Oliveira, 2020, p. 170). Florent Audy (2018) publicou um estudo sobre o uso de moedas para confeccionar colares, pingentes e amuletos. O uso indicaria propósitos estéticos, de *status* social e até mágico-religioso, especialmente as moedas que continham símbolos religiosos.

Quase sempre os cervídeos estão ao lado de serpentes, justapostos: na estela gotlandesa de Visby/Endre, que apresenta um cervídeo e uma serpente enrolada, ambos os animais não parecem estar em algum tipo de confronto. Acima dos dois animais surge uma embarcação. Essa associação navio/serpente/cervo também vai aparecer em algumas moedas de Ribe e Hedeby do século IX e merece maiores investigações. Uma das cenas do chifre de Gallehus, Dinamarca, apresenta um cervídeo ao lado de uma serpente, mas os dois animais também não estão em situação de confronto ou batalha. Na bracteata de Skrydstrup (IK 66, Dinamarca, século VI), duas serpentes enroladas entre si se situam abaixo de um cervídeo com grande galhada.

Segundo alguns pesquisadores, o tema do confronto entre cervos e serpentes pode ter sido originado de um folclore mais antigo, relacionado ao uso de amuletos feitos de veado para combater picadas de cobra (Jensen, 2013, p. 216-217). Nas sepulturas pré-cristãs de Birka (túmulo 832, SHM 34000, SHM 18212), as decorações de veado em bordado e em uma urna funerária parecem indicar um simbolismo de renascimento, pelo fato de seus chifres mudarem a cada ano. Também existem moedas do tipo KG5, contendo representações de cervos, triquetras e serpentes, encontradas em túmulos de Birka (a exemplo do túmulo 963), indicando um possível papel especial no momento do sepultamento (Jensen, 2013, p. 216-217). É possível que o cervo em alguns casos substituiu o papel do cavalo em relação à sua associação com a morte durante o Período das Migrações, e neste contexto o valknut também substituiu a suástica (dentro do antigo esquema: suástica, cavalo ou cavalo-cobra, presente por exemplo, na bracteata IK 95; placa de elmo de Vendel, túmulo I).

O motivo de um cervídeo combatendo uma serpente é geralmente considerado como sendo a oposição Cristo/satã na arte medieval escandinava (Bailey, 2000, p. 22), mas ocorrem também variações nas interpretações: na pedra de Jelling (DR 42), o quadrúpede (talvez um leão ou cavalo) foi considerado símbolo do Deus Pai, enquanto que a serpente seria o Espírito Santo, ambos na face B (e Cristo já teria sido representado na face C) (Wood, 2014, p. 19-32) (cf. figuras 19, 20 e 21). O tema de quadrúpedes enrolados por serpentes vai ser especialmente comum nos estilos artísticos de Jelling (c. 900-975), Mammen (c. 960-1025), Urnes (c. 1050-1125) e Ringerike (c. 1000-1075). Voltaremos a analisar a pedra de Jelling no final do capítulo 4.

O valknut escandinavo esteve presente somente no sepultamento de Oseberg, nas estelas gotlandesas e nas moedas de Ribe/Hedeby, todos do século IX. É o único símbolo pré-cristão que não foi utilizado em pias batismais para a proteção contra demônios em igrejas escandinavas do século XII, a exemplo do martelo de Thor (Gettrup, Dinamarca); suástica (Tanun, Suécia; Lerup, Dinamarca); triqueta (Remmarlöv, Suécia); quadrifólio (Näs, Suécia). Outro detalhe importante é que ao contrário da suástica e triquetra, que possivelmente foram simultaneamente símbolos de Thor e Odin, o valknut foi relacionado exclusivamente aos ritos odínicos (Langer; Alves, 2021). Digna de nota é a única referência visual do símbolo do valknut representado junto com a triquetra e um monograma em toda a Era Viking, em moedas do tipo KG3 Hjort A (cf. figuras 3 e 4). Neste caso, teriam o mesmo significado? Ou reforçariam os mesmos simbolismos de autoridade do governante/líder? Também é digna de menção as representações do martelo de Thor junto a cruzes em moedas da Northumbria, século X (de modo semelhante ao martelo em pias batismais, ao lado de cruzes), algo que nunca ocorreu com o valknut – este nunca foi representado com símbolos cristãos no mesmo suporte.

A conexão do Sol com cervídeos é abundante em representações da arte rupestre euroasiática desde o Paleolítico e sobrevivendo em diversas manifestações da cultura material até a Idade do Ferro (Martynov, 1988, p. 12-29). Alguns pesquisadores também apontam as conexões cosmológicas e astronômicas dos cervídeos com o fato destes animais migrarem sazonalmente pela mudança das fases da Lua; várias culturas antigas da Europa associavam constelações e a Via Látea com cervídeos; no xamanismo siberiano, os cervídeos estavam relacionados com o poder fertilizante das chuvas e outros poderes cósmicos (Rappenglück, 2008, p. 62-65).

As representações de galhadas gigantes de cervídeos, com conotações arboríficas, foi atestada na arte euroasiática do Paleolítico à Idade do Ferro,

132

conectando-se aos simbolismos da árvore da vida e cultos vegetais ("pilares da fertilidade") (Martynov, 1988, p. 15-17). No poema *Sólarljód* (Islândia, c. 1200), que segue a métrica da poesia éddica em um contexto visionário cristão, existe uma referência cosmológica: "El ciervo del sol – entre dos lo traía – vi que del sur llegaba; en la tierra tenía sus patas puestas, su cuerna llegaba al cielo" (Castro, 2020, p. 672). Apesar da figura do cervo neste poema ser uma representação de Cristo, não resta dúvida que a referência a uma galhada cósmica tem ligação com a imagem da tapeçaria de Överhogdal (e sem correspondente na tradição cristã), sendo, portanto, uma imagem advinda do mundo pré-cristão, demonstrando uma ressignificação e hibridismo entre as religiosidades.

No pote cerâmico de Hedeby, ocorrem representações de cinco veados-vermelhos (*Cervus elaphus*), junto com três suásticas (cf. figura 40). As três suásticas aparecem de forma diferente: a primeira está dentro de um círculo semifechado; a segunda com padrão tradicional e a terceira com duplicação nas extremidades. Acima das suásticas, ocorre o único registro visual do Ægishjálmur durante a Era Viking. Este é um símbolo citado em algumas sagas islandesas e na Edda Poética como proteção do herói Sigurd, sendo representado em manuscrito pela primeira vez durante o último quartel do século XV (Laekningakver, AM 434 A 12Mo). Sua imagem neste manuscrito é muito semelhante à do pote de cerâmica de Hedeby, mas, neste último caso, não sabemos objetivamente o que significa com cervos e suásticas (talvez a representação do sol?). A cena geral da cerâmica é de grande dinamismo e movimento, enquanto o veado e os símbolos da estatueta de Tornes (cf. figura 39) são mais estáticos. Um padrão se repete em ambos os conjuntos: as suásticas foram representadas nas costas dos animais. Em uma placa de elmo do período Vendel, Suécia (sepultura I), um cavaleiro foi representado portando uma lança (e utilizando um elmo com serpente); ao alto, dois pássaros voam sobre a sua cabeça; embaixo, próximo ao cavalo, surge uma serpente em posição de ataque. É relevante perceber que no escudo do cavaleiro surgem três esferas – aqui recordamos que a triquetra, o triskelion e o valknut foram associados a Odin, devido ao simbolismo do número 3.

O tema das figurações de serpentes em moedas escandinavas nos séculos IX ao XII d.C. precisa ser melhor investigado. Esta representação surge tanto em contextos pagãos quanto cristãos. Mas mesmo neste último caso, a serpente não parece ter sentido negativo, sendo utilizado como símbolo de autoridade junto à cruz latina (representada na outra face da moeda). O seu sentido negativo pelo cristianismo surge quando representada em combate com quadrúpedes na arte escandinava monumental e em objetos móveis.

Esta oposição também foi registrada na literatura nórdica medieval: no poema *Grímnismál*, as serpentes que roem as raízes da Yggdrasill foram descritas logo após a lista dos cervos que habitam esta árvore cósmica (estrofes 34 e 35). Também em algumas moedas do tipo KG5 Hjort B1/H1 (cf. figura 51, C) ocorre ao lado do cervo, em vez de uma máscara, uma representação do que os pesquisadores consideram uma flor ou sol (Moesgaard, 2018, p. 27) e nós acreditamos que seja mesmo um sol, reforçando a relação cosmológica da cena.

Apesar de ter diminuído muito na iconografia do período Viking, a espiral ainda ocupa posição importante em alguns monumentos. Na estela Stenkyrka Lillbjärs III (G 268), Gotlândia, Suécia, século IX, um cavaleiro porta um escudo com uma espiral, ao lado de um valknut e um triskelion de cornos e em sua frente, uma valquíria o recepcionando. Aqui o sentido solar talvez não seja tão importante, mas pode ser que neste caso, simbolismos solares foram transferidos a Odin – pois o contexto da cena é totalmente odínico. A espiral seria assim uma proteção ao guerreiro? Em amuletos encontrados em tumbas femininas de Birka, onde observamos a representação central de uma espiral, arqueólogos identificam este objeto como sendo uma representação de escudo – neste caso, o objeto teria sido utilizado para proteção mágica individual (Gräslund, 2005, p. 385). Snorri Sturluson menciona que escudos eram denominados de "Sol no navio". Vários elementos da literatura e mitologia nórdica indicam que escudos eram vistos como símbolos do Sol – a exemplo do kenning para escudo: skipsól (Wang, 2017, p. 14, 25). Talvez tenha ocorrido uma continuidade na vinculação do astro-rei com espirais e escudos, mas na iconografia da Era Viking foram transferidos para contextos odinistas. Também os chifres dos cervos foram associados aos raios do Sol no mundo germânico antigo (Bampi, 2009, p. 80). Nas moedas danesas do tipo Hjort, as galhadas dos cervos são proeminentes e destacadas. O tema do simbolismo solar necessita de maiores pesquisas, bem como as reapropriações cristãs desta relação dos cervídeos e o Sol.

Conclusão: Moedas danesas e signos de poder. A numismática dinamarquesa considera que as moedas cunhadas em Ribe poderiam ter sido originadas tanto do interesse econômico de comerciantes da região ou por outro lado, como consequência de uma autoridade política local. Como vimos em nossa interpretação, os cervos constituíam uma importante base econômica em Ribe, ao mesmo tempo em que faziam parte de uma rica tradição visual, tanto em conjunto com as serpentes, ou especialmente, de modo separado. E elas possivelmente foram conectadas com questões cosmológicas relacionadas ao deus Odin e constantes de diversas situações de autoridade política no mundo germânico (especialmente anglo-saxônico, como a conexão entre Woden como progenitor das genealogias reais, Ayaz, 2019, p. 305-313). Também os cervos e serpentes aparecem relacionados ao mundo heroico de Sigurd e possuem implicações de legitimidade do poder e autoridade – este herói foi considerado um ancestral da casa real norueguesa, e um de seus netos teria sido rei da Dinamarca – (Bampi, 2009, p. 83). Isso demonstra que uma liderança local, talvez um rei, tenha efetivamente controlado a emissão e circulação das moedas, de modo mais pertinente do que apenas os comerciantes.

Mas não temos fontes e pistas para definir exatamente qual liderança tenha sido, apenas o seu possível papel como emissor das moedas. Os governantes da Jutlândia no início do século IX utilizavam o conceito de rei enquanto sacerdote circunstancial de sua região, controlando não somente o mundo político – mas também o mundo espiritual e as negociações entre os deuses e a população em geral e especialmente a relação vitória, fertilidade e segurança. A hereditariedade não era uma condição frequente, sendo a possibilidade de oferecer segurança e proteção contra inimigos e invasores externos a sua principal obrigação, com uma base militar estruturada por um grupo pessoal de guerreiros, advindo da aristocracia.

A teoria tradicional apresenta a visão de que pequenos reinos foram aos poucos sendo englobados por reinos maiores, até a unificação de Haroldo, o Dente-Azul (Oliveira, 2018, p. 356-358). Mas algumas pesquisas mais recentes apresentam a hipótese de que na realidade Haroldo teria reunificado a Dinamarca (Alves, 2018, p. 173-179). E também algumas pesquisas arqueológicas vêm apresentando a visão de um reino centralizado, não somente na Jutlândia, mas também na região da Zelândia e Escânia ainda no século VIII. Isso pode, em parte, explicar por que a região da Jutlândia (especialmente Ribe) não forneceu evidências históricas e arqueológicas de uma alta aristocracia (como templos e salões reais) (Søvsø, 2017, p. 83-85).

E a emissão de moedas não reflete apenas um crescente poder, mas também a existência de uma proteção para a rota comercial e a sua consequente taxação. Mas além de seu valor monetário, elas transmitem significados: atributos de autoridade e poder, indispensáveis para qualquer tipo de prestígio político. Ao contrário dos monumentos fixos, as moedas circulam numa espacialidade muito maior, levando consigo uma quantidade de mensagens sobre identidade político-religiosa que obtém muito mais abrangência, atingindo iletrados e letrados (Carlan; Funari, 2012, p. 69). A exemplo de outras moedas na Europa alto medieval (como as carolíngias, Rodrigues, 2021, p. 275), elas serviam de propaganda e afirmação do poder do governante através de símbolos religiosos. Em nossa pesquisa, concluímos que as moedas danesas examinadas continham um caráter mitológico e divino, utilizado por alguma liderança regional. Se estendermos a produção de moedas até o século XI, elas podem se tornar fontes preciosas para o estudo da transição religiosa na Escandinávia, ainda não contemplada em profundidade pelos pesquisadores (Lund, 2013, p. 173).

Novas pesquisas podem ser realizadas, empregando também outros tipos de fontes materiais (como pedras rúnicas e monumentos), com outras perspectivas comparadas e especialmente, abordagens empregando referenciais diacrônicos para se perceber continuidades ou mudanças na elaboração de símbolos na área escandinava. De maneira geral, o estudo da cultura visual ainda é muito promissor na Escandinavística aplicada ao período Viking, seja em seus aspectos mitológicos e religiosos, seja na História e em outros temas sociais.

4

A consolidação do reino danês (século X)

Poder e culto: Gammel Lejre

O local conhecido hoje em dia como *Gammel Lejre* (A antiga Lejre) está situado a 2,7km de distância da moderna cidade de Lejre, ao sul do fiorde de Roskilde, ao norte da Ilha da Zelândia. O nome Lejre provém de *Hleiqrar* (dinamarquês antigo) significando "o lugar das tendas". Nas crônicas medievais (a História de Svend Aggesen, a *Gesta Danorum* de Saxo Grammaticus e as crônicas de Lejre) a monarquia dinamarquesa foi inaugurada com a dinastia dos Escildingos, que teria sido fundada pelo rei lendário Skjold em Gammel Lejre – sendo filho de Odin, ele chegou ainda bebê nas terras dinamarquesas, provindo de um barco sem remos. Saxo Gramaticus descreve um dos seus descendentes, Hrolf Krake, vivendo em Lejre em um salão formidável. No poema *Beowulf*, o personagem Hrothgar construiu o salão Heorot, o maior de todos os tempos. Gammel Lejre é um local cercado de mitos e tradições folclóricas (Christensen, 2008, p. 121; 1991, p. 163; Simek, 2007, p. 277). O que todas estas narrativas fantásticas possuem em comum são dois elementos históricos: existiu um grande salão na antiga Zelândia e nele diversos reis influentes governaram a região por séculos.

A moderna Arqueologia científica começou a separar o folclore da história de Lejre, relação que era muito comum até o século XVIII. Na década de 1840, o primeiro arqueólogo profissional, Jens Worsaae, trabalhando para o Museu Nacional da Dinamarca, iniciou uma sistematização de diversos trabalhos de campo, descartando a tradicional ligação de Lejre com antigos monumentos neolíticos (especialmente câmaras funerárias com corredores e dólmens) (Worsaae, 1843, p. 91). Na década de 1850, em colinas à Oeste de Lejre, foi realizada uma importante descoberta: quatro vasos de prata, um colar e uma pedra de amolar de origem anglo-irlandesa do século VIII (além de uma taça do século X, de origem local). Nos anos de 1940 o Museu Nacional realizou várias escavações, descobrindo 55 sepultamentos, além de reconstituir o alinhamento megalítico em formato de barco (o *Skibssaetning*). Na década de 1970 novas pesquisas encontraram os vestígios dos assentamentos da região, o denominado *Kongsgården* (Christensen, 1991, p. 165-166).

Os trabalhos de campo mais meticulosos ocorreram durante a década de 1980, totalizando aproximadamente 1km de extensão. No lado leste do complexo de Gammel Lejre existem três monumentos funerários (montículos) e um alinhamento megalítico em forma de embarcação (*Skibssaetning*). Um dos montículos, *Grydehøj*, continha os resquícios do funeral de um rei, datado dos séculos VI-VII, com vários indícios de sacrifícios animais. Ao lado do alinhamento, um cemitério do século X continha quarenta e nove inumações (Christensen, 2008, p. 121).

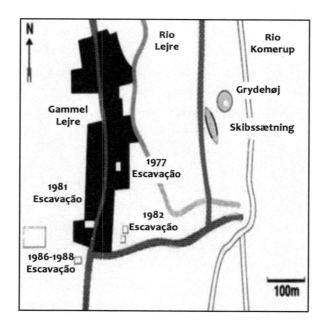

Figura 52: mapa do sítio arqueológico de Gammel Lejre: o círculo com a legenda *Grydehøj* corresponde ao montículo funerário onde foram encontrados vestígios de uma sepultura real; *Skibssaetning* é um alinhamento megalítico em formato de barco. A área escura corresponde ao assentamento. O grande salão ficava situado no local da escavação 1986-1988 (parte sul do assentamento, no local denominado de *Mysselhøjgård*).
Fonte: Christensen, 1991, p. 166.

Figura 53: Reconstituição das principais edificações do assentamento de Gammel Lejre. A casa com maior tamanho corresponde ao grande salão de Lejre (século VIII).
Fonte: Medieval Histories, 2019.

As edificações foram construídas 500m ao longo do Rio Lejre, sendo caracterizadas por três estruturas. A mais antiga, em *Fredshøj*, foi uma estrutura muito grande do século VI, construída ao lado de uma pilha de pedras queimadas com 16m de diâmetro. Durante o século VII, o assentamento foi transferido para a poucos metros ao sul, em *Mysselhøjgård,* escavado entre 1980 e 1990. Este possuía duas edificações centrais, que tiveram três fases: uma menor, com 42m de comprimento e 7,5m de diâmetro e outra maior, com 50m de comprimento e 11,5m de diâmetro, nomeada como o *salão de Lejre* (respectivamente: casa III, Casa IVab e casa IVc da área 1). O edifício tinha paredes convexas, com suportes de madeira como escoras exteriores. Esta enorme estrutura é a maior já encontrada na Dinamarca antiga e uma das maiores do norte europeu e as datações do salão são situadas entre os séculos VII e X (Christensen, 2008, p. 122; 1991, p. 169, 173).

O local foi caracterizado por ter atividades de artesanato e metalurgia, além de estar ao lado de outro empilhamento de pedras queimadas, muito semelhantes às de *Fredshøj* (que citamos antes), mas muito maior: com 35m de diâmetro e 1m de altura, denominados localmente por *kogesten* (pedras para cozinhar). Estas pedras foram utilizadas desde a Idade do Ferro para aquecer a água no processo de fabricação de bebidas. A excessiva quantidade deste material em torno do grande salão, reforça o fato de que o local estava associado com a liderança política, envolvendo muito mais pessoas do que as residentes no assentamento (Christensen, 2008, p. 123).

Uma planta dos buracos dos postes escavados no grande salão de *Mysselhøjgård* revelou vestígios de madeira da Era Viking (século IX), construído sobre um edifício anterior e menos bem preservado. Os postes da parede e as fileiras de buracos dos suportes internos e externos eram visíveis no solo. Os dois salões, embora separados por três séculos no tempo, são de construção semelhante. A Arqueologia apresenta um quadro de habitação contínua ao longo dos dois grandes episódios de construção. O edifício foi reparado nesse período e alguns postes foram substituídos quatro ou cinco vezes. Ossos de animais encontrados em buracos de postes do salão mais antigo foram datados por radiocarbono por volta do ano de 660, documentando a existência dos lendários primeiros governantes bem antes da Era Viking. Os ricos objetos de ouro e prata encontrados no local documentam ainda mais a riqueza e a importância dos governantes que viveram ali (Price, 2015, p. 334-335). Em algum momento do século X o grande salão foi abandonado e as pilhas de pedras cessaram de serem usadas (Christensen, 2008, p. 122), sendo que após o ano 1000, a região de Gammel Lejre perde em importância para Roskilde, também na Zelândia (Nielsen, 2016, p. 233; Price, 2015, p. 334-335).

Um dos arqueólogos que escavou o grande salão de Lejre, Tom Christensen (Museu de Roskilde), conecta-o diretamente a imagem do edifício de Beowulf (Heorot), além de sua semelhança estrutural com o existente em Tissø, no oeste da Zelândia. Ele também percebe uma analogia entre o "altar pagão" utilizado pelos daneses em Beowulf (*haergtrafum,* verso 175 – Ramalho, 2007, p. 12-13). A palavra em anglo-saxão poderia ter alguma conexão com o termo em nórdico antigo para altar (*høgr*), descrito em várias fontes literárias medievais como sendo de pedra e situada ao ar livre. Segundo Christensen, os montes de pedras queimadas em torno do grande salão (*kogesten*, que mencionamos antes), poderiam corresponder ao altar de Lejre descrito em Beowulf (Christensen, 2010, p. 252).

Possivelmente o grande salão de Gammel Lejre apresenta conexões com o salão *Heorot* no poema *Beowulf* (Hjort-hallen em dinamarquês; o salão do cervo, versos 305-315, Ramalho, 2007, p. 21). Apesar de toda precaução no uso de *Beowulf* como documento, pois este é *um poema sobre o passado* e não um relato histórico (Kvamm, 2023), podemos realizar algumas conexões culturais. No poema, este salão é descrito como magnífico e brilhante como ouro, um pouco distante da realidade dos grandes salões

140

recuperados pela Arqueologia. O pesquisador Carl Anderson aponta que o nome Heorot foi um empréstimo erudito anglo-saxão e teria sido inautêntico aos daneses (se ou ouvissem) e o teriam rejeitado, explicando a ausência de um termo semelhante as fontes escandinavas (Anderson, 1999, p. 131-132). Estudos mais recentes questionam a possibilidade do salão Heorot ter sido objetivamente uma descrição de Lejre em *Beowulf* (Gräslund, 2022, p. 131).

Mas não podemos deixar de constatar uma conexão simbólica do nome deste salão com a tradição germânica dos cervídeos serem emblemas de reis, da realeza e do deus Odin – e aliás, a emissão de moedas do estilo *Hjort*, cervo, pode ter uma associação política com Lejre, como vimos no capítulo 3. Se não é possível ter dados objetivos sobre a história danesa por meio de *Beowulf,* podemos inferir que este épico contém alguns elementos que apontam ao menos um certo conhecimento do antigo centro de poder da Zelândia (Kvamm, 2023) e a uma tradição escandinava (Gräslund, 2022, p. 163, 187, 196, 227). Outro dado que confirma esse referencial é que ao lado do grande salão de Lejre, foram encontrados vários recipientes de prata de origem anglo-irlandesa (Christiensen, 2008, p. 123), confirmando a conexão cultural entre a Zelândia e as ilhas britânicas deste período.

Outra fonte literária sobre Lejre, mas produzida dentro de um contexto missionário cristão, foi a narrativa do Bispo Dietmar de Merseburgo, escrita em 1012-1018 (com o nome de *Lederun*). Ele descreve que neste local eram realizados sacrifícios rituais a cada nove anos e ela seria *caput regni* (a chefia do reino). Além de seu caráter de classificação dos "bárbaros pagãos daneses" em uma agenda civilizatória cristã, o relato foi anacrônico (não existem indícios de que ainda se praticavam sacrifícios humanos em Lejre no século X, além dela não ser mais o centro político danês, que foi transferido para Roskilde neste momento) e serviu de base para outro relato bem mais famoso (e ainda mais fantasioso): a narrativa de Adão de Bremen sobre o "templo" de Uppsala na Suécia (Simek, 2022, p. 217-230). Outro problema é que em Gammel Lejre nunca foram encontrados ossos resultantes de sacrifícios rituais (Christensen, 2010, p. 252). Mesmo assim, podemos considerar um elemento do relato de Merseburgo como histórico, pois ele reforça o nosso atual entendimento de que Lejre *foi* um local muito importante para o culto e a política da região, durante a Era Viking (Christensen, 2008, p. 123; 1991, p. 164), ou seja, muito tempo antes da época deste bispo germânico.

Figura 54: *Pingente do "Odin de Lejre"*, século IX, desenhos de Rude Knud (extrema esquerda: frente; centro: figura de lado; extrema direita: parte traseira do objeto), fonte: Christensen, 2014, p. 66, 67, 77.

O Odin de Gammel Lejre

Em 2009 foi descoberto em Gammel Lejre um espetacular vestígio: trata-se de uma pequena estatueta de prata, com 1,75cm de altura, 1,98cm de diâmetro e pesando apenas 9g – o que não impediu de ser o objeto mais polêmico e famoso desta região. O Museu de Lejre, situado próximo dos montes funerários e do alinhamento de pedras, exibe o pequeno objeto como o seu principal elemento expositivo – ganhando destaque em uma moderna visualização e enquadramento de luzes. Mas, afinal, por que ele é tão importante? E o que representa?

A estatueta foi descoberta entre os dois salões aristocráticos situados em *Mysselhøjgård*, a região de Gammel Lejre que corresponde ao fim da Era Viking. A sua datação foi baseada no estilo artístico e foi estimada entre 900 a 950 d.C. (Christensen, 2014, p. 65). O objeto apresenta três principais partes: uma figura humana sentada em uma espécie de assento, flanqueado por quatro postes de base, cada um com figuras animais estilizadas. E em terceiro, dois pássaros pousados em cada lado dos braços da cadeira. As duas cabeças de animais de fundo são mais difíceis de serem interpretadas, sendo consideradas tanto dragões, serpentes ou lobos.

Os detalhes do assento permitem deduzir que foram baseados em modelos aristocráticos ou da realeza. Apesar de não terem sido encontrados "tronos" ou mesmo cadeiras na maioria das escavações na Escandinávia da Era Viking (com exceção de uma cadeira em Oseberg, Noruega, com estrutura muito simples), existem evidências de vários tipos de amuletos com a forma de assentos (cf. figura 55), consideradas cópias de modelos reais que infelizmente não sobreviveram à ação do tempo. Mas a partir do século XII sobreviveram pela Escandinávia dezenas de assentos em tamanho normal, dos mais elaborados até os mais simples, que são tomados como exemplos comparativos para os tempos anteriores. A cadeira de Lejre é considerada uma representação de um *há-saeti* (assento alto), um assento especial feito para pessoas com alta posição na sociedade (Christensen, 2014, p. 68). Várias fontes literárias medievais mencionam o *Hliðskjálf*, tratado como um objeto (o assento alto do deus Odin, ou então, um local) – por meio do qual este deus tem a capacidade de saber tudo o que acontece nos nove mundos. Alguns pesquisadores conectam este objeto mítico com a plataforma para operações mágicas descritas nas sagas islandesas (o *seiðhjallr*), pelo qual as profetisas poderiam se conectar aos outros mundos (Simek, 2007, p. 152).

Os bicos afinados dos dois pássaros representados no assento de Lejre foram identificados a corvos, um animal estritamente relacionado ao deus caolho, desde o período de migrações (como tratamos no final do capítulo 1) e constante de dezenas de joias, ornamentações e figurações artísticas da Era Viking. Um detalhe muito interessante: os dois pássaros não são detalhes do trono (por serem realistas), enquanto os dois animais da parte traseira sim, por estarem em uma figuração estilizada. Ou seja: uma figura humana e dois pássaros (Huginn e Muninn) estão sentados em um trono (Christensen, 2014, p. 68), do qual se projetam esculturas de dois leões (Pesch, 2018, p. 484).

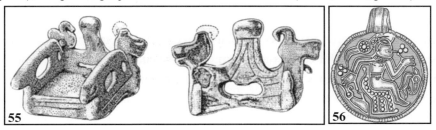

Figura 55: *Pingentes representando assentos*, feitos de prata e descobertos em Hedeby, Era Viking. O primeiro (esquerda) tem encosto dos braços em forma de quadrúpedes e o fundo do assento tem a forma de dois pássaros; o segundo (direita) possui apenas a parte de fundo do assento, com dois pássaros. Fonte: Pesch, 2018, p. 474.

Figura 56: *Bracteata IK 206*, descoberta em Veszprém, Hungria, datada do período de migrações. Fonte: Pesch, 2018, p. 476. Ele apresenta a figuração de uma pessoa sentada, ao lado de dois pássaros e um animal que parece atacar uma de suas mãos. Em frente ao seu rosto e atrás do trono, dispõe-se aglomerados com três círculos.

Figura 57: *Escultura em madeira de Rude Eskildstrup*, Zelândia. Fonte: Pesch, 2018, p. 476. Um novo estudo datou este objeto como sendo do século X d.C. e não da Idade do Ferro, além de estabelecer que seja uma representação do deus Odin (Kristensen, 2022, p. 75-92).

Figura 58: *Detalhe de imagem da pedra rúnica de Sanda I (cena dos tronos)*, Ilha da Gotlândia, Suécia, século X. Fonte: Smith, 2002, p. 9. Segundo a clássica interpretação de Jungner, a cena contém uma figura masculina no centro de um quadrado (possivelmente um morto no Valhalla), segurando uma lança, que também é segura por outra figura masculina, do lado direito. Atrás desta última figura, sentada, encontra-se o símbolo de uma triquetra, associada a Odin. No lado esquerdo, uma figura feminina está sentada, enquanto de fora do quadrado, uma ave estica seu pescoço até alcançar as costas da figura masculina central. Assim, temos em um trono a deusa Frigg e do outro lado, Odin em outro trono (Jungner, 1930, p. 65-83). A ave é interpretada atualmente como uma valquíria transmutada, responsável por levar o morto ao Valhalla (Oehrl, 2023b, p. 199).

A pessoa que está sentada possui um traje complexo, consistindo em uma capa e uma túnica longa; no peito, porta uma joalheria consistindo de quatro correntes ou colares. Esta pessoa está usando um chapéu ou elmo. A indumentária da estatueta foi comparada a um tipo de vestimenta feminina existente na Era Viking para pessoas ricas (*Seledragt*), perceptível em outras estatuetas e figurações encontradas na Dinamarca desta época, como em Stavnsager e Trønninge (ambas na Jutlândia) (Christensen, 2014, p. 70). O maior problema com esta imagem é que ela não possui o padrão típico de outras representações femininas na arte escandinava antiga: não possui os cabelos longos, enrolados em um nó triplo, ou caindo sobre a base de sua nuca. Pela tradição iconográfica, não pode ser um ser feminino. A única representação visual que temos dois seres sentados é na estela rúnica de Sanda I (figura 58): uma suposta imagem de Frigg (com cabelos longos e enrolados em um nó) ao lado de Odin (apresentando uma barba) (Jungner, 1930, p. 65-83). O problema é que se trata de uma imagem que não tem detalhes como as esculturas e estatuetas; mesmo assim, a estatueta de Lejre não apresenta os mesmos padrões, ou seja, não possui nem barba e nem cabelo comprido com nó. O único padrão em comum em Sanda I e a estatueta de Lejre é o fato de estarem sentados em tronos, no qual discutiremos mais adiante.

Segundo Christensen (2013, p. 72), a figura de Lejre possui um bigode do tipo longo, que vai além das bochechas e quase atinge as orelhas e seu padrão pode ser verificado em centenas de objetos da Era Viking que possuem representações semelhantes (Brejnebjerg, Højby, escultura em madeira de Oseberg, mas especialmente o Odin de Ribe; cf. figura 37). O detalhe do bigode foi questionado por outra pesquisadora, que assim se concentrou apenas no detalhe da indumentária e considerou a figuração como sendo uma mulher poderosa (Mannering, 2014, p. 79-86), porém sem apresentar argumentações convincentes.

Uma outra questão especial são os colares: representações masculinas portando colares de contas existem desde o Período das Migrações. Em várias bracteatas temos homens (deduzido pelo uso de bigodes) sendo representados nús e em movimentação, usando colares: DR BR38 e DR BR40/ NM 12430 (com um detalhe importante: ao seu lado esquerdo foram representadas suásticas, o que liga estas duas representações com Odin).

Figuras de seres masculinos portando túnicas longas e colares são encontradas desde objetos escandinavos do Período das Migrações até a Era Viking: bracteatas, esculturas e figurações em *guldgubber*. Também uma figura esculpida em madeira, com 43cm de comprimento, foi encontrada em Rude Eskilstrup na Zelândia central (cf. figura 57), retratando uma figura masculina sentada (possui um bigode proeminente), vestindo uma túnica longa ou capa. Em volta do pescoço pode ser visto um colar composto por muitos anéis (ou contas). A postura entronizada, as roupas longas e o colar são semelhantes com o objeto de Lejre – e recentemente a estátua de Rude Eskilstrup recebeu uma nova datação, como sendo da Era Viking (século X, além de ser considerada uma representação do deus Odin: Kristensen, 2022, p. 75-92, cf. figura 57). A maior semelhança com a indumentária de Lejre provém da estatueta de Boeslunde (Zelândia), encontrada em 2020: esta contém uma capa sobre uma túnica e quatro colares com esferas (ou contas). Mas ela possui um longo cabelo, entrelaçado com um nó triplo e foi interpretada como sendo a deusa Freyja (Borake, 2021, p. 1-17). Apesar de alguns acadêmicos também perceberem a estatueta de Lejre como a representação de uma vǫlva, a profetisa que realizaria os rituais do seidr (como veremos na seção sobre a vǫlva de Fyrkat, devido ao seu poder e ligação com o deus Odin), ela foi descartada pela arqueóloga Alexandra Pesch pela ausência de seu principal símbolo: o cajado (Pesch, 2018, p. 484).

Assim, voltamos ao problema básico: Trata-se de uma figura masculina portando uma indumentária feminina? Alguns acadêmicos argumentam que a figura sentada de Lejre seria Odin, mas representado com trajes de mulher, devido a sua ligação com o ritual e as práticas do seidr, uma forma de magia tipicamente ligada ao universo feminino (Langer, 2023, p. 211-213). Neste sentido, algumas pesquisas estão relacionando esta deidade em um sentido andrógino, ou então, que poderia conter alguns elementos que desafiam as normas de gênero (ele seria um "deus queer", Franks, 2018, p. 43-44). Também como modelo de comparação para o caso de um Odin praticante de seidr, muitos pesquisadores utilizam os exemplos das estelas gotlandesas, na qual verificamos diversas pessoas com barba e vestindo longas túnicas, dentro de algum tipo de contexto ritual (como em Hammars I, Tängelgårda I e IV) (Christensen, 2014, p. 74). O problema é que todas estas representações aludidas não remetem objetivamente a rituais de seidr: elas possuem vínculo com blóts, rituais públicos relacionados a funerais e sacrifícios humanos, dentro do contexto das ideologias dos grupos militares e da elite nórdica. A Arqueologia vem recuperando muito mais indícios de mulheres que seriam profetisas ou praticante de seidr por meio de sepultamentos, mas ignoramos totalmente os tipos de indumentárias que especialistas rituais masculinos utilizariam durante cerimônias religiosas. O mesmo acontece com relação aos reis e líderes políticos.

O objeto não poderia ter sido influenciado visualmente pela Europa continental? Com relação a isso, Christensen afirma que o mundo europeu a partir do século VIII valorizou muito a questão de Cristo e do imperador como entronizados – o trono teria um papel proeminente como símbolo do poder real – e neste caso, o imperador vestiria longas túnicas, extremamente ornamentadas e coloridas, todas com valor simbólico. Neste caso, a vestimenta iria muito além do gênero – ela estaria ligada ao cargo que a figura entronizada possuiria (Christensen, 2014, p. 75). Para a arqueóloga Alexandra Pesch, a figura de Lejre também apresentaria padrões muito semelhantes com o cristianismo, pois cadeiras de bispo com leões de fundo e dois pássaros sentados no encosto foram encontrados na Islândia, mas está ausente na estatueta o seu principal símbolo: o báculo (Pesch, 2018, p. 487). Neste momento temos que resgatar uma antiga ideia do filólogo Preben Sørensen: a *interpretatio norrœna*. Desde o século IX as crenças religiosas politeístas estariam convivendo intensamente com o cristianismo, passando a adotar diversos elementos e símbolos da cultura cristã, antes de desaparecer por completo. Com isso, o "paganismo nórdico tardio" teria incorporado e modificado diversos elementos da nova religião, antes que a maioria das pessoas se convertesse para ela (Sørensen, 1997, p. 205). E explicaria por que diversos mitos nórdicos preservados após a cristianização (e objetos da cultura material, como a cadeira de bispo mencionada antes) possuem convergências e similitudes entre as religiões.

Com isso, a única certeza que temos do pequeno objeto encontrado entre os dois grandes salões de Lejre é o fato de representar um ser sentado em um trono, que assim como a indumentária excepcional dos governantes, poderia refletir uma influência continental no mundo nórdico do século X.

Figura 59: *Esquema da relação entre as videntes, Odin, o rei e as suas possíveis funcionalidades*, com o simbolismo do assento ao centro. Adaptado de: Jessen; Majland, 2021, p. 12. Os dois pesquisadores percebem que a ligação entre o rei e Odin estaria alicerçado em uma descendência divina por parte do líder aristocrático; a ligação entre o deus Odin e a vidente (ou profetisa) estaria na prática ritual do seidr e no ato das divinações; a relação entre o rei e a profetisa estaria vinculada a questões de poder secular, em que o ato de sentar poderia ser negociado e iniciado (Jessen; Majland, 2021, p. 12-13). Recordamos que os assentos das profetisas eram alocados em plataformas altas situadas em locais externos na área da fazenda (segundo as sagas islandesas), enquanto o suposto local do assento real estaria localizado em edificações fechadas (os grandes salões). Os pingentes recuperados pela Arqueologia (incluindo o "Odin" de Gammel Lejre) poderiam simbolizar ambas as situações – e do mesmo modo, estarem conectadas às mesmas funcionalidades preconizadas por Jessen e Majland.

Na estatueta de Lejre, Odin (ou outra entidade) teria sido representado como um governante no trono Hlidskjálf junto com os seus dois corvos, trazendo visão e sabedoria para governar o mundo, características imprescindíveis para alguns dos residentes aristocráticos (ou reis) do local (Christensen, 2014, p. 75). A posição de figuras importantes sentadas dentro de assentos elevados no interior de um grande salão refletiria a sua importância dentro da hierarquia social – o ápice da autoridade. E o uso de pingentes simbolizando tronos (do tipo cadeira-caixa, produzidos no século X, há dois exemplos: figura 55) teve um grande incremento visual na Escandinávia após a crescente influência do cristianismo e das culturas europeias, reforçando a importância da autoridade do rei (neste caso, um hibridismo cultural: assim como a produção de pingente do martelo de Thor aumentou com o contato cristão), mas também da mulher e dos seres femininos (Freyja, Frigg as profetisas), pois a maioria deste objetos foram encontrados em sepultamentos femininos (Jessen; Majland, 2021, p. 1-23). A figura humana sentada representada nos pingentes pode significar o poder da nobreza e do senhorio (o rei), demonstrando a ligação entre a cadeira, o elevado estatuto social de algumas pessoas e suas conexões com a religião (Burström, 2019, p. 154).

Influenciado pela área carolíngia, pelo crescente aumento da conexão entre o poder real e o cristão, a produção de pingentes de assentos divinos na área nórdica também foi um produto de uma sociedade em que as formas de poder político estavam se concentrando cada vez mais na figura do rei. Desta maneira, a estatueta de Gammel Lejre foi mais um objeto nórdico que demonstra que a região danesa não apenas "copiava" a cultura material do continente, mas também adaptava e transformava as figurações dentro de contextos sociais, artísticos e religiosos internos. Rei entronado na terra, Odin no Valhalla, mas em breve, as novas configurações religiosas iriam mudar esse quadro.

Os vikings nas pedras rúnicas

Quem visita o salão rúnico (*Runehallen*), dentro de uma ala especial do Museu Nacional da Dinamarca, no centro de Copenhague, depara-se com um bloco em especial. Ele tem o maior tamanho (dentre os 12 no total) e a maior proeminência. Trata-se da pedra de *Tirsted* (DR 216), um grande bloco de granito medindo 254cm de altura e 190cm de largura. Mas porque ele é tão especial? Ele é um dos poucos registros da área danesa que contém a menção ao termo *vikings*, sendo encontrado na parte sul do cemitério da igreja de Tirsted, na Ilha de Lolândia, em 1627, onde foi removido para Nysted (também na Lolândia) ainda em 1652. Somente em 1867 foi transferido para o *Runehallen*, fazendo parte do famoso catálogo de George Stephens (1868). Originalmente, o bloco foi utilizado ainda na Idade do Bronze (como a pedra de Snoldelev, que tratamos no capítulo 2), possuindo cavidades artificiais em forma de pequenos círculos. As inscrições rúnicas foram realizadas entre 970 e 1020 d.C. (Imer, 2016, p. 275).

A parte final da inscrição é a mais famosa, aludindo a ações de pirataria. A transliteração da inscrição rúnica para o alfabeto latino – lado A: **<ąsraþr auk hiltu(-)-R raisþu stain þansi aft frąþa frąnti sin sin ian han uas þą fąink uaiRa>**; lado B: **<ian han uarþ tauþr ą suąþiauþu auk uas furs i frikis iąþi þą aliR uikikaR>**, RuneS-Datenbank, 2023b. A transcrição para o nórdico antigo: /Āsrāðr ok Hildu[ng]R/Hildv[ig]R/Hildu[lf]R raeisþu staein þannsi aeft Frāða/Fræða, frænda sinn sinn, en hann vas þā fǣkn(?) vera, en hann varð dauðr ā Svīþiūðu ok vas fyrs[t](?) ī(?) Friggis(?) liði(?) þā alliR vīkingaR (Imer, 2016, p. 275). A tradução ao português: "Ástráðr e Hildungr/Hildvígr/Hildulfr ergueram esta pedra em memória de Fraði/Freði, seu parente. E ele era então o terror (?) dos homens. E ele morreu na Suécia e foi o primeiro (?) na (?) expedição (?) de Friggir (?) e depois: todos os vikings" (nossa tradução baseada em Imer, 2016, p. 275 e Marez, 2007, p. 286).

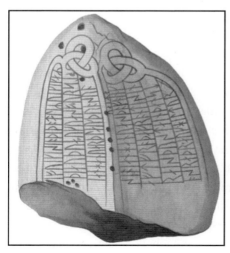

Figura 60: *A pedra rúnica de Tirsted (DR 216)*, ilustração de Søren Abildgaard, manuscrito do século XVIII, p. 176. Fonte: RuneS-Datenbank, 2023b. A reprodução apresenta um certo exagero nas linhas laterais da pedra, deixando o bloco mais "ovalado" do que o original, mas as inscrições e a ornamentação do conjunto foram bem reproduzidas, especialmente as duas triquetras que encabeçam as duas partes da inscrição. O autor teve o cuidado de reproduzir os orifícios produzidos durante a Idade do Bronze, mas ele deixou apenas 12 que estão à margem dos painéis de escrita (são mais de 20), talvez com o intuito de destacar as letras rúnicas da ilustração, facilitando a consulta do texto original para o leitor.

A primeira questão que devemos considerar é – por que as referências aos vikings só surgiram internamente (nas inscrições rúnicas) no fim do século X? Pois elas já existiam em fontes escritas desde o século VIII. Temos que entender que, apesar de existirem pedras rúnicas desde o século II pelo norte europeu, elas ocorriam de forma isolada e com pouca frequência, sendo a sua produção massiva ocorrida somente no século X. Os especialistas possuem duas explicações para isso: o processo de cristianização e as novas mudanças sociais e políticas. Criar monumentos memoriais era uma necessidade para perpetuar as ações individuais do morto e as suas relações familiares, além de demonstrar a sua rica posição social, em uma sociedade cada vez mais centralizada pela figura do rei (que por sua vez, cristianiza o reino). As pedras rúnicas que ainda mantêm um estatuto "pagão" no final do século X podem representar uma espécie de resistência religiosa, social e política para esta centralização e consolidação monárquico-cristã (Sawyer, 2000, p. 18).

Em relação à inscrição, o primeiro ponto a considerar é que a atividade "viking" esteve ligada a uma expedição que foi para a Suécia (Svīþiūðu), ou seja, foi uma empreitada marítima – considerando que o local onde a pedra rúnica é uma ilha e dista cerca de 700km da então cidade litorânea sueca mais importante, Birka (Björkö). Ser *viking* envolvia uma atividade ocupacional e seu sentido original, acima de tudo, é a de um pirata. Em segundo lugar, viking é um guerreiro. Seja com um objetivo de saquear, seja realizar alguma empreitada militar no exterior pelo mar. Ele obviamente não tem um sentido étnico: é um termo que não se identifica com todos os escandinavos (ou daneses, mais especificamente). Também não designava um grupo especializado de profissionais dedicados exclusivamente com a arte da guerra, mas podia envolver fazendeiros, bandidos, mercadores, pescadores ou pessoas que tinham outras ocupações. Ser viking era também uma atividade periódica, altamente dependente de embarcações (Hall, 2007, p. 8; Griffith, 1995, p. 24), que no caso da inscrição de Tirsted é uma palavra masculina (viking como uma pessoa: *víkingr*). E esse foi um dos elementos destacados pela família do morto, Fredi, que morreu em ação na Suécia, considerado muito violento ("E ele era então o terror dos homens"). Não sabemos o que ele fazia, qual era a sua ocupação cotidiana, se ele era um integrante da alta aristocracia ou de uma posição social inferior. Mas aqui a violência esteve relacionada com o sucesso das empreitadas marítimas, especialmente os saques. O resultado positivo de "sair a viking" dependia de uma eficiência bélica, algo que Fredi certamente devia ser muito competente.

Essa relação entre violência e "sair a viking" ainda encontrava eco nas sagas islandesas, durante o século XIII. Na famosa *Saga de Egil*, ao descrever o protagonista, então com sete anos, narra-se o envolvimento deste em uma discussão com outros meninos, após participarem de um jogo. Egil se vinga com um machado, matando um dos meninos com um golpe na cabeça. Logo que chega em casa, sua mãe lhe diz que ele se tornaria um grande viking e quando tivesse idade suficiente, ganharia um barco de guerra (/vera víkingsefni; mundu fyrir liggja, þegar hann hefði aldr til, at honum vaeri fengin herskip/; Jónsson, 2022).

Na área danesa temos apenas mais dois monumentos com registros de atividades vikings. O primeiro é Västra Strö 1 (DR 334), encontrado na Escânia: **<aþiR lit hukua runaR þisi uftiR osur bruþur sin is nur uarþ tuþr i uikiku>**; /FaþiR let hoggwa runaR þaessi aeftiR Azur, broþur sin, aes nor warþ døþr i vikingu/, Transliteração ao latim e transcrição ao nórdico de Project Samnordisk, 2023. A tradução é nossa, baseada em Marez, 2007, p. 286: "Fader fez esculpir estas runas em memória de Asser, seu irmão, que encontrou no Norte a morte em viking". Aqui percebemos a utilização do termo viking no feminino (*víking*), designando uma expedição náutica do qual uma pessoa (Asser) participou, ou seja, a atividade em si.

Outra pedra rúnica da Escânia possui um sentido semelhante, Gårdstånga 2 (DR 330), que consiste num pequeno bloco com inscrições, situado na colina das pedras rúnicas (*Runstenskullen*) na cidade de Lund, Suécia. O seu texto: **<þiR trikaR uaRu u- (-) -isiR i uikiku>**, transliteração ao latim por RuneS, 2023c. /Þer draengiaR waRu w[iþa] [un]esiR i vikingu/, transcrição ao nórdico antigo por Runor, 2020. "Os drengs intrépidos partiram em viking", tradução nossa, baseada em Marez, 2007, p. 286. Aqui percebemos o termo *dreng,* do qual já discutimos no capítulo 3 (na seção sobre sociedade), sendo utilizado no sentido de guerreiros que se aventuraram pelo mar, mas com certeza, também seriam pessoas de alta posição na hierarquia social.

Também não podemos deixar de mencionar um caso de uso do termo viking como antropônimo, em uma região logo acima da Escânia, mas fora do controle danês, em Småland, Suécia. Trata-se da inscrição de Vaxsjö (Sm 10), mas citamos apenas um trecho: **<uikikr tyki>**, /vikingen tyke/, transliteração ao latim e transcrição ao nórdico antigo, por Marez, 2007, p. 287. Tradução nossa, baseada no mesmo autor: "Toke, o viking". Percebemos aqui um uso específico da atividade para uma designação individual, atestando que uma mesma pessoa participava inúmeras vezes de atividades náuticas, levando Toke a ter essa alcunha.

A pesquisadora Judith Jesch aponta uma ambiguidade entre o sentido da palavra viking nas inscrições rúnicas e na poesia escáldica (séculos X e XI), onde esta última seria especialmente pejorativa (para grupos externos ao poeta), levando-a a acreditar que este vocábulo não ajuda a definir o que os homens faziam exatamente em suas incursões. Assim, ela prefere utilizar o termo *drengr* (guerreiro) – que é encontrado nos textos rúnicos tanto no singular quanto no plural, para definir como os "vikings" chamavam a si mesmo e as suas atividades (Jesch, 2021, p. 44-63, 216). Mas preferimos conservar o termo tradicional, visto que ele consta nas pedras rúnicas danesas, deixando este debate sobre as fontes escáldicas de lado.

A sociedade nórdica antiga tinha como uma de suas principais características o militarismo. Estes seguiam identidades em comum, apesar de certas diferenças sociais de seus integrantes (alguns eram mais pobres, outros da aristocracia). Um grupo de guerreiros vikings devia ter ostentado uma ampla semelhança cultural aos olhos estrangeiros (para pessoas de fora da Escandinávia): eles possuíam uma língua, leis e práticas jurídicas, bem como crenças religiosas em comum – dando a impressão de uma comunidade intimamente ligada. Mas os integrantes dos bandos deviam diferenciar-se socialmente: alguns eram afiliados somente a seus parentes e a sua liderança, enquanto outros tinham alianças com todos os grupos guerreiros (Hedenstierna-Jonson, 2021, p. 179-190).

Essa identidade viking logo seria suplantada por outras formas de reconhecimento regional e suprarregional no sul da Escandinávia. Durante o final do século X, temos o registro de onze pedras rúnicas utilizando os termos danês e Dinamarca (McLeod, 2008, p. 12). Esse reconhecimento identitário também passaria a ser cada vez mais comum nas fontes estrangeiras e com o tempo, a palavra viking seria encontrada apenas na literatura medieval, mas cada vez menos citada.

Os corcéis do mar: a tecnologia náutica dos daneses

Os navios foram essenciais para as atividades vikings e muito mais: eles são o símbolo deste período, os catalizadores da própria Era Viking (Hall, 2007, p. 50). Apesar dos vikings já estarem sendo retratados na arte ocidental desde o início do século XIX, foi com a descoberta arqueológica do primeiro barco viking em 1880 (em Gokstad, Noruega) que eles passaram a ter uma visibilidade maior nas artes visuais, na literatura e até mesmo na historiografia. Também na Noruega, foi descoberta em 1904 aquela que vai constituir a mais impactante escavação arqueológica em um sítio escandinavo: Oseberg. Estas duas embarcações estavam em um contexto funerário e foram realizadas no século IX (Graham-Campbell, 2001, p. 38-39).

Todos os barcos vikings possuíam certos elementos básicos em comum, independente do seu tamanho e finalidade: foram construídos em pranchas superpostas, presas conjuntamente por rebites; tinham cascos duplos; a popa e a proa tinham o mesmo formato e construção; eram dirigidos por um único leme; carregavam um único mastro e uma vela quadrada (Haywood, 2000, p. 171).

Na área danesa foram descobertos vários navios, evidentemente sem o impacto midiático de seus conterrâneos noruegueses. Mas, mesmo assim, eles proporcionaram um maior desenvolvimento de nosso conhecimento sobre a tecnologia náutica, além de incrementar os melhores resultados obtidos pela Arqueologia experimental náutica dos escandinavos antigos.

A primeira descoberta de um navio viking na Dinamarca foi em 1937 em Ladby, em uma sepultura aristocrática do século X, próxima do Fiorde Kerteminde, na Ilha da Fiônia (já tratamos dela na seção sobre sepultamentos). Próxima do local, foi construído um museu para abrigar a embarcação e seus vestígios: *Vikingemuseet Ladby* (O Museu Viking de Ladby). A madeira original da embarcação foi praticamente desintegrada, mas o molde permaneceu, sendo ainda visível em exposição permanente no referido museu. A embarcação tinha aproximadamente 22m de comprimento, 3m de largura, 16 pares de remos (que não foram preservados) com capacidade para 32 remadores. O navio de Ladby provavelmente foi feito para a guerra, pois era estreito, rápido e manobrável. O morto foi inserido em uma câmara mortuária, mas o local foi saqueado e o corpo desintegrou-se, restando vestígios de uma túnica de seda bizantina, incrustada de ouro. Réplicas da embarcação foram construídas na Dinamarca, uma em 1963 e outra em 2016, esta última com apoio do Museu do Navio Viking de Roskilde (Haywood, 2000, p. 114; Atkinson, 1990, p. 20). Ladby era uma embarcação longa do tipo *karfi* (Oliveira, 2023, p. 62).

Em 1957 mergulhadores descobriram os indícios de navios afundados próximos de um povoado dinamarquês e em 1962 foi realizada a escavação e recuperação de cinco navios do século XI. Eles estavam situados no fiorde de Roskilde, em Skuldelev, porque haviam sido originalmente afundados para bloquear a passagem de outras embarcações no fiorde. Foi construído um dique em torno da escavação, com um perímetro de 160m. Aos poucos a água foi sendo baixada, permitindo aos pesquisadores o acesso ao material submerso. Cada etapa do processo foi feita manualmente, para não desintegrar o sensível material, além de estarem constantemente regados por mangueiras de água, para não sofrerem oxidação direta. A operação foi realizada durante 4 meses, sob baixa temperatura e muita umidade, fazendo com que a maioria dos arqueólogos adoecessem. Todo o material foi transportado e conservado em grandes plásticos, para a sua conservação e recuperação em laboratório. Mesmo assim, muitas peças tiveram que passar por processos especiais de tratamento (Atkinson, 1990, p. 21-22).

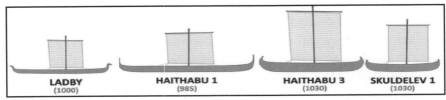

Figura 61: *Algumas das embarcações descobertas na Dinamarca da Era Viking*, com comparação de tamanho por escala. Da esquerda para a direita: Ladby (navio longo do tipo *karfi*); Haithabu 1 (navio longo do tipo *skeið*); Haithabu 3 (navio de carga do tipo *knǫrr*); Skuldelev 1 (navio de carga do tipo *knǫrr*). Fonte: Hiltibold, 2018.

Figura 62: reprodução do navio Ladby Dragon, uma reconstituição da embarcação encontrada em Ladby (navio longo do tipo *karfi*), datada do século X d.C., Ilha da Fiônia, Dinamarca. Agradecemos ao Museu Viking de Ladby pelo envio e autorização do uso desta imagem. A fotografia é de autoria de Werner Karrasch.

A descoberta revolucionou os estudos sobre tecnologia náutica deste período: nossos conhecimentos sobre os navios vikings foram ampliados, desde a diversidade e os tipos de barcos até as técnicas de construções. Dois navios eram de guerra (do tipo longo, *skeið* e *snekkja*), três eram de transporte, comércio ou pescaria (do tipo *knǫrr* e *byrðingr*) (Oliveira, 2023, p. 62). Dois foram construídos na Dinamarca, dois na Noruega e um na Irlanda (Nielsen, 2016, p. 249) e tanto as datações quanto o local de origem da madeira dos navios foram feitas por meio da dendrocronologia (Englert, 2013, p. 46). Os navios são respectivamente: Skuldelev 1 (16,5m de comprimento, navio transoceânico), Skuldelev 2 (19,4 m, navio longo de guerra), Skuldelev 3 (14m, navio comercial de cabotagem), Skuldelev 5 (17,5m, navio longo de guerra), Skuldelev 6 (12 m, utilizado como balsa ou navio de pesca) (Vinner, 2013, p. 26-36; McGrail, 2001, p. 46-47).

Especialmente os navios de comércio e transporte eram conhecidos somente pela literatura nórdica medieval, até o momento da descoberta de Skuldelev. Por isso muitos consideram a descoberta do navio Skuldelev 1 a mais importante deste sítio: é o único que se conhece com capacidade e tamanho para ter sido utilizado no Atlântico Norte para chegar aos assentamentos nórdicos na Groelândia e América do Norte (tinha 16m de comprimento, cf. figura 61). Ao contrário das embarcações longas para a guerra, o barco de transporte e comércio só tinha uma vela, sem remos. Ele dependia totalmente do vento e não era veloz e nem manobrável como os navios longos de guerra. A carga (animais, barris, objetos) era colocada no centro do navio (convés), ao qual se cobria com uma espécie de lona impermeável (feita de lã de um tipo especial de carneiro), para poder resistir às águas do mar (Atksinson, 1990, p. 23-24; McGrail, 2001, p. 48).

Em 1979-1980 outro local na Dinamarca antiga foi escavado, desta vez em Hedeby. O local, às margens do porto, foi drenado como em Skuldelev, permitindo escoar as águas em torno do sítio arqueológico e recuperar as embarcações. As pesquisas revelaram uma das maiores embarcações longas já recuperadas da Era Viking, alcançando o comprimento de 30m e com espaço para 30 pares de remos (figura 62), o dobro de Ladby. A sua construção foi realizada com muita habilidade, utilizando tábuas de carvalho (muito resistentes). As árvores empregadas para a sua construção deviam ter uma medida mínima de 1m de espessura, com troncos retos e sem nós (com mais de 10m de comprimento). A data de construção de Hedeby 1 foi estimada por dendrocronologia em cerca de 950 d.C. Os elevados custos de construção levam os pesquisadores a acreditarem que ele pertenceu a um rei ou pessoa de altíssima posição social. O navio teve um fim abrupto: foi preenchido com material combustível, incendiado e arremessado na direção do porto, possivelmente para incendiar as outras embarcações do local (Bill, 2023).

Hedeby 1, assim como as outras embarcações do tipo longo, eram construídas para serem rápidas, para operar sem muitas condições de vento e para transportar somente homens e uma carga valiosa (como metal e moedas). O seu aprimoramento, assim como os navios mercantes, provavelmente foi estimulado após os primeiros assentamentos nas ilhas britânicas. O tamanho das tripulações era variável conforme o tipo de embarcação: para Skuldelev 2 estima-se cerca de 15 a 16 homens, enquanto Skuldelev 5 tenha possuído de 26 a 30 tripulantes.

Tanto os navios de Skuldelev quanto os de Hedeby podem ser visitados em exposições permanentes na Dinamarca (*Vikingeskibsmuseet*, em Roskilde, Zelândia) quanto na Alemanha (*Wikinger Museum Haithabu*, em Schleswig). Nesta última cidade (no Museu Arqueológico Schloss Gottorf), os visitantes também podem contemplar a impressionante embarcação *Nydam,* descoberta no sul da Jutlândia e datada da Idade do Ferro – um formidável antecedente da tecnologia náutica dos vikings. No Museu Viking de Roskilde é possível também conhecer as etapas de construção de uma embarcação, desde a escolha da madeira até os acabamentos finais, em grandes e amplas oficinas de Arqueologia Experimental disponíveis no estaleiro (ao lado do Museu). Também é possível percorrer cerca de 1h no fiorde com as réplicas em tamanho real: *Roar Ege* (reconstrução de Skuldelev 3), *Helge Ask* (Skuldelev 5), *Kraka Fyr* (Skuldelev 6), *Ottar* (Skuldelev 1) e *Skuldelev 2* (Vinner, 2013, p. 26-37). Estas reconstruções das embarcações foram realizadas utilizando-se como fonte primária a descoberta original e como fontes secundárias os métodos comparativos com outras descobertas da Escandinávia de mesma época (especialmente para partes e detalhes que o original não conservou ou não foi suficiente); fontes iconográficas (estelas gotlandesas, imagens em artefatos e monumentos); fontes escritas (crônicas históricas e literárias); fontes etnológicas (técnicas tradicionais de construção de barcos preservadas na Escandinávia) e fontes de laboratório (tecnologia da madeira, análise de pólen etc.) (Englert, 2013, p. 46).

O culto a Thor na Dinamarca

Até o momento seguimos acompanhando as transformações que o deus Wotan manteve como uma deidade atrelada à elite guerreira e às formas de dominação política na Dinamarca, desde a Idade do Ferro até a sua consolidação como deus aristocrático na Era Viking, já em sua forma como Odin. Mas seria apenas o deus caolho uma deidade da elite? Não poderiam outros deuses terem sido foco em rituais e nos cultos mantidos pelos grupos hegemônicos? Ao que tudo indica, sim. E este deus nórdico tem um nome, o mais conhecido nos dias de hoje: Thor.

Mas a historiografia da religião nórdica antiga quase sempre criou uma dicotomia entre as formas de culto: uma seria muito popular, praticada pela maioria da população (em torno de Thor), e outra, mais restrita, somente para os guerreiros e reis, em torno da figura de Odin. Essa oposição, na realidade, já havia sido formulada no século XIX e vigora até hoje. Isso tudo começou com o livro *Om Nordboernes Gudedyrkelse og Gudetro i Hedenold* (Sobre a adoração e crença nos deuses nórdicos durante o paganismo), de Karl Petersen, publicado em 1876. O estudo havia sido a sua tese de doutorado em Arqueologia na Universidade de Copenhague e foi uma grande inovação para a época. Antes de Petersen, os estudiosos apenas enfatizavam as formas de crenças religiosas pré-cristãs por meio dos mitos, essencialmente preservados no século XIII. Ele foi um dos primeiros que enfatizou a cultura material, procurando entender *de que forma as crenças eram praticadas* – e não somente as narrativas míticas. Assim o seu livro apresenta as seguintes divisões: investigações toponímicas (Petersen, 1876, p. 41-48); inscrições rúnicas e figurações do martelo (p. 52-59); tradições folclóricas modernas sobre o uso do martelo de Thor (p. 66-72); análise de pingentes em forma do martelo (p. 75-79); monumentos com a suástica (p. 110-115).

Apesar de seu pioneirismo, o livro de Petersen possui diversas concepções advindas de sua época, o romantismo nacionalista do Oitocentos. Uma delas é o uso do folclore moderno para entender o simbolismo do martelo de Thor, que teria preservado essencialmente as narrativas das *Eddas* ("Minderne og Mindesmaerkerne om Folkelivet", p. 129, memórias e recordações populares). Petersen entendia o povo como a alma da nação, assim como outros nacionalistas dinamarqueses desde o fim do Oitocentos (Langer, no prelo). E a principal parcela da sua sociedade que ainda preservava estas narrativas – praticamente incólumes desde os tempos vikings – seriam os camponeses, isolados dos males da civilização e da tecnologia, quase vivendo em uma situação paradisíaca e carregando o *espírito do povo* ("Folkets Aand", p. 130). O próprio referencial das crenças pré-cristãs de Petersen foi moldado essencialmente pelas fontes medievais cristãs, em torno de um "paganismo nórdico" – uma religião que teria sido uniforme, institucionalizada, coerente – onde ele seria a maior deidade ("Thor som Hovedguden i Hedenold", p. 137, Thor como o principal deus dos pagãos).

No caso específico da cultura material (pedras rúnicas e figurações do martelo), Petersen não estabelece diferenciações regionais, temporais e morfológicas destes objetos, sendo todos enquadrados em uma grande concepção diacrônica do "paganismo nórdico", este tendo sido o mesmo dos primeiros momentos da Idade do Ferro até o advento do cristianismo. O problema principal de se estudar o culto ao deus Thor na Dinamarca (e por extensão, à Escandinávia) é que a maioria de suas fontes visuais e materiais foram criadas durante os séculos X e XI, ou seja, são muito tardias. Elas não possuem a quantidade e a extensão das relacionadas com Odin, que analisamos desde o fim capítulo 1 (criadas a partir do Período das Migrações). Voltaremos a esse ponto mais adiante.

A dicotomia entre o culto popular de Thor e o de Odin pela elite será uma das bases principais de diversos pesquisadores ao longo dos séculos XX e XI. Mas ao contrário de Petersen, os pesquisadores preferiram buscar informações sobre o culto a Thor e Odin somente nas sagas islandesas e nos mitos, deixando as discussões envolvendo cultura material em segundo plano, como em Davidson (2004). Um novo estudo monográfico iria surgir em 2013: *Thor-kult i vikingetiden* (O culto a Thor na Era viking), de Lasse Sonne, também publicado na Dinamarca. Este autor ampliou muito o debate entre a relação das fontes escritas com as fontes materiais, mas de um ponto de vista da teoria social, a sua ideia base remete diretamente a Petersen no Oitocentos: o único grupo social que cultuava Thor eram as pessoas ligadas à agricultura, não existindo evidências concretas de que os guerreiros aristocráticos ou moradores de centros urbanos prestassem culto ao deus do martelo (Sonne, 2013, p. 187: "Vi har samtidig ikke positive kildebelaeg for udførelsen af Thor-kult af sociale grupper, der ikke var knytter til landbruget, fx de begyndende bybefolkninger eller stormaendenes krigerfølger"). Ao fim desta seção, vamos realizar uma contestação deste referencial, apresentamos evidências iconográficas que demonstram um culto aristocrático para a dita divindade. Mas também realizaremos outros debates, utilizando a obra de Sonne.

Mais recentemente, o historiador Andreas Nordberg propôs um novo modelo conceitual para se entender as identidades e as variações das crenças nórdicas durante a Era Viking, a qual adotamos amplamente: as *configurações religiosas*, onde existiriam vários padrões parcialmente paralelos de experiências religiosas. Apesar de ainda manter a dicotomia clássica entre o culto a Thor e Odin, a sua categorização é mais flexível e ajuda a entender melhor o cenário das crenças. Para ele, as religiões não seriam sistemas uniformes e nem homogêneos, ao contrário, elas seriam vivas e participantes da vida dos indivíduos de acordo com o seu cotidiano e a sua experiência social. Uma mesma comunidade teria configurações religiosas paralelas e um mesmo indivíduo poderia passar de uma experiência religiosa para outra. Assim, na Escandinávia pré-cristã teriam ocorrido duas configurações religiosas principais: as comunidades nas fazendas e a dos bandos guerreiros (Nordberg, 2019, p. 339-360).

A primeira foi a forma mais básica, incluindo linhagens familiares de aristocratas e camponeses. As suas ações básicas envolveriam pessoas de todas as idades e categorias sociais e se relacionavam com a manutenção de uma ordem cósmica, estabilidade social, prosperidade da vida animal, humana e agrícola, culto aos mortos, vida doméstica e do campo. Mas as fontes relativas à vida religiosa e doméstica do camponês seriam extremamente deficientes, sendo mais comuns aos seus aspectos públicos. Além dos deuses e espíritos locais, as principais deidades desta configuração seriam Thor, Ullr, Freyr, Freyja e Njordr (Nordberg, 2019, p. 339-360).

A segunda configuração é a dos bandos guerreiros aristocráticos, cuja principal área de ação eram os grandes salões, atrelados a questões de compromisso, juramentos, retorno às batalhas e possibilidades de morrerem por um senhor, todos expressos pelos rituais de bebidas. O deus central desta configuração é Odin, também a deidade preferida dos reis e da realeza. Todas as pessoas (mesmo reis) participavam das atividades religiosas das comunidades – mesmo porque as residências de reis eram, muitas vezes, grandes fazendas. Se eles próprios não eram fazendeiros, ao menos dependiam diretamente da produção agrícola e pecuária. Sabemos muito pouco sobre as atitudes e percepções dos camponeses sobre os rituais efetuados pela elite guerreira (pois as fontes literárias medievais preservaram a ideologia das antigas elites) e provavelmente as tradições religiosas em torno de Odin tinham pouco interesse fora deste estrato social. Mas quando as pessoas comuns invocavam, por exemplo, este mesmo deus, tinha um sentido diferente e não tão profundo e pessoal quanto um aristocrata guerreiro. E também em certas ocasiões, os reis liderariam o culto a divindades populares em espaços públicos, como a Thor e Freyr. Mas as diferenças devem ser pontuadas: enquanto as configurações religiosas das comunidades de fazendas eram baseadas na paz e prosperidade, a dos bandos guerreiros eram a guerra e a vitória. Apesar deste contraste acentuado, não existem indícios de que as configurações foram percebidas como contraditórias (Nordberg, 2019, p. 339-360).

Dentro deste referencial, vamos examinar os vestígios materiais relacionados ao deus Thor na Dinamarca. Primeiro, analisaremos os monumentos e pedras rúnicas, depois passaremos para os pingentes e figurações do martelo, finalizando com uma análise de evidências que questionam o referencial de Karl Petersen e Lasse Sonne.

Monumentos com figurações: A única figuração do deus Thor na área dinamarquesa está na pedra de Hørdum, descoberta na cidade de Snedsted (Thy, Jutlândia), em 1954. Ela era usada como parte de uma escada na igreja homônima. Ela apresenta a imagem de duas pessoas em um pequeno barco, uma portando um objeto (talvez uma faca), e a outra, segurando uma linha de pesca. Abaixo, de forma fragmentada (a cena está incompleta), surge uma parte de uma grande serpente. O detalhe mais importante é o pé da pessoa que porta a linha (está na base do barco), semelhante à descrição de Snorri no *Gylfaginning* 47, onde os pés de Thor tocam o fundo do mar, após a serpente do mundo ter mordido a isca.

Justamente por ter poucos detalhes, não se sabe a data exata do monumento, sendo calculada entre os séculos VIII e XI. O tema da pesca da serpente pelo deus Thor também foi representada em outros locais, como a pedra de Altuna (Suécia, U 1161, século XI, com a figuração solitária de Thor segurando seu martelo em um barco, também com o pé atravessando o casco e serpente abaixo); Ardre VIII (Ilha da Gotlândia, século IX, duas cenas de duas pessoas em um barco, pescando); fragmento de cruz em Gosforth, Inglaterra (século X, duas pessoas em um barco, uma portando um martelo, uma isca com uma valquíria e peixes ao redor).

Figura 63: *a pedra de Hørdum*, ilustração de Carsten Lyngdrup Madsen, 2017, fonte: Heimskringla, 2022. Os detalhes mais importantes desta figuração são uma parte da serpente do mundo, abaixo do barco, bem como o detalhe do pé de Thor abaixo do casco, citado por Snorri no século XIII.

Figura 64: Placa de bronze encontrada no montículo de Solberga, Östergötland, Suécia, datada do ano de 700 d.C. Fonte: Smith, 2002, p. 18. Considerada a mais antiga representação do deus Thor pescando (Hall, 2007, p. 168). A figuração apresenta um ser masculino pescando em um barco, cuja extremidade da linha está sendo manuseada por uma entidade feminina (talvez uma valquíria, pelo estilo do penteado com nó triplo, além de portar um colar de contas). O barqueiro não porta o martelo, mas as duas extremidades do barco são muito semelhantes às encontradas na embarcação da pedra de Altuna, que dista 250km de Solberga, ambas na Suécia. O detalhe mais importante da placa de Solberga é a representação de uma triquetra borromeana, no centro da figura masculina (provavelmente o deus Thor). Também é de destacar a proeminência do olho do barqueiro, representado de forma maior do que a da figura inferior.

Vários pesquisadores já analisaram estas fontes visuais, confrontadas com a poesia escáldica, éddica e a narrativa preservada por Snorri na *Edda em Prosa*. Para Sørensen (2002, p. 119-134), todas as fontes apresentam variações, mas essencialmente ele percebe dois núcleos narrativos – as fontes da Era Viking (escáldicas e as visuais) e a duas *Eddas* (século XIII). O primeiro grupo apresentaria a pesca (portanto, a vitória) do deus sobre as forças do caos, mantendo a ordem cósmica, enquanto em Snorri a serpente não é morta – justamente para Thor poder participar da descrição do Ragnarok.

Já para Sigurðsson (2004, p. 11-17) existiam diferentes versões do mito, todas preservadas pela oralidade, mas que na época de Snorri já estariam em declínio. E, também, segundo Abram (2011, p. 31-38), as fontes visuais confirmam que Snorri não inventou o mito, apesar de conceder a sua forma final. Ainda segundo este autor, a pedra de Altuna seria invariavelmente um monumento "pagão", devido à sua ausência de qualquer símbolo cristão, além de uma referência rúnica a duas pessoas que foram cremadas.

Baseados nesta última referência, podemos estabelecer uma comparação entre Hørdum e as outras fontes visuais. Em nenhuma destas figurações ocorre qualquer tipo de referência com o final da narrativa (ou a serpente morre ou é solta, dependendo da versão), ou seja, nenhuma delas tem interesse na batalha em si. Para John Lindow, isso confirmaria a representação da narrativa como uma espécie de *busca do equilíbrio cósmico* – Thor, o protetor dos homens e dos deuses (a ordem), enfrentaria a serpente (o caos) nos limites do mundo. Com o tempo, a narrativa passou a ser influenciada pela escatologia, podendo a serpente ser morta (como no poema *Húsdrápa*, de Úlfr Uggason). Seja a serpente uma força da natureza ou um gigante, ela encarna o ideal de que os deuses possuem um poder tênue sobre o mundo do caos (Lindow, 2021, p. 102).

Mas por que teriam sido erigidos estes monumentos? Para Sigurðsson (2004, p. 12) nenhuma das três pedras "pagãs" (Hørdum, Altuna e Ardre VIII) teriam sido colocadas próximas ao mar, sendo Altuna situada muito perto de Uppsala e de uma região fortemente agrícola. Neste sentido, o melhor é pensar que pessoas dependentes da agricultura, provavelmente aristocratas, estiveram envolvidas na elaboração de Altuna e Hørdum, mas no caso de Ardre VIII, uma recente reavaliação de suas interpretações e iconografia descartou qualquer relação visual com a cena da pesca mítica da serpente (Oehrl, 2023a, p. 319-354). Assim, o mito de Thor enfrentando a grande serpente seria do interesse apenas dos fazendeiros? O referencial deste deus atrelado ao mundo rural, em parte, veio da célebre descrição de Adão de Bremen, a respeito do famoso templo de Uppsala: "Thor, dizem eles, preside sobre (...) o bom tempo e sobre as colheitas. (...) Se peste ou fome são iminentes, libações são oferecidas ao ídolo de Thor" (Marttie, 2015, p. 489-490). Estas referências a Bremen já aparecem em Petersen (1876, p. 56) e são a principal base para a interpretação de que Thor seria uma deidade da fertilidade. O problema é que o texto de Bremen vem sendo questionado historicamente, sendo considerado uma compilação de elementos classicistas e cristãos (Alves, 2021, p. 396-415), ou seja, não temos nenhum elemento objetivo que vincule a deidade com questões de fertilidade: as fontes mitológicas são silenciosas a respeito e a localização da pedra de Altuna em uma região agrícola (e de onde saiu a referência de Adão de Bremen), não informa nada sobre isso, visto que a dita pedra apenas glorifica Thor como matador de monstros (Lindow, 2020b, p. 119-1.121).

Tanto em Hørdum quanto em Altuna existe a referência visual ao barco que Thor utilizou para pescar a serpente. De um lado, temos o forte simbolismo dos barcos na mentalidade religiosa, social e econômica dos nórdicos antigos. De outro lado, ocorreram em muitas referências a Thor (literárias, toponímicas, rúnicas e mitológicas) elementos de navegação e clima (Lindow, 2020b, p. 1.120), além de sua associação com o vento (Beard, 2019, p. 47), bem como o seu auxílio em travessia de locais perigosos (Wills, 2017, p. 413-429). No amuleto rúnico de Kvinneby (ilha da Olândia, Suécia, século XI), Thor é invocado com seu martelo para a proteção de quem segue ao mar (MaLeod; Mees, 2006, p. 28). Aqui os elementos cosmológicos do deus foram utilizados num *sentido de proteção* – e talvez seja exatamente esse o propósito dos monumentos com figurações da pesca da serpente. Mas e as outras referências rúnicas para este deus na área danesa? Vamos examinar agora.

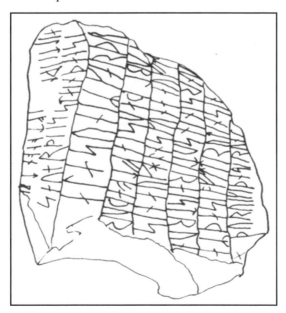

Figura 65: *Pedra rúnica de Glavendrup* (DR 209), Ilha da Fiônia, Dinamarca, século X.
Fonte: Marez, 2007, p. 330.

163

Pedras rúnicas e Thor. Na área danesa existem três pedras rúnicas que fazem referência ao deus (DR 209, DR 220 e DR 110) e na área sueca mais três (Sö 140, VG 150 e Ög 136), todas datadas entre os séculos X e XI d.C. A mais famosa é a de Glavendrup, que analisaremos com mais detalhes:

> Lado A: <**raknhiltr sati stain þansi auft ala saulua kuþa uia lis haiþuiarþan þiakn**> Lado B: <**ala suniR karþu kubl þausi aft faþur sin auk hans kuna auft uar sin in suti raist runaR þasi aft trutin sin þur uiki þasi runaR**> Lado C: <**at rita sa uarþi is stain þansi ailti iþa anan traki**> Transliteração ao latim de Marez, 2007, p. 329.
>
> /Ragnhildr satti sten þaensi aeft Alla Solwa, goþa wea, liþs heþwaerþan þaegn. Alla syniʀ gaerþu kumbl þøsi aeft faþur sin ok hans kona aeft waer sin. Æn Soti rest runaʀ þaessi aeft drottin sin, Þor wigi þaessi runaR. At rita sa waerþi aes sten þaensi alti aeþa aeft annan dragi/ Transcrição ao nórdico antigo de Marez, 2007, p. 329.
>
> "Ragnhild ergueu esta pedra em memória de Alle, godi do santuário, honorável thegn no lid. Os filhos de Alle fizeram este monumento para o seu pai e a sua esposa em memória de seu marido. Soti gravou as runas para o seu senhor. Thor consagre estas runas. Que se torne um infame aquele que destruir esta pedra ou querer movê-la para a memória de outro!" Tradução nossa ao português, baseada em Grubb, 2013, p. 27; Marez, 2007, p. 329.

Glavendrup (DR 209, c. 900-950 d.C.) é um bloco de granito que contém a inscrição rúnica mais longa da Dinamarca (210 runas) e também algumas referências ao termo *thegn*. O texto se divide em três partes: o epitáfio; a fórmula de consagração e a fórmula de maldição. Esta pedra é parte de um memorial de pedra em formato de navio com 60m de comprimento e 12m de largura, situado próximo a cidade de Glavendrup (ilha de Fiônia), sendo erguida em memória de um "grande homem" chamado Alle – ela na realidade é a pedra "proa" da grande embarcação lítica (Marez, 2007, p. 330).

Esse importante homem, Alle, é primeiro referido como *kuþa/goþa*, ou seja, "o sacerdote", um termo para um tipo de líder de culto. As funções religiosas eram incluídas como parte importante do poder e do prestígio das famílias mais importantes, que controlavam uma comunidade ou região. Na Islândia, "goði" era usado para significar chefe. A autoridade secular e religiosa geralmente estavam juntas na Escandinávia da Era Viking, pelo que é também natural que a sua qualidade de condutor de um *lið* (ou "hird", séquito), com o título "thegn", que segue logo em seguida (Grubb, 2013, p. 24).

164

Não é incomum que a pedra tenha sido erguida por uma mulher, Ragnhild. O mesmo se aplica a quase metade das pedras rúnicas conhecidas em toda a Escandinávia. Um testemunho importante de que as mulheres das famílias aristocráticas tinham uma posição importante na sociedade. Existem 11 casos em que a pedra foi erigida em memória de uma mulher, sendo elas mencionadas em um total de 45 das aproximadamente 200 pedras rúnicas da Escandinávia da Era Viking (Grubb, 2013, p. 24).

A frase que mais interessa ao nosso problema investigativo é "Thor consagre estas runas". Segundo alguns pesquisadores, a fórmula /Þórr vígi/ ("Thor consagre") teria sido uma reação "pagã" ao avanço do cristianismo (McKinell; Simek; Düwell, 2004, p. 119), inclusive sendo uma influência direta da nova religião. Referências somente com o nome do deus já apareciam em pedras rúnicas mais antigas, como em *Rök* (Ög 136, Suécia, século IX, Marez, 2007, p. 391). A simples escrita do seu nome era entendida, assim como a figuração do seu martelo, como uma função de consagração e magia (MacLeod; Mees, 2006, p. 216, 223). Porém, uma nova interpretação deste monumento questiona a transcrição da inscrição rúnica <þur> como sendo /Þórr/ ("Thór") e sim /þor/ – do verbo þora, "ser bravo" (Holmberg, 2019, p. 29), o que desqualificaria uma referência anterior ao deus.

A questão principal é a interpretação das fórmulas de consagração direcionadas ao deus (/Þórr vígi/), mas temos duas problemáticas – o contexto da criação destas pedras memoriais e em segundo, a de seu conteúdo. Um fato que é consenso entre os escandinavistas: a imensa produção de pedras rúnicas foi um fenômeno histórico e social causado pelo impacto do cristianismo na Escandinávia do século X, especialmente na área sueca e danesa (Sawyer, 2000, p. 17-20). Elas existiam desde o século II, mas a sua *produção massiva* só ocorreu no fim da Era Viking. Mas a observação deste fato levou os pesquisadores ao segundo problema, o do conteúdo das inscrições: Thor tradicionalmente não era considerado uma deidade associada às runas e aos encantamentos (como Odin) e era particularmente o grande inimigo de Cristo (todas referências das fontes literárias) – então, neste caso, os "pagãos" teriam no século X colocado o deus do martelo realizando algo típico do cristianismo, o ato de abençoar ou consagrar.

Mas na realidade, os nórdicos não poderiam ter simplesmente utilizado algo do seu repertório antigo, agora adaptado ao novo contexto de "reação" ao avanço do cristianismo? É o que pensa Lindow (2020b, p. 1.095), citando a inscrição da fíbula de Nordendorf I como uma evidência anterior de Thor como "consagrador" (<**wigiþonar**>, Alemanha, séculos VI-VII d.C., Marez, 2007, p. 172). Outro pesquisador que é cético para a concepção de que a fórmula /Þórr vígi/ teria uma origem cristã tardia é Lasse Sonne (2013, p. 34-35). Apesar de sua origem pré-cristã o verbo *vígja* também teria sido aplicado em contextos cristãos (Taggart, 2018).

Tendo em consideração estas últimas observações, podemos considerar que a pedra de Glavendrup foi um produto cultural típico do século X, onde uma mulher dedica um monumento ao seu esposo falecido e as suas runas foram consagradas ao deus Thor, esperando algum tipo de proteção para elas – uma prática muito mais antiga, mas agora inserida em um novo contexto. O fato deste memorial ter a forma de um navio reforça tanto o simbolismo do navio como símbolo de alto estatuto e da jornada para o outro mundo – e o fato da pedra de sua proa ter uma referência ao deus Thor como consagrador, revalida também *o seu papel como protetor*, assim como nas pedras de Hørdum e Altuna. Em alguns encantamentos rúnicos tardios, o deus do martelo protege não contra monstros, mas contra doenças (Hall, 2009, p. 195-218) e em pedras rúnicas ele foi relacionado à prática mágica do seidr (tradicionalmente vinculada a Odin e a Freyja): <**siþi þur**> (/síði Þórr/, Sö 140, Suécia, século XI, McKinell; Simek; Düwell, 2004, p. 125), protegendo a inscrição, o monumento (algo reforçado pela escultura simples de um martelo, no centro da inscrição) e/ou o falecido (Marez, 2007, p. 332).

Algumas pesquisas mais recentes questionam qualquer tipo de classificação das pedras rúnicas dentro de categorias como "pagãs" ou "cristãs" e critérios como hibridização ou sincretismo (Galantich, 2015, p. 76-82). Concordamos com o autor ao considerar que a produção massiva de pedras rúnicas durante o século X foi ocasionada por muitos elementos além da religião, como a política e as mudanças sociais. Assim, muitas pessoas adotavam textos e símbolos da nova religião, mas ainda não sendo amplamente convertidos ou então, passíveis de uma hibridização. Concordamos também que a conversão foi um fenômeno de natureza ambígua na área danesa e que o fenômeno tardio das pedras rúnicas deve ser pensado como um produto de colaboração cultural entre as duas formas religiosas: mas muitas inscrições não refletem esta ambiguidade, tendo muito mais conteúdos "pagãos" do que cristãos (como a aludida pedra de Altuna, com a imagem de Thor).

Mas e a questão do estatuto social? Quem foram as pessoas que ergueram estes monumentos? Ao que tudo indica, foram membros de famílias de alto estatuto, de aristocracias no mundo rural, principalmente proprietários de terras. No caso de Glavendrup, também foi um monumento de múltiplas comemorações (grupo 1, Sawyer, 2000, p. 93). Com isso, os diversos monumentos que contém figurações do deus pescando a serpente ou menções rúnicas ao seu nome, invocam simbolicamente a sua força divina para proteger o homem, a organização cósmica e, em sentido mais restrito e indireto, o mundo rural e a ordem. Mas aqui ele não teria uma função de deus da fertilidade – promovendo a chuva e os fenômenos atmosféricos, como queria Dumézil (1990, p. 116), ao rememorar a célebre frase de Adão de Bremen. Seja porque estes aspectos atmosféricos nunca foram encontrados objetivamente nas fontes da Mitologia nórdica (especialmente o relâmpago e o trovão: Alves, 2019, p. 14, 33; Taggart, 2018), seja porque *a força* é o principal elemento semântico presente nestes materiais escritos. E por isso mesmo acreditamos que Thor não pode ser considerado apenas um deus dos camponeses, *adorado somente no mundo rural*, omitido da crença dos guerreiros aristocratas e moradores de cidades – como quer Lasse Sonne (2013, p. 187). No próximo segmento, a respeito do seu martelo, analisaremos evidências que demonstram o contrário.

O martelo de Thor e os guerreiros. A arma mitológica do deus Thor possui variados simbolismos e significados nas fontes mitológicas, desde um instrumento ritual e mágico, como arma ofensiva e defensiva a um instrumento divino (para uma síntese mitográfica, cf. Langer, 2023b, p. 253-255). O símbolo do martelo pode ter uma infinidade de significados em diferentes momentos e para pessoas diferentes e não simboliza automaticamente trovão ou força (Taggart, 2018), mas, acima de tudo, o martelo consagra e protege (Beard, 2019, p. 47). Para debatermos a nossa questão principal, envolvendo os aspectos sociais do culto ao deus, realizaremos uma análise de três objetos: um encontrado na área danesa, um na Inglaterra e outro na Rússia.

O primeiro objeto foi encontrado em uma sepultura, trata-se do famoso machado de Mammen, possuindo gravuras em suas lâminas que deram nome a um dos estilos artísticos do fim da Era Viking. Ele foi descoberto na vila de Mammen, Jutlândia, no montículo de Bjerringhøj, tornando-se uma das mais icônicas sepulturas escavadas na Dinamarca. O homem sepultado neste local pertencia a alta aristocracia, possivelmente relacionado com a dinastia real de Jelling. O local foi escavado em 1868 e o material foi enviado ao Museu Nacional, mas infelizmente a maior parte dos ossos humanos foram perdidos. No montículo havia uma câmara de madeira, selada com argila azul. Dentro do caixão, o morto foi posicionado sobre uma camada de penas e vestia roupas com lã, decoradas com fios de seda, prata e ouro. Dois machados de prata foram adicionados próximos aos pés do morto, além de outros objetos. O sítio foi reescavado em 1986, confirmando uma data pela dendrocronologia para o período de 970-971 d.C. Novos estudos no acervo do Museu Nacional conseguiram identificar e recuperar alguns dos ossos perdidos, permitindo realizar análise osteológicas do indivíduo – era um adulto do sexo masculino (com mais de 30 anos), com evidências de intensa atividade física (provavelmente equitação) (Rimstad, 2021, p. 735-752).

O machado teria sido uma arma cerimonial de um homem com posições principescas, preenchido com um desenho foliar irregular: brotando de espirais na base, seus apêndices serpenteiam e se entrelaçam na lâmina (figura 66), além de alguns detalhes de ouro. Na outra face, quando vista do mesmo ângulo, ele é ocupado por um pássaro (também preenchidas por entrelaçamentos) cuja cabeça com crista e olho circular está virado para trás. Uma espiral de concha proeminente é usada para marcar seu quadril, que também é a ponta de onde emergem suas duas asas; aquela que se estende para a direita se entrelaça com o pescoço, enquanto a outra se entrelaça com o corpo e a cauda, esta última assumindo a forma de uma gavinha tripla. O tratamento particular das gavinhas, com as pontas abertas (em forma de gancho), é mais uma característica do estilo Mammen. O contorno externo das asas exibe uma característica particular do estilo Mammen em um entalhe semicircular. No topo, a lâmina é protegida por uma máscara humana – um motivo favorito do estilo Mammen, embora herdado de estilos anteriores. Neste caso, tem um nariz mais proeminente e um tratamento em espiral na barba. Os desenhos em ambas as faces são assimétricos, com entrelaçamentos soltos e aparência irregular (Graham-Campbell, 2018, p. 100-103).

Figura 66: *O machado de Mammen* (reconstituição das duas faces com figurações), Jutlândia, 971 d.C., ilustração de Bertil Centerwall. Fonte: Nationalmuseet, 2021. Um dos lados (imagem esquerda) possui uma representação masculina em seu cabo, com a boca espiralada e os olhos esbugalhados; na cena inferior do cabo, surge uma pequena triquetra acima de duas espirais. Do outro lado do cabo (figura da direita), foi representada uma grande triquetra com terminais arredondados e logo abaixo, uma espiral.

Quando o machado é observado com a cabeça para cima e a lâmina para baixo, percebemos um padrão: a máscara masculina em seu topo é muito semelhante às encontradas nos pingentes do martelo de Thor (cf. figura 67), com olhos extremamente arregalados e a boca ocupada por uma espiral, de modo quase idêntico à figuração do pingente da Escânia (terceiro pingente da esquerda para a direita, figura 67). Na mesma posição, mas do outro lado do machado, está uma triquetra de padrão borromeano (três círculos interligados), um símbolo também presente no pingente de Bredsättra (figura 67) e na placa de Solberga (figura 64), esta última do século VIII. A triquetra também é um símbolo geométrico associado a Odin – mas geralmente com terminais de pontas, como em Sanda I e num pingente de Tissø (cf. figuras 33 e 58), enquanto os relacionados com o deus Thor quase sempre contêm terminais no padrão borromeano. Os olhos arregalados das máscaras e pingentes são relacionados à descrição do momento em que o deus fisga a serpente do mundo (*Gylfaginning* 47) e em outros momentos das fontes mitológicas, descrevendo os seus olhos como brilhantes. Especificamente a figuração masculina no cabo de Mammen deve tanto indicar esta característica do deus, como associá-la ao vínculo dos governantes nórdicos com olhos brilhantes, iluminados ou mesmo clarividentes – um elemento também muito presente na literatura medieval e segundo pesquisas recentes, em elmos saxões antigos (Price; Mortimer, 2014, p. 517-538). Aqui percebemos que esse elo divindade-realeza reforça e justifica o poder político do governante sobre a comunidade. Mais uma vez, percebemos que Thor não devia ser apenas uma deidade do mundo rural.

Figura 67: *Pingentes do martelo de Thor*, todos do século X – esquerda: Bredsättra, Ilha da Olândia, Suécia (Museu Histórico, SHM 101). Fonte: Stephens, 1878, p. 35; centro: Erikstorp, Suécia (Museu Histórico, SHM 5671). Fonte: Stephens, 1878, p. 35; direita: Pingente encontrado na região da Escânia, Suécia, sem precisão da localidade (acervo do Museu Histórico, SHM 9822:810), ilustração de Carsten Lyngdrup Madsen, fonte: Heimskringla, 2022. Todos apresentam padrões em comum: na parte superior (o que seria o cabo do objeto), foram representados olhos e uma espécie de "nariz", todos denotando um aspecto de estarem "arregalados". A parte inferior, correspondente à cabeça do martelo, todos contêm triquetras borromeanas ou então espirais. No primeiro (lado esquerdo) a triquetra é idêntica a que está ao centro do Thor de Solberga (cf. figura 64). No martelo do centro, o símbolo de forma circular (uma espécie de oito entrelaçado) é muito semelhante ao que ocorre no cabo de faca de Staraya Ladoga, que contém figuras do martelo de Thor (cf. figura 43). No terceiro exemplar, a boca está representada por uma espiral, muito semelhante à figura do cabo do machado de Mammen (cf. figura 66).

Em síntese, as figurações dos dois lados do cabo de Mammen possuem alguma relação com a deidade, seja na forma de uma máscara com boca espiralada, acima de duas espirais; do outro lado, uma grande triquetra acima de uma espiral – reforçando o simbolismo: Thor acima da serpente do mundo. Essa relação visual, aliás, também existe nos pingentes de martelo datados do século X (figura 67): o deus e seus olhos (e boca espiralada, no pingente da Escânia) estão representados no cabo, acima da serpente, esta última figurada na cabeça do martelo, logo abaixo (na forma de espirais ou ornamentos lembrando o número oito).

Em um dos lados da lâmina do machado de Mammen, ocorre a figuração de um pássaro, de difícil identificação, entrelaçado em terminais com pontas espiraladas. Alguns apontam que seja a figura de um galo, que possui um simbolismo religioso tanto no "paganismo" quanto no cristianismo, tornando-se um tema abundante nas pedras rúnicas do século XI. Nas fontes éddicas, galos escatológicos estavam associados com árvores e possivelmente foram uma influência mítica (e artística) da área céltica antiga (Hultgård, 2020, p. 1.020). Outra questão que devemos levar em conta é os possíveis usos deste machado, não como instrumento objetivo de guerra, mas sim como um item cerimonial militar (Graham-Cambpell, 2018, p. 103), além de ter sido elaborado pela corte do Rei Haroldo, o Dente-Azul – um possível presente de prestígio, lealdade e de alto estatuto, requerido pelas relações sociais e políticas entre o rei e seus aristocratas-guerreiros (Winroth, 2012, p. 45-49). E quanto ao objeto em si, diversos estudos já correlacionaram a ambiguidade simbólica do instrumento marcial de Thor, que poderia ter sido originalmente uma pedra, mas assumiu outros formatos, como cunha, cinzel, porrete, martelo e machado – mas com este último ganhou destaque, devido à importância deste tipo de instrumento bélico na sociedade nórdica antiga (Motz, 1994-1997, p. 331).

E para completar a questão: o uso da triqueta. Este símbolo remete à ideologia tripartida pela elite aristocrática guerreira na Escandinávia, desde o Período das Migrações e, juntamente om outros símbolos trípticos geométricos (como o triskelion, o corno de bebidas triplo e o valknut), reúnem os principais atributos associados com as reinvindicações de uma descendência divina e como instrumentos para se conectar aos mortos e ancestrais (que podiam ser tanto os símbolos artísticos geométricos e os elementos literários-orais, mas também monumentos, como os *treuddar* da Noruega), além da própria legitimação da existência do espaço guerreiro nos grandes salões (Main, 2020, p. 1-53). Apesar de Odin englobar majoritariamente a ideologia tríptica, como temos examinado ao longo deste livro, o deus Thor também apresentou elementos relacionados ao mundo dos aristocratas-guerreiros, demonstrando a flexibilidade e as variações das configurações religiosas na Escandinávia pré-cristã. Ou seja, ele também foi uma deidade dos combatentes. Um outro indício dessa conexão também veio de um antigo escandinavo, mas agora na região da Inglaterra.

Em uma sepultura (G 511) localizada em Repton, Inglaterra, foi encontrado um pingente prateado do martelo de Thor. O corpo onde foi localizado o objeto (no pescoço) era de um homem de 35 a 45 anos, pertencente ao denominado "Grande Exército Pagão" (uma coalisão entre diversos escandinavos para realizar ataques às terras britânicas no século IX). Ele também possuía duas facas, uma espada e uma presa de javali entre as coxas, dispostos em sua sepultura. Ele possivelmente foi morto por um grande ferimento em uma das pernas. Neste contexto, é muito difícil dizer que este indivíduo não tenha servido em algum tipo de empreitada militar (Raffield, 2019, p. 819), ou seja, que não tenha sido um guerreiro. O pesquisador Jens Peter Schjødt referenda uma posição bem interessante sobre Odin e Thor: ambos foram deuses associados às ações bélicas, mas enquanto o primeiro é uma deidade mais vinculada ao aspecto "mental" e político da guerra, o segundo atrela-se ao "físico", servindo como modelo ao matar individualmente os gigantes. Deste modo, percebemos como a guerra e os combates podem ter sido extremamente entrelaçados com os elementos religiosos das crenças pré-cristãs (Schjødt, 2013, p. 93). Isto faz muito sentido, se levarmos em conta que na maioria dos mitos sobre Thor, o seu campo semântico gira em torno de sua força (Taggart, 2018).

E por último, mas não menos importante, o significativo achado do cabo de faca de Staraya Ladoga (Rússia), que já havíamos analisado na seção sobre a pedra rúnica de Snoldelev. Ele foi descoberto na "Cidadela de terra", nível VIII (datado de 920 a 950), entre o denominado "templo" (o grande salão) e a rua dos varegues. No mesmo local e contexto da faca, foram descobertos uma pequena placa com inscrições rúnicas e um colar com três pingentes do martelo de Thor (Petrenko; Kuzmenko, 1979, p. 78-84). Também no mesmo sítio foram encontrados um pingente córneo de Odin e um pingente com valquírias (Graham-Campbell, 1997, p. 90), atestando uma origem e difusão das crenças nórdicas.

O cabo de faca possui as gravações de dois cornos entrelaçados, dois martelos do deus Thor, um símbolo semelhante ao número oito, uma pequena suástica e sete representações da runa Sol (Petrenko; Kuzmenko, 1979, p. 78-84). O símbolo com forma de oito também é encontrado em vários pingentes do martelo e talvez seja uma alusão à serpente do mundo (cf. figura 67, ou uma variação da triquetra borromiana). Sem sombra de dúvidas o objeto fez parte de um contexto cerimonial e juntamente com o colar de três pingentes do martelo, constitui uma prova indubitável de que *um centro comercial e urbano de origem nórdica promoveu o culto ao deus*, ao contrário do que afirmou Lasse Sonne (2013, p. 187), que a área do culto a Thor seria restrita ao mundo rural.

Ainda na área russa, outro achado arqueológico atesta a ligação entre Thor e a triquetra. As primeiras populações da cidade de Novgorod (de origem nórdica) realizaram depósitos rituais antes das primeiras casas terem sido construídas, inserindo diversos objetos neste local (entre 930 e 950 d.C.): vários pingentes do martelo de Thor, estatuetas antropomórficas, além de amuletos com muitas representações de triquetras e triskelions. Um destes objetos foi uma ferramenta neolítica com triquetras gravadas nos dois lados (Musin, 2019, p. 182). Diversos objetos pré-históricos (geralmente machados e objetos contundentes) vêm sendo descobertos em sepultamentos da Era Viking (Johanson, 2009, p. 162), atestando uma possível conexão com o deus Thor. Algumas tradições folclóricas modernas na Escandinávia relacionam o uso de "pedras de raio" (objetos pré-históricos) para proteção contra relâmpagos e raios em casas (Varberg, 2023, p. 274; Motz, 1994-1997, p. 337, 342, 344).

Ao concluirmos esta seção, observamos diversas evidências que mostram a complexidade das crenças pré-cristãs na Escandinávia. Em vez de termos em conta as configurações religiosas como sistemas fechados, devemos levar em conta a fluidez e o intercâmbio social de cultos. Apesar de Odin ser uma deidade muito mais vinculada com o mundo aristocrático-guerreiro, pudemos constar que o crânio rúnico de Ribe (capítulo 2) evidencia que comerciantes também faziam parte do seu sistema de crenças. Também o deus Thor não foi uma exclusividade de camponeses e aristocratas rurais, fazendo parte do cotidiano religioso de guerreiros, pescadores, viajantes e comerciantes – o que explicaria a sua enorme popularidade tanto na toponímia quanto na antroponímia medieval. Mas se ele não possui elementos de fertilidade, por que teria sido popular em esferas tão diferentes da sociedade? A explicação mais simples é a de que os seus principais significados (e o do martelo) orbitam em torno de dois conceitos básicos, *proteção e força* (Lindow, 2020b, p. 1.109, 1.119-1.121), atuando em praticamente todas as instâncias, inclusive, as de invocações para curas (Hall, 2009, p. 195-218). Voltaremos a discutir as relações sobre religião, arte e sociedade nas seções seguintes.

O rei, o poder monárquico e a centralização

Muito tempo antes da Era Viking, o rei escandinavo já concentrava em torno de sua pessoa várias famílias dinásticas e as riquezas de uma região – como examinamos na questão das Localidades Centrais, no capítulo 1. Este governante também era um chefe militar, que controlava a riqueza produzida por meio de produtos e impostos, com alto nível de independência. Mas não sabemos exatamente a extensão territorial de seu controle, tendo cada localidade as suas próprias leis (Graham-Campbell, 1997, p. 41).

Com a Era Viking, o poder passou a ser ainda mais centralizado, sendo as riquezas controladas por meio de taxas de mercado e direitos alfandegários. Uma das formas mais eficientes de um rei controlar a sua região foi com a emissão de moedas, que na Dinamarca já ocorreu no início do século VIII, em Ribe (capítulo 2) e depois foi novamente reabilitada no século IX (capítulo 3), sem interrupções. Em ouras áreas da Escandinávia os reis emitiram moedas a partir do século X (Graham-Campbell, 1997, p. 41).

Geralmente o poder real era hereditário, mas a sucessão não era automaticamente assegurada, pois qualquer membro da família poderia requerer seu direito. A antiga aristocracia ainda tinha poder em algumas regiões e com alto grau de independência, que foi diminuindo quando a administração real foi ficando cada vez mais eficiente. Assim, o poder do rei dependia de sua capacidade de interação entre as chefias locais e a política internacional. A partir da Era Viking, o reino danês teve momentos de fragmentações, tendo muitos reis sido mortos ou exilados. A necessidade de paz e prosperidade entre os líderes acabou por beneficiar a unificação plena sob o poder de um único rei, explicando a aceitação popular de uma soberania e a manutenção de obrigações (Roesdahl, 1998, p. 65).

O poder real poderia ser compartilhado pelo pai e filhos (e irmãos), mas nunca por uma mulher. Ocasionalmente uma nova dinastia ascendia ao poder. Isso aconteceu na Dinamarca durante o final do século IX e em meados do X. A busca por glória e prata, bem como as jornadas para conseguir poder, formaram a base dos poemas escáldicos, compostos em honra aos príncipes, as suas batalhas vitoriosas, espadas, escudos (Roesdahl, 1998, p. 67).

A relação entre os reis e as crenças pré-cristãs é um campo com vastas discussões, entre elas, a sacralidade da própria figura do governante. Já examinamos algumas evidências de que o culto a Odin foi altamente conectado com a realeza, especialmente nos sítios de Tissø e Lejre, apontando a relação dos governantes não somente como líderes de culto, mas também como agentes e descendentes dos deuses (especialmente com os simbolismos geométricos e a ideologia tripartida). Mas temos que enfatizar que dentro da teoria clássica da sacralidade real, ainda não existe nenhuma evidência objetiva de que reis foram sacrificados ou que eles próprios foram vistos como deuses (Christiansen, 2002, p. 137-140).

A dinâmica, a natureza e a extensão do poder real na Dinamarca da Era Viking ainda é um campo repleto de polêmicas interpretativas e ambiguidades nas fontes (Gelting, 2007, p. 75-76, 87). Para citar um pequeno exemplo, na visão de um pesquisador, Tissø teria sido um sítio real, mas somente visitado pelo rei (*konungr*) em certa época. A principal área residencial da realeza teria sido Lejre. Já Uppåkra teria sido o local de um *dróttin* (senhor ou pequeno rei), subordinado ao governante de Lejre. Também os nobres (*jarlar*) de outras localidades eram subordinados ao konungr. Ou seja, as fronteiras entre o que nós denominados de *rei* e o do *monarca* ainda são pouco definidas entre os séculos IX e X para a região danesa (Skre, 2020, p. 229).

Outro tema polêmico é a questão do governo danês do século X ter sido ou não um Estado, mesmo todos concordando que tenha ocorrido uma forte centralização política e administrativa. De um lado, os arqueólogos defendem este referencial, considerando que a Dinamarca foi um Estado-chave para o desenvolvimento e as conexões comerciais e políticas do Norte europeu (Näsman, 2006, 223-227). A questão principal para se entender a defesa de um Estado na Era Viking é a sua comparação com as sociedades anteriores na Escandinávia. No início da Idade do Ferro, as paisagens econômica, política e religiosa teriam constituído esferas separadas no ambiente físico e social. Com a Idade do Ferro romana esse panorama começou a mudar, mas foi com a Era Viking que houve realmente uma articulação maior, devido à existência dos empórios. Mas o elemento religioso (a paisagem sagrada) ainda permanecia controlada pela elite. No fim da Era Viking, a assembleia (o *thing*) juntou-se com os elementos religiosos e o empório em um único local, a cidade, agora controlada pela instituição real (que substituiu totalmente a antiga elite). Com isso, a sociedade estava mais hierarquizada. Desta maneira, o controle da espacialidade e a dominação simbólica da paisagem pode ser detectado pela Arqueologia, aferindo a existência de um Estado pelo menos a partir do século X (Thurston, 2002, p. 3-276).

De outro lado, alguns historiadores questionam o uso do conceito de Estado para este momento – e alguns vão ainda mais longe, por exemplo, ao considerarem que a região dos daneses, na realidade, teria sido controlada e subjugada politicamente pelos francos durante o período viking. Não existiriam evidências históricas para um efetivo controle estatal sobre arrecadação, legislação e autoridade civil e jurídica (Hybel, 2013, p. 71-77).

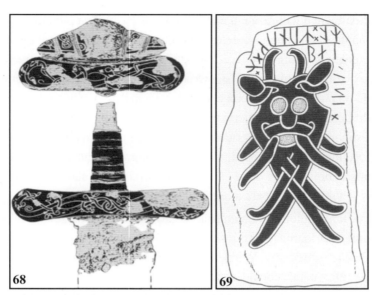

Figura 68 (Esquerda): *Punho de espada* enfeitado com prata encontrado próximo de Hedeby, decorado com o estilo Jelling, século X. Fonte: Roesdahl, 1982, p. 191. O estilo Jelling possui fortes raízes nas tradições artísticas nativas da Escandinávia, além de uma grande congruência com o estilo Mammen, ambos do século X. O estilo Jelling foi definido pelo encontro de uma pequena taça de prata no montículo real de mesmo nome (com a datação de 958-959), na Jutlândia, pertencente ao Rei Gorm. Ele é definido primariamente pelo entrelaçamento de animais no formato S (Graham-Campbell, 2018, p. 82-88).
A ornamentação do punho e guarda-mão da espada possui belos exemplos de serpentes no motivo Jelling, pertencente a algum aristocrata-guerreiro.

Figura 69 (Direita): *A pedra de Aarhus*, DR 66, 950-1000 d.C. Fonte: Smith, 2002, p. 13. A famosa máscara de Aarhus é caracterizada como sendo do estilo Mammen – cujo nome provém do machado encontrado na sepultura homônima (do qual analisamos na seção sobre o culto de Thor). A máscara se caracteriza por uma face masculina com longas barbas e bigodes, além de um par de chifres sobre a sua cabeça. O mesmo tipo de ornamentação ocorreu em pomos de espadas de Sigtuna, Suécia (Graham-Campbllell, 2018, p. 108). Alguns interpretam que elas poderiam ser representações de Odin e outros como sendo a figura de Cristo (Sawyer, 2000, p. 129), mas pelo fato da máscara de Aarhus possuir chifres, acreditamos mais na primeira hipótese. Atualmente sobreviveram 12 pedras rúnicas com máscaras e são um tema polêmico. Elas foram comparadas a máscaras recuperadas em sítios arqueológicos, feitas de pele animal, como a exposta no Museu Viking de Hedeby
e associadas aos guerreiros berserkir, bem como apontariam a presença ativa de poderes sobrenaturais que não podem ser perturbados, ou seja, tinham intenções mágicas (Snow, 2020, p. 13). O tema das máscaras na Era Viking já contém uma abundante quantidade de fontes diretas e indiretas que apontam o seu uso em dramatizações religiosas e um papel em atividades religiosas, conectadas ao mundo sobrenatural (Gunnell, 2023, p. 511).

Para o arqueólogo Andres Dobat, antes de 850 o cenário político era de pequenas unidades que se dependiam mutuamente, sendo móveis e instáveis. A expansão do poder do rei foi devido à posse de grande quantidade de terras; ao poder militar; a sua função como líder religioso e a supervisão no comércio e rede de mercadorias. Alguns reis podem ter conquistado vastas extensões de terra (como Godofredo, no século IX, que dominava a Jutlândia e o sul da Noruega), mas depois foram perdidas. Estes reinos eram baseados muito mais em alianças do que em territórios. No momento que surgiu uma unidade territorial e política na metade do século IX, um grande reino – foi formada a base do Estado moderno – no qual se emitiu moedas, recolheram impostos, criaram-se cidades e existia um serviço militar. Ou seja, existia um poder central, um rei ou rainha e um reino com território delimitado: os elementos mais importantes do conceito de Estado (Dobat, 2013, p. 59-61).

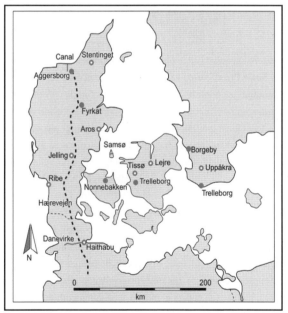

Figura 70: *Mapa da região danesa no século X.* Distribuição de cidades e fortalezas danesas, século X (círculos cheios: fortalezas; círculos vazados: cidades). A linha pontilhada corresponde ao *Haervejen* (a grande rota terrestre dos daneses) e a linha cheia, próximo a Haithabu (Hedeby) corresponde ao sistema de fortificação de *Danevirke*. Fonte do mapa: Price, 2015, p. 347. Duas fortalezas localizam-se na Jutlândia, uma na Ilha de Fiônia, uma na Ilha da Zelândia e duas na Escânia. O mapa não apresenta a fortaleza de Borgring (situada entre Lejre e Trelleborg, na Zelândia), descoberta recentemente.

177

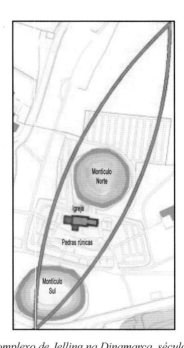

Figura 71: *Esquema do complexo de Jelling na Dinamarca, século X*, baseado em escavações de 2012, ilustração de Peter Jensen. O imenso navio de pedras (*Skibssaetning*, o maior já encontrado na Escandinávia) possuía uma extensão de 360m de comprimento e continha 370 monólitos (a maioria atualmente perdidos). O seu centro era ocupado pelo montículo norte – onde foi enterrado o Rei Gorm em 958-959 (reaproveitando uma câmara funerária da Idade do Bronze). Mais abaixo, localiza-se o montículo sul, construído em 970, mas que nunca foi utilizado, onde foi descoberto em seu topo uma edificação e ao redor, algumas pedras do alinhamento em forma de navio. Entre os dois montículos localizam-se as duas pedras rúnicas de Jelling (ao lado de uma igreja, mais recente, construída no local da original de madeira de 965, para onde foi transladado o corpo de Gorm), a mais antiga erigida por Gorm e a outra por Haroldo, o Dente-Azul, em 965. Fonte do esquema (adaptado): Jelling, 2018. Na ponta do extremo norte foram descobertas algumas pedras do alinhamento original; no entorno oeste, vestígios de uma paliçada; no lado leste, evidências de casas no estilo Trelleborg (Nielsen, 2016, p. 254). O complexo envolveu três fases de construção (horizontes cronológicos) entre os anos de 940 e 970: a primeira, com a execução do alinhamento de pedra; a segunda, com a construção do montículo norte, realizado como memorial para o Rei Gorm por seu filho, Haroldo; a terceira, com a ereção do montículo sul, a grande pedra de Jelling e a igreja de madeira (Roesdahl, 2008, p. 660). Recentes análises de pedras rúnicas revelam que a Rainha Thyra recebeu quatro citações textuais – fazendo dela a pessoa mais referenciada nas runas danesas da Era Viking, atestando o seu imenso poder, linhagem e estatuto social. Baseados nestas informações, os pesquisadores alegam que ela pode ter participado ativamente na consolidação do reino e indo além – o montículo norte de Jelling poderia ter sido erigido originalmente para o seu sepultamento e não do Rei Gorm (Imer; Åhfeldt; Zedig, 2023, p. 1.262-1.278).

A região da Jutlândia parece ter sido a primeira a ter uma estrutura política mais regular, comparada com as ilhas dinamarquesas. Também a existência do sistema de fortificação do Danevirke (cf. capítulo 3), atestaria uma defesa genérica, pressupondo não a existência de diversos reinos, mas de somente um sistema centralizado. Também o complexo de aldeias da Jutlândia pressupunha uma estrutura regular. A questão é que foi nesta região que surgiu a dinastia que consolidou a centralização do poder no mundo danês. As fortalezas circulares (que veremos na próxima seção) foram construídas acima de antigas fazendas de pequenos reis. Também foram encontradas sepulturas de membros da alta aristocracia, que possuem o mesmo padrão e estilo da corte de Jelling (como vimos no caso de Mammen), indicando proprietários de terras nas áreas conquistadas pela nova dinastia (Dobat, 2013, p. 64-67).

Uma característica marcante na nova dinastia que se inaugurou na Jutlândia foi uma aproximação ideológica muito maior com o continente, mas não somente com a cristianização, como também pela tomada de um modelo europeu de autoridade divina do rei (Gelting, 2007, p. 88). Ao mesmo tempo, alguns pesquisadores influenciados por um relato de Adão de Bremen, percebem que a cristianização pela dinastia de Jelling tenha sido uma medida defensiva contra a expansão da política missionária de Otto I (Roesdahl, 2008, p. 657). É interessante constatar na história dinamarquesa esse elemento paradoxal de sua relação com os vizinhos germânicos na sua fronteira sul – ao mesmo tempo que recebeu uma alta influência cultural, linguística, econômica e social destas regiões, muitas vezes perpetuou com elas situações de conflito político e, inclusive, guerras (Langer, no prelo).

O primeiro rei a ser cristianizado foi Harald Blåtand (Haraldr Blátönn em nórdico antigo), o famoso Haroldo, o Dente-Azul (936-985). Mas isso aconteceu quando ele era adulto. Seu pai, Gorm den Gamle, morreu em 958, sendo enterrado em um montículo "pagão", em Jelling, junto a um cavalo e diversos bens funerários. Próximo dali, Haroldo construiu um segundo monte funerário, que era para ele mesmo, mas nunca foi utilizado (o que indica que ele originalmente não era um cristão). As motivações de sua conversão ainda são motivos de debate, mas o fato é que ele acabou transladando o corpo de seu pai para uma igreja, construída ao redor das pedras rúnicas de Jelling, além de ter sido batizado durante os anos de 960 (Winroth, 2012, p. 113-115). O complexo de Jelling (cf. figuras 70 e 71) está situado exatamente no centro da Jutlândia e era equidistante de pontos estratégicos da Fiônia e Zelândia, mas ele não se desenvolveu como uma cidade e sim, como uma casa ou palácio estatal (Randsborg, 2008, p. 1-23). Uma ausência neste local digna de ser mencionada é a envolvendo artefatos de alta qualidade, centrais para um tipo de poder baseado nas relações pessoais (o ato ritualizado de presentear). Isso pode significar tanto a curta duração de Jelling como centro de poder, como também as novas mudanças ou o novo caráter desta dinastia (Holst, 2012, p. 502).

A transição do "paganismo" ao cristianismo na Escandinávia ainda é tema de muitos debates. Até que ponto houve realmente uma conversão pessoal? Quais elementos simbólicos, culturais e materiais das antigas crenças sobreviveram com a implantação política e social da nova religião? O centro cerimonial de Lejre foi demolido no final do século X, com a fundação de Roskilde (distante 9km dali), a nova residência real, com uma ou mais igrejas construídas no local. Os enterros "pagãos" desparecem no alvorecer do século XI. O amuleto de Thor, inicialmente foi um instrumento de "reação" contra o cristianismo (Gelting, 2007), no século XII se transforma em um poderoso símbolo para afugentar demônios em pias batismais da Dinamarca (como na igreja de Gettrup, norte da Jutlândia). Ou seja, ele mesmo se torna um novo instrumento hibridizado da fé dominante. A transição religiosa no mundo nórdico ainda é um campo repleto de perguntas e de inúmeras fontes primárias ainda mal conhecidas, necessitando de novas pesquisas.

As fortalezas circulares

As fortalezas da Dinamarca durante o século X são a prova mais contundente de um poder centralizado no fim da Era Viking. Estas fortificações possuíam um plano regular: muralha de terra com fosso associado, paliçadas de madeira com formato circular, quatro aberturas de portão com estrutura axial construídas com carvalho e ruas revestidas também com madeira. A construção exigia um nível de engenharia excepcional: em alguns casos, o terreno tinha que ser nivelado e a terra transportada ao local. A antiga teoria da finalidade destas fortificações como quartéis de base para a invasão da Inglaterra atualmente é inválida. A maioria dos novos estudos aponta um caráter de administração e controle militar interno, principalmente pelo encontro de vestígios atestando que estes locais serviram de moradia para a família dos guerreiros (Graham-Campbell, 1997, p. 56). As estruturas foram inspiradas em modelos semelhantes na Europa Central, contendo no seu interior oficinas, ferraria, casas longas, mas o seu formato em cruz pode ter tido uma função político-religiosa (Dobat, 2013, p. 64-65). Mas apesar de suas similaridades, as fortalezas não eram idênticas: elas tinham diferença no tamanho e na disposição interna, além de somente algumas conterem cemitérios externos (Roesdahl, 1998, p. 136).

As fortificações foram datadas por dendrocronologia para o ano de 975-980, durante o fim do reinado de Haroldo, o Dente-Azul. Além do caráter empírico, as fortificações também tiveram um propósito de serem monumentos memoriais, sendo construídas ao longo de toda a extensão do reino: Fyrkat no noroeste e Aggersborg no norte da Jutlândia, Nonnebakken na Ilha da Fiônia, Trelleborg no leste e Borgring no sul da Zelândia, Borgeby e Trelleborg no sul da Escânia (cf. figura 70). Suas funções militares reforçavam o poder, prestígio e simbolismo do rei (Roesdahl, 2008, p. 662). Os indícios de reparos nas fortalezas são mínimos, ou seja, em pouco tempo elas foram abandonadas. A maior delas, Aggesborg, parece ter tido uma finalidade especial, talvez servindo como acesso para as tropas de Haroldo em direção à Noruega, via Limfjord para Skagerak. Com o exílio e morte do rei em 987, as fortalezas se tornaram ruínas, visto que o seu filho Sueno Barba-Bifurcada abandonou a tradição política anterior (Roesdahl, 1998, p. 140).

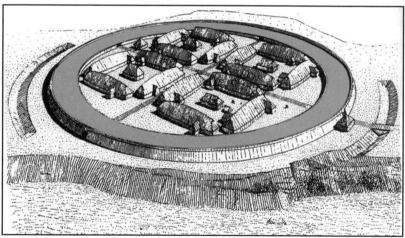

Figura 72: *Reconstituição da fortificação circular de Trelleborg.* A parte mais externa é composta de um fosso defensivo, com rampas de acesso. A muralha circular externa (feita de terra e pedras) é ladeada por uma paliçada de madeira. O interior é ocupado por 16 casas longas dispostas em número de quatro, ocupando cada uma das quatro seções internas. Ao lado e no interior, outras pequenas construções ocupam os espaços do interior.
Fonte: Odense Bys Museer, 2023.

Análises de isótopos de estrôncio de esqueletos encontrados no cemitério do Trelleborg da Zelândia (situado externamente à fortificação), demonstraram que grande parte da comitiva que compunha o exército de Haroldo provinha de regiões estrangeiras, como a Noruega, Suécia e mundo eslavo. A escolha de mercenários indica que o rei se preocupava em demonstrar as suas ligações internacionais e marcar a sua superioridade com outras lideranças regionais (Dobat, 2013, p. 69). A fortaleza de Trelleborg foi a primeira a ser escavada, durante a década de 1930. É uma das mais espetaculares construções militares da área danesa: possui 180m de extensão externa, com quatro casas interiores com capacidade para 50 pessoas cada uma. O cemitério continha 133 sepulturas, com 157 indivíduos. Alguns horizontes arqueológicos evidenciam a destruição violenta de algumas das estruturas, tendo Trelleborg apresentado evidências de combates (Price, 2015, p. 350). O único escudo da Era Viking encontrado até hoje na Dinamarca foi nos arredores da fortaleza e atualmente está exposto no pequeno (mas importante) Museu de Trelleborg, ao lado da fortificação.

A vǫlva de Fyrkat

Foi em uma fortificação circular que se encontrou a evidência mais instigante da sobrevivência das crenças "pagãs", décadas após a suposta cristianização oficial da Dinamarca, durante o reinado de Haroldo, o Dente-Azul. O vestígio pertenceu a uma vǫlva e foi encontrado em um cemitério de Fyrkat.

A fortaleza localiza-se próxima da moderna cidade de Hobro, no norte da península da Jutlândia. Em seu cemitério foram encontradas 30 sepulturas, todas inumações orientadas no sentido Leste-Oeste e talvez contivessem montes no topo das sepulturas, que não sobreviveram (bem como os esqueletos). 18 destas sepulturas apresentaram indícios de caixões, sendo o mais luxuoso o denominado túmulo 4, onde uma mulher aristocrata foi enterrada com joias e apetrechos (uma faca, uma tesoura numa caixa de madeira, duas pedras de amolar, instrumentos de tecelagem, um par de cornos para bebidas, uma caixa de joias gotlandesa, Pentz, 2023, p. 304) – e vem sendo considerado o mais interessante sepultamento feminino da Dinamarca da Era Viking. A sua escavação foi realizada em 1954-1955 por Svend Søndergaard e os resultados publicados em 1977. Em 2002, com a publicação do livro *The Viking Way*, de Neil Price, popularizou-se a interpretação de que a sepultura era de uma vǫlva, conectada ao mundo nórdico "pagão", especialmente por possui um cajado de ferro e sementes de meimendro (*Hyoscyamus niger*, capaz de produzir efeitos alucinógenos). Este estudo também foi paradigmático no sentido e reinterpretar outras sepulturas femininas na área escandinava da Era Viking (Price, 2019). Em 2004 a fortaleza de Fyrkat recebeu novos estudos de datação dendrocronológica, atestando o período de 975 a 980 como a data da sepultura 4 (Roesdahl, 2023, p. 292-296).

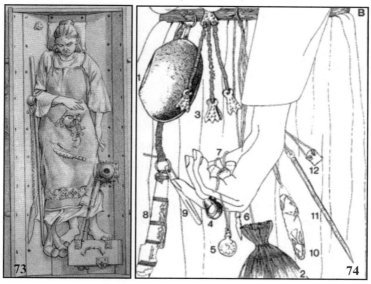

Figura 73: *Reconstituição da sepultura 4 de Fyrkat*, ilustração de Thorhallur Thrainsson. Fonte: Bedell, 2021. O bastão foi posicionado ao lado do corpo e uma faca e os objetos de cinto em seu colo. Entre os pés, foram depositados dois cornos de bebidas e uma caixa.

Figura 74: Objetos do cinto da vǫlva, ilustração de Hayo Vierck. Fonte: Vierck, 2002, p. 45. Identificação dos objetos do cinto – 1) pote; 2) saco com sementes de meimendro; 3) amuletos em forma de "patas" de pássaro; 4) amuleto em forma de assento/cadeira; 5) espelho; 6) amuleto; 7) contas; 8) amuleto; 9) agulha; 10) amuleto; 11) agulha; 12) amuleto.

A sepultura em si demonstra uma tolerância da nova religião para os antigos costumes e crenças – a Dinamarca foi oficialmente cristianizada em 865. Um estudo de Peter Pentz de 2009 determinou que a tigela de cobre da sepultura foi manufaturada no Irã. Outros objetos também foram associados com práticas mágicas, como um espelho (mas deduzido por fragmentos). Vestígios semelhantes e encontrados na fortaleza de Borgring (Zelândia), atestaram que a vǫlva de Fyrkat viajava em várias localidades, como parte de suas funções militares, que no caso, seriam práticas mágicas ofensivas e defensivas, além de profecias, todas relacionadas com o seidr (bem como ao deus Odin, cf. figura 59). Talvez um dos locais principais de suas performances tenha sido o salão longo de Fyrkat (com 18m de comprimento), com uma fogueira ao centro. Alguns objetos ainda são de uso desconhecido pelos pesquisadores, como duas pedras de amolar, uma longa e outra curta (Roesdahl, 2023, p. 297). Um bom caminho para estudar possíveis simbolismos pré-cristãos para este objeto da sepultura é o extraordinário estudo de Stephen Mitchell, apontando conexões entre a figura das pedras de amolar na literatura e cultura material saxã e nórdica, concluindo que podem ter sido objetos cerimoniais relacionados ao poder físico e à autoridade real (Mitchell, 1985, p. 1-31). Sem esquecer o fim do relato da batalha entre Hrungnir e Thor, no qual envolve uma vǫlva, fragmentos de pedra na cabeça de Thor e uma pedra de amolar (*Skáldskaparmál* 17).

Em um recente estudo, o meimendro da sepultura recebeu um novo fôlego investigativo. Para o arqueólogo Peter Pentz, ele seria indicativo de efeitos narcóticos e psicoativos, mas diretamente não existem referências deste tipo de uso para substâncias nas fontes literárias, somente bebidas alcoólicas. No manuscrito saxão *Medicinale Anglicum* (Bald's Leechbook) o meimendro é indicado para aliviar dores, entre as quais dores de dente. Ele compara este vestígio com outra planta encontrada na sepultura de Oseberg (*cannabis sativa*, o cânhamo, mas possivelmente utilizada na tecelagem). Outro objeto que já foi alvo de extensa discussão é o bastão, o maior indicativo de que a falecida seria uma mulher do seidr. Também alguns objetos (mas tradicionalmente ligados à tecelagem) poderiam ter sido vinculados à práticas mágicas. Tendo, assim, duplo sentido. Do mesmo modo, as pedras de amolar (comentadas no parágrafo anterior), poderiam ter dupla função: significar o seu sentido material no cotidiano e de outro lado, um aspecto de identidade social na sepultura. A quantidade também despertou a atenção deste pesquisador – apesar do bastão não ser incomum em outras sepulturas, nunca foram encontrados duplicados (Pentz, 2023, p. 319-323).

Novas pesquisas alinhadas com estudos em outros sítios, bem como com as fontes literárias, poderão determinar outros rumos ou perspectivas na sepultura 4 de Fyrkat. O cemitério onde a vǫlva foi encontrada corresponde com as tradições cristã implantadas na Dinamarca da época. Como era o convivo entre as duas formas de crenças? De qualquer modo é muito difícil diferenciar as formas de sepultamento entre as duas religiões.

Na fortaleza de Trelleborg também foram descobertos vestígios instigantes da época da mudança religiosa. No local, foram escavados vários poços contendo restos de animais (um bode, um cachorro, um cavalo e uma vaca) e quatro crianças (datados dos séculos VIII ao X), que foram possivelmente mortos ritualisticamente, talvez para obtenção de elementos apotropaicos ou de fertilidade. Análise de isótopos de estrôncio dos restos das crianças determinaram que elas tiveram origem local. Também diversas análises determinaram que o local era um importante sítio cerimonial bem antes da construção da fortaleza. Na área do portão Norte da fortaleza existiu uma edificação com aduelas associadas aos poços, possivelmente um "templo", servindo às pessoas que ainda não tinham se convertido para a nova religião (Gotfredsen, 2014, p. 145-163).

Mas mesmo os elementos "pagãos" descobertos com a sepultura da vǫlva de Fyrkat são complexos de serem interpretados na prática: eles realmente recebiam performances e elementos das antigas tradições ou foram incorporados à nova fé? Ou o cristianismo simplesmente foi incluído como mais um elemento na cosmovisão politeísta (os deuses tradicionais)? Neste sentido, o pesquisador Peter Pentz recorda da imagem da personagem Helgi bjóla do *Landnámabók* 11, que acreditava em Cristo, mas invocava a Thor em momentos especiais (Pentz, 2023, p. 324). O período de transição religiosa no fim da Era Viking ainda tem muitas questões em aberto.

Quando Odin se tornou Cristo: a pedra rúnica de Jelling

Ela sem sombra de dúvida constitui a mais famosa pedra rúnica elaborada em toda a Escandinávia: trata-se do grande monumento lítico de Jelling 2 (DR 42). Ele foi erguido por Haroldo, o Dente-Azul, em 965 d.C. Situado no complexo de Jelling, entre os dois montículos e ao lado de outra pedra rúnica, Jelling 1 (DR 41, que foi elaborado a mando de seu pai, o Rei Gorm). O bloco de granito possui 2,5m de altura, tendo três lados e está situado em sua posição original no complexo (mas não se sabe a localização primária da pedra de Gorm), em frente à igreja de madeira construída por Haroldo em 965 (onde atualmente se situa uma igreja do século XII). A pedra de Jelling antes de tudo é um monumento para promover a nova religião, mas também para consolidar a política de Haroldo. Mudando de religião, os pequenos chefes e reis também perderam uma de suas fontes principais de poder – como líderes de culto do "paganismo". Agora todos estavam inseridos em um novo sistema de crenças, que centralizava tudo em torno de um deus e de um aparato eclesiástico, que privilegiava o poder político do rei principal. Ou seja, a nova fé era muito mais adequada para o reino, onde o papel do monarca ficava bem acima dos pequenos reis e integrava a Dinamarca na comunidade cultural europeia. Ao enfatizar que "fez os daneses cristãos", não somente expressava uma mudança de crenças, mas também anunciava uma nova ordem social com o Estado e com o aparelho da Igreja (Dobat, 2013, p. 66-70). O monumento foi aparentemente erigido num local sem qualquer residência ou fazenda real anterior, como foi o caso em Lejre ou em Tissø (Nielsen, 2016, p. 265). A menção à Dinamarca (<**tanmaurk**>; *"Danmǫrk"*) foi um elemento de identidade étnico-espacial surgido a partir de conflitos com os francos na fronteira e utilizado pelos daneses a partir do século IX. O reino de Haroldo já apresentava uma nova variação desde conceito etnogênico, agora sob a pressão germânica, cristalizada com a pedra de Jelling (Gazzoli, 2011, p. 39).

A pedra foi esculpida para ser lida como um livro aberto, consistindo por quatro linhas de textos rúnicos enquadrados em faixa, alguns com extensões de gavinhas. Na primeira face (A) a imagem consiste somente de textos rúnicos e algumas ornamentações, enquanto a segunda face (B) é centralizada por um motivo duas bestas confrontando-se (com a inscrição continuando em um pequeno texto na parte inferior), e por último, o terceiro lado (C) com o tema principal de Cristo crucificado e um pequeno texto também na parte inferior (ausente da ilustração que fornecemos).

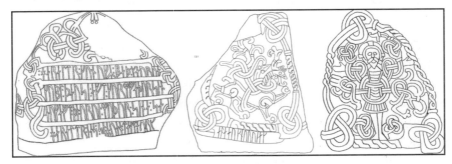

Figura 75: *A grande pedra de Jelling 2 (DR 42)*. Esquerda: face A, ilustração de Ida Maria Schouw Andreasen e Benni Schouw Andreasen, fonte: Runeskrift, 2023. A lateral esquerda e o cimo são ocupados por gavinhas triquetriformes. Centro: face B, ilustração de Smith, 2002, p. 43. O motivo da luta entre dois animais domina a face, sendo ladeada por três grandes triquetras. Direita: face C, fonte: Vikingernes, 2023, p. 2. A representação de Cristo crucificado domina a cena, sendo ladeado por três grande triquetras, mas em cujo interior, ao lado do corpo, é ocupado por outras quatro triquetras menores. Os braços de Cristo, bem como o seu dorso, são trespassados por gavinhas também de formato triquetriforme.

O texto completo da pedra de Jelling 2:

> **<haraltr kununkʀ baþ kaurua kubl þausi aft kurm faþur sin auk aft þa͜urui muþur sina sa haraltr (:) ias saʀ uan tan- maurk ala auk nuruiak (:) auk t(a)ni (k)(a)(r)(þ) (i) kristna>** Transliteração ao latim por Imer *et al.*, 2023, p. 1.263.
> /Haraldr konungr bað gǫrva kumbl þausi aft Gorm faður sinn auk aft Þórví móður sína. Sá Haraldr es sér vann Danmǫrk alla auk Norveg auk dani gaerði kristna/ Transcrição ao nórdico antigo por Barnes, 2008, p. 277.
> "O Rei Haraldr mandou erigir este monumento em homenagem a seu pai Gormr, e também à sua mãe þórvi (þyri). Aquele Haraldr que conquistou para si toda a Dinamarca e a Noruega, e que fez os dinamarqueses cristãos". Tradução ao português de Moosbur- ger, 2023, p. 54.

A face B é a mais debatida pelos pesquisadores. Ela apresenta uma luta entre um animal quadrúpede, em confronto com uma grande serpente, que se enrola sobre o seu dorso e seu pescoço. A cauda do quadrúpede possui gavinhas, enquanto outra ramificação parece sair direto de sua cabeça (ou sair da parte de trás de sua cabeça). De sua boca sai uma língua, enquanto uma de suas patas está levantada, denotando o sufocamento ou sofrimento causado pela serpente. Tradicionalmente o animal é visto como sendo um leão, cavalo, lobo ou um dragão – no primeiro caso, um animal exótico ao contexto da Escandinávia e símbolo de Cristo – ao mesmo tempo, o tema da besta é um dos motivos dominantes do estilo Mammen, apesar da pedra em si conter elementos de ornamentações em forma de S, predominante do estilo Jelling. Uma das evidências apontada para a identificação do animal é o fato de uma pedra rúnica posterior, DR 271 (Tullstorp, final do século X), ter sido uma das imitações da pedra de Jelling, promovida pelas famílias aristocráticas da Escânia (Graham-Campbell, 2018, p. 99). Ela apresenta um animal com uma juba bem definida e uma cauda que se ramifica, de modo muito semelhante ao constante na face B de jelling.

De todo modo, a perspectiva tradicional é que o animal seria uma fera predadora, simbolizando Cristo lutando contra o mal e o triunfo sobre o pa- ganismo (Neiß; Valle, 2021, p. 145). Um estudo recente propõe que estes animais estão opostos visualmente, mas não seriam uma representação de um combate em si, pois o leão seria a representação de Deus pai e a serpente o espírito santo (Wood, 2014, p. 19-32). O que desqualifica esta interpretação é que a inscrição logo abaixo da imagem, diz respeito a Haroldo como conquistador da Dinamarca e Noruega, ou seja, o seu caráter como conquistador e guerreiro – algo a se esperar de uma liderança em uma sociedade bélica como a dos daneses na Era Viking. Mesmo assim, essa alegação seria apenas discursiva, pois a influência político-militar de Haroldo não pode ter ido além da região de Viken, em torno do fiorde de Oslo (Oderdenge, 2021, p. 324).

A questão é saber se a ramificação que está na parte superior da besta é uma galhada que sai de sua cabeça ou uma ornamentação que se projeta por trás. No primeiro caso, alguns pesquisadores alegam que seja um cervídeo, neste caso remontando a uma tradição artística anterior, já registrada nas estelas da Gotlândia e em moedas de Ribe e Hedeby, que analisamos

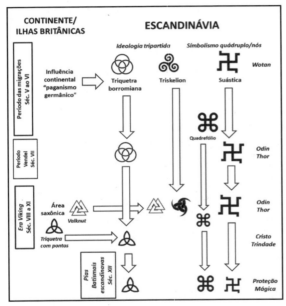

Figura 76: *Tabela da história dos símbolos geométricos na Escandinávia*. Tabela adaptada e atualizada de Langer, 2023b, p. 257. Os três símbolos geométricos mais antigos da Escandinávia são a triquetra do tipo borromiano, o triskelion e a suástica. Apesar de existirem imagens de suásticas na Escandinávia desde a Idade do Bronze, ela se popularizou (assim como os outros dois) a partir do Período das Migrações, com fortes influências germânicas continentais. Na Era Viking eles vão receber transformações e ressignificações. A triquetra mais comum passa a ser a do tipo com pontas, provinda do mundo saxão, bem como o valknut. Mas ambos são reinterpretados dentro de referenciais "pagãos". Segundo nossas pesquisas, a triquetra foi associada tanto ao deus Odin quanto a Thor. Já o símbolo do valknut foi relacionado somente com Odin (e em alguns casos, possivelmente a Sigurd). O símbolo do quadrifólio surge também no Período das Migrações, mas seu significado é de difícil interpretação. A triquetra, o quadrifólio e a suástica foram esculpidas em pias batismais do século XII, o que comprova a sua ressignificação pelo cristianismo na Escandinávia, ao contrário do valknut, que desapareceu no século X, talvez devido à sua forte conotação "pagã". Todos os quatro símbolos podem ter sido utilizados como elementos apotropaicos em objetos móveis (interpretação especulativa), mas os seus caráteres funerários e relacionados com a morte são objetivamente constatados em contextos figurativos. A vinculação de alguns símbolos com Thor e Odin provém tanto de contextos figurativos quanto de contextos arqueológicos da descoberta dos objetos.

no capítulo 3. A crina leonina e as garras representariam estilizações que seriam comuns nas representações medievais de cervos. Assim teríamos um processo de hibridização em que um tema antigo foi incorporado a uma nova cosmologia (Neiß; Valle, 2021, p. 146-147). Mas com inovações: o confronto antigo entre cervídeos e serpentes era feito de modo simples, com o segundo animal geralmente picando a pata dos cervos, ou então, as serpentes representadas ao lado dos animais. Mas na face B de Jelling temos um novo tipo de associação visual, onde a serpente se enrola totalmente no animal, criando uma dicotomia ainda maior e condizente com o estilo artístico desta época.

A face C apresenta Cristo crucificado, mas sem a presença da cruz. Ele estende os seus braços, de modo a ficar entrelaçado entre as ornamentações. A figura possui os padrões reinantes neste período, mas incorporando elementos nórdicos. O instrumento de martírio é substituído por gavinhas, que representam a árvore da vida (Neiß; Valle, 2021, p. 147). Um recente documentário da televisão dinamarquesa, *Gåden om Odin* (O enigma de Odin), apresenta novas discussões sobre a pedra de Jelling em um ponto de vista da hibridização. Ela não demarcaria mais simplesmente uma novidade, uma imposição visual de uma nova religião instaurada na Dinamarca, mas um monumento que integraria o novo com uma roupagem do antigo. Nela, a figura central do cristianismo teria sido moldada pela antiga representação do deus Odin na arte nórdica pré-cristã. Um hibridismo cultural e visual. Odin, entrelaçado por galhos retorcidos da árvore Yggdrasill, transformou-se no Cristo de Jelling na tradição da árvore da vida. O rosto representado na pedra rúnica (com barba afinada) seria semelhante aos encontrados em diversas máscaras e objetos do século X, como da Ilha da Fiônia, que representavam Odin (Kristensen, 2023, episódio 1: Manden på stenen, O homem na pedra). Acadêmicos já estavam pontuando que o monumento de Jelling não indicaria apenas as novas diretrizes políticas e religiosas, mas também demarcaria uma continuidade com as tradições anteriores (Roesdahl, 2008, p. 657).

Isso também pode ser constatado, ao nosso ver, pela ocorrência das triquetras. Elas demarcam de forma muito clara todo o monumento, especialmente as faces B e C: nestas elas ocorrem em número de três, ladeando as imagens centrais. Em recente estudo, a pesquisadora Alexandra Pesch afirmou que a triquetra foi um símbolo totalmente cristão, inventado nas ilhas britânicas após o século VI e transferido para a Escandinávia como elemento inovador na nova religião (Pesch, 2023, p. 11-22). Este é um dos poucos estudos sistemáticos e críticos que foram realizados sobre simbolismos geométricos na

Escandinávia antiga, após a Segunda Guerra. Neste sentido, ele é pioneiro e alguns resultados apresentados são excelentes: um exemplo é a afirmação de que a triquetra e o valknut provêm ambos do mundo saxão. Mas questionamos alguns pontos. A autora só considera como sendo triquetra os símbolos trípticos com pontas (estes realmente foram uma novidade advinda do século VIII), omitindo que o mesmo símbolo (mas de formato borromiano) já ocorria na Escandinávia desde o Período das Migrações (como na bracteata IK 246). Outra questão é o seu significado: por mais que o valknut tenha sido um símbolo adquirido pela influência do mundo saxônico, alguns contextos demonstram que o seu significado na Escandinávia foi totalmente "pagão", como na cena do sacrifício da estela de Hammars I (ilha da Gotlândia).

Mas e as triquetras da pedra rúnica de Jelling? Não questionamos que elas tenham um sentido cristão, obviamente. Mas como no caso da figuração de Cristo (que se assemelha com as antigas representações de Odin), os seus gravadores e Haroldo provavelmente conheciam a antiga ideologia tripartida: ela estava consolidada há séculos pelo uso de diversos símbolos (como o triskelion, as bracteatas e as pedras rúnicas como Snoldelev, que analisamos no final do capítulo 2). E a ideia do entrelaçamento, apesar de muitos pesquisadores considerarem que tinham apenas uma função decorativa, também era simbólico e continha um significado religioso na Era Viking pré-cristã (Pedersen, 2014, p. 195-222). Diversas ornamentações da Era Viking presentes em diversos broches apresentam indícios de estarem relacionadas ao culto de Odin (inclusive, associadas a triquetras, Neiß, 2007, p. 82-89). Símbolos com formato de entrelaçamento já eram comuns na antiguidade nórdica (como o quadrefólio presente na arte gotlandesa desde o século VI, sobrevivendo na arte medieval até mesmo em batistérios), mas a triquetra saxônica predominou após o século IX pela sua abundância na cultura material cristã, indo de encontro a diversos significados "pagãos" e plenamente promovida pela cristandade escandinava como símbolo da trindade.

Neste sentido, tudo em Jelling promove uma união entre o novo e o antigo – seja pela adoção de elementos que remetam ao número três, recordando tanto a ideologia tríptica dos grupos de aristocratas-guerreiros, quanto promovendo a trindade cristã. Seja pela escolha do símbolo geométrico, a triquetra com pontas; seja pela gravação de um Cristo com rosto de Odin. No fim, o resultado seria o mesmo – a promoção do novo Estado centralizado, a nova estrutura religiosa e o governo de Haroldo. Era o início de um novo tempo na história dinamarquesa, mas aqui chegamos ao fim de nosso livro. A nossa jornada com Odin terminou.

Epílogo
A Era Viking e a Dinamarca

> O que os Vikings deram à Europa? O que eles rece-
> beram dela? Para começar, eles conduziram-se *dona*
> *Danaorum*: destruição, estupro, saques e assassinatos;
> mais tarde eles gastaram suas energias e sangue na co-
> lonização. Ou então, de outro modo, nada poderiam os
> Vikings ter ensinado à Europa.
> Johannes Brøndsted, *Os vikings*, 1959, p. 287, grifo
> do autor.

A História é feita de permanências e inovações. Esse velho debate certamente se aplica perfeitamente na história da Dinamarca. Desde o Período
das Migrações, esta região foi caracterizada pela dinâmica de receber muitas
influências externas, primeiramente do Mediterrâneo romano, mas com o desenvolvimento das localidades centrais, essas trocas culturais e econômicas
também se ampliaram para o Oriente. Com o aprimoramento dos empórios
do norte europeu, tivemos conexões em escala euroasiática, que provocaram
diversas mudanças internas na Escandinávia. Mas não se tratou apenas de
meras influências, mas também de inovações a partir destas conexões. Como
vimos no caso das bracteatas (capítulo 1), elas se transformaram em alguns
dos principais elementos materiais da ideologia da aristocracia-guerreira,
criando inovações a partir de objetos latinos. Posteriormente, com as moedas
de Ribe e Hedeby (capítulos 2 e 3), padrões estrangeiros (no caso, saxônicos
e frísios) foram adaptados a esta tradicional ideologia das classes governantes, promovendo uma continuidade da figura de Odin (o antigo Wotan), agora
reintegrado em uma nova sociedade – baseada especialmente em ideais béli-
cos, promovendo saques, conquistas e frentes de colonizações – mas também
controlando centros urbanos e rotas comerciais.

Dentro deste referencial, não podemos mais aceitar a ideia de uma Escandinávia inerte, marginal, periférica. E sem nenhuma criatividade – sua cultura material considerada sempre enquanto uma simples cópia, como afirma um escandinavista em recente publicação, apontando que as moedas danesas teriam sido apenas reproduções de moedas saxônicas do século VIII – e seus símbolos geométricos nada menos do que puras ornamentações (Antón, 2023, p. 298, antecedido por Garipzanov, 2011, p. 4). Diversas pesquisas estão apontando que não somente os símbolos geométricos, mas também os adornos artísticos são muito mais do que meros elementos estéticos, possuindo profundos simbolismos religiosos no mundo nórdico antigo, como apontamos em todo o livro.

Com este panorama, também os estudos mais recentes e sistematizadores do deus Odin apontam este como tendo uma continuidade em um padrão criado inicialmente pelos antigos indo-europeus e se mantendo até o fim da Era Viking (Schjødt, 2020c, p. 1.127), com variações por certo, mas em um modelo base quase sem alteração – a sua ligação visceral com os estratos da elite aristocrático-guerreira e especialmente, os reis. Desenvolvemos este modelo ao longo do presente livro.

Alguns referenciais sobre as crenças pré-cristãs foram questionados ao longo do texto. Uma delas considera que os deuses nórdicos foram criações puramente literárias das categorias dominantes (Sanmark, 2002, p. 148), não fazendo parte do repertório de crenças das camadas mais populares, um elemento que criticamos no capítulo 2. Outro aspecto diz respeito ao fato de Thor ter sido adorado somente pelos fazendeiros e aristocratas do mundo rural, não fazendo parte do universo dos guerreiros e moradores dos centros urbanos – no qual analisamos diversas fontes que nos dizem exatamente o contrário (no capítulo 4).

Também apresentamos diversos aspectos da cultura material da área danesa, em um viés mais de caráter sistematizador do que monográfico (como foram os temas ligados a Odin). Esperamos que eles possam servir de referencial para novas pesquisas, sempre pensando a Era Viking como um período de intensas conexões, sejam elas culturais, sociais, econômicas ou políticas, tanto dentro do espaço escandinavo quanto da área euroasiática e do Atlântico Norte. Como o objetivo do presente livro não foi pensar estas conexões em profundidade, mas somente a cultura material da área danesa, elas podem e devem ser tema de novas pesquisas, ampliando o foco para a questão da diáspora viking e suas implicações no Ocidente e Oriente como um todo.

É dentro de novas perspectivas historiográficas e arqueológicas que escrevemos a nossa obra. Como aludimos na introdução, ela foi pensada em conceitos que tentam escapar do velho referencial nacionalista, que foi criado no século XIX. Ele ainda imperava no trabalho dos arqueólogos dinamarqueses da década de 1950 (como a epígrafe que inicia este epílogo, retirada do livro de Johannes Brøndsted), que percebemos que eram devedoras das pesquisas do pioneiro Jens Jacob Asmussen Worsaae (1821-1885), que tratamos em outro livro (Langer, no prelo). Nesta frase citada no epílogo, podemos perceber que Brøndsted ainda se preocupava em como enquadrar a Dinamarca no contexto "civilizado" da Europa, para o qual os vikings não passavam de velhos bárbaros, violentos e saqueadores. Do mesmo modo que seus antecessores, ele sentia a necessidade de conceder aos vikings um caráter normativo, integrando o antigo danês no quadro ocidental.

A Arqueologia e a pesquisa histórica já mudaram muito desde então. Já não nos preocupamos em tentar fazer da Escandinávia algo que pertença gloriosamente ao Velho Mundo – uma "filha enjeitada" que merece ser rememorada apenas por conquistas ou colonizações. Acima de tudo, a experiência danesa da Era Viking, assim como as outras regiões nórdicas, fizeram parte de uma dinâmica contextual própria das sociedades europeias da época. A violência – essa marca das atividades vikings, tão cara tanto a Worsaae quanto a Brøndsted – já não é mais vista como algo próprio e único aos nórdicos, mas conectada a todo um contexto de diversas sociedades europeias da Alta Idade Média (Rust, 2021).

Apesar de não termos concentrado nosso foco na questão específica do fenômeno viking, acreditamos que para ele ser compreendido como um todo, necessita também de maiores aprofundamentos internos, no estudo das sociedades nórdicas de cada região da Escandinávia, bem como as suas conexões com a política e a economia. A cultura material é apenas um dos vários aspectos que os futuros pesquisadores podem utilizar em seus estudos. Assim, esperamos que o presente livro possa contribuir com o avanço da Escandinavística em língua portuguesa, dedicado ao recorte histórico da Era Viking. Os brasileiros ainda têm muito a dizer sobre os nórdicos antigos e a História da Europa.

Guia de pronúncia do dinamarquês

O alfabeto dinamarquês tem 29 letras, usando o alfabeto latino clássico de 26 letras e adicionando três: Æ, Ø, Å. As letras C, Q, W, X e Z ocorrem apenas em palavras estrangeiras.

ae – é pronunciada como o É de metro.

ø – é pronunciada como o Ö de böse (alemão) ou Björk (islandês).

å – é pronunciada como o Ô de ônibus, do mesmo modo que o AA duplo (como em Aarhus/Århus)

e – pode ter som de 'Ê' (empregado) ou 'É' (tétano)

o – pode ter som de 'Ô' (sofá) ou 'Ó' (óculos)

y – como o 'Ü' no alemão

d – no fim da palavra ou antes das letras 'E' ou 'I' o D pode ter som de 'TH' como 'thing' do inglês, e junto com uma consoante pode ser mudo (como no sobrenome do famoso filósofo *Kierkegaard*). D não é pronunciado depois de L (guld), N (mund), R (gård) e antes de T (midt) e S (plads)

g – no meio ou no fim da palavra pode ser mudo (morgen, dag) ou como 'I' (jeg). G é raramente pronunciado depois de I (pige), Y (syg) e U (sluge)

h – aspirado, com som de 'RR' (como no inglês have). H não é pronunciado antes de V (hvis) e J (hjaelp)

j – pronuncia-se como 'I' (ja), como no alemão e outras línguas germânicas

m – como em mato, nunca anasalado

n – como em nata, nunca anasalado

ng – nasal, sem pronunciar o 'G'

r – sempre 'RR' como em rato, nunca 'R' como em arara

s – sempre 'SS' como em sapo, nunca 'S' como em vaso

v – como em vida; mas com som de 'U' após vogais (navn) e muda após o 'L' (halv)

Texto baseado em Schiøler, 2018, p. 6-8, 944-948 e Den Danske Ordbog, 2023.

Glossário de siglas, termos e conceitos

Achado arqueológico: Artefatos, estruturas ou restos arqueológicos encontrados numa prospecção ou escavação (Barbosa, 2006, p. 139).

Antroponímia: área da onomástica que estuda os nomes próprios de pessoas, os antropônimos. Junto com a antroponímia, constituem importantes campos no estudo da Mitologia Nórdica e das crenças pré-cristãs na Escandinávia (Ayoub, 2014, p. 87-107).

Apotropaico: objeto ou figuração que conteriam elementos simbólicos de proteção contra males, doenças, demônios e desgraças (Alves, 2023, p. 131, 242, 295).

Arqueologia: ciência que estuda as sociedades através da recuperação, descrição, análise e interpretação de seu registro arqueológico no tempo e no espaço (Barbosa, 2006, p. 139). Ciência que estuda, diretamente, a totalidade material apropriada pelas sociedades humanas, como parte de uma cultura total, material e imaterial, sem limitações de caráter cronológico (Funari, 2003, p. 15).

Arte Viking: A arte nórdica produzida durante a Era Viking foi essencialmente decorativa e simbólica, com modelos baseados em animais estilizados ou plantas, com influências continentais. Ela se divide nos estilos: *Oseberg* (775-875 d.C., com motivo principal de uma ferra agarradora, cujas patas seguram animais vizinhos ou o seu próprio corpo); *Borre* (850-950, estilo em que predomina as bestas com garras, de influência anglo-saxônica); *Jelling* (900-975, estilo caracterizado pela presença de animais em forma de S); *Mammen* (960-1025, predomínio de um único motivo central, geralmente a figura de uma besta): *Ringerike* (1000-1075, estilo em que o motivo das plantas é mais importante do que os animais); *Urnes* (1050-1125, fase final da arte viking, caracterizada por animais estilizados entre elementos serpentiformes) (Graham-Campbell, 2018, p. 10-195).

Artefato: Produto da ação humana na forma de um objeto portátil, usado, modificado ou descartado pelo homem, encontrado em sítio arqueológico (Barbosa, 2006, p. 139).

Berserkr (*nórdico antigo*, literalmente: pele de urso, Simek, 2007, p. 35): Guerreiro associado ao deus Odin que se distinguiam nas batalhas pela sua fúria, sendo figuras invulneráveis em algumas fontes literárias medievais. Eram guerreiros especiais, que se vestiam de peles de animais e se associavam a elementos xamânicos (Miranda, 2021, p. 199).

Borromiano: tipo de ornamentação, gravura ou imagem que consiste no enlace ou interligação entre três círculos, não tendo um início ou término definido (Pesch, 2023, p. 13).

Bracteata: tipo de medalhão produzido na Idade do Ferro germânica entre os séculos V e VI, a maioria contendo ilhós para uso no pescoço (Ayoub, 2018a, p. 107).

Carbono 14: técnica de datação utilizando a meia vida do C 14 obtida de material orgânico como madeira, osso, carvão e tecidos de organismo (British Archaeological, 2008). Ele não pode ser utilizado para metais, rochas e minerais.

Contexto arqueológico: Relação temporal e espacial dos artefatos, ecofatos, vestígios e estruturas inseridas em um sítio arqueológico em associação vertical ou horizontal (Barbosa, 2006, p. 140).

Cremação: técnica funerária consistindo em reduzir o corpo em cinzas, por meio de queima, que comumente eram depositadas em cemitérios (na Era Viking) (Pires, 2018, p. 289-294).

Dendrocronologia: Datação absoluta baseada na análise dos anéis de crescimento anual de certas árvores (Barbosa, 2006, p. 149).

DR: sistema de catalogação das pedras rúnicas da área da Dinamarca antiga, seguindo as sequências numéricas criadas por Jacobsen; Moltke (1941) e inseridas no *Rundata* (projeto de data-base para as inscrições rúnicas escandinavas, surgido em 1986).

Ecofato: material que pode demonstrar a relação entre o meio ambiente da localidade e a exploração humana dentro da localidade, como polem, grãos, nozes, peixes etc (British Archaeological, 2008).

Datação absoluta: periodização baseada em um intervalo de datas específico em anos em que o site ou artefato pode ser datado (British Archaeological, 2008).

Datação relativa: datação pelo processo simples de considerar os depósitos de seções anteriores como sendo mais antigos (British Archaeological, 2008).

Dinamarca: A região que era controlada política e culturalmente pelos daneses. Nas fontes latinas dos séculos IX e X o termo empregado é *Denemearc, Denimarca, Confinia Nordmannorum* (Gazzoli, 2011, p. 29-43). O termo é citado em três pedras rúnicas do século X: DR 42, <**tanmaurk**>; DR 133, <**tonmarku**>; Öl 1, <**tanmarku**>. A extensão e fronteiras da região ou reino dos daneses é centro de muitas polêmicas. Segundo o pesquisador Jens Ulriksen (2009, p. 136), baseado nas descrições das viagens de Ótaro de Halogalândia e Wulfstan de Hedeby durante o século IX, a extensão deste reino abarcaria as ilhas da Lolândia, Falster, Zelândia e as regiões da Escânia e Halândia. Com a monarquia de Haroldo, o Dente-Azul, durante o século X, a extensão do reino abrangia a península da Jutlândia.

Drakkar: termo popularizado durante o século XIX para designar as embarcações de guerra dos vikings. A palavra *dreki* (latim: dragão) foi referenciada em alguns poemas escáldicos e possivelmente surgiu devido ao uso de cabeças de dragões nas proas dos navios, mas não existem evidências de que tenha sido um tipo específico de embarcação na Era Viking (Jesch, 2001, p. 128).

Dreng (drengr, *nórdico antigo*: tradução polêmica, guerreiro [?]): Segundo Jesch (2001, p. 216-217) este teria sido o termo mais empregado pelos "vikings" durante a Era Viking, para se referir aos que participam de atividades marítimas e nas inscrições rúnicas da Dinamarca teria um sentido específico para guerreiros.

Era Viking: Periodização tradicional dentro dos estudos escandinavos. Foi criada na década de 1830 por historiadores dinamarqueses sob o termo *vikingetiden*: inicialmente significando período ou tempo dos vikings, depois foi tendo uma conotação de Era Viking (durante os anos de 1880), o seu sentido atual. Durante o século XIX, a Era Viking foi demarcada como sendo um período tardio da Idade do Ferro, mas depois foi ganhando maior importância e constituindo um período exclusivo na história escandinava. A sua delimitação inicial foi realizada com elementos internos e característicos das sociedades nórdicas, como a cultura material: ela teria iniciado em 700 d.C., mas nunca houve um consenso entre os acadêmicos. Com o sucesso do conceito em língua inglesa (*Viking Age*) a partir dos anos de 1890, a demarcação inicial foi feita com os ataques vikings nas ilhas britânicas, popularizando uma demarcação externa que prevalece até hoje na historiografia. A demarcação final do período também sempre foi polêmica (Langer, no prelo).

Escavação: Etapa do trabalho de campo que visa a evidenciação de artefatos, estruturas e ecofatos arqueológicos por meio de remoção de camadas artificiais ou estatigráficas (Barbosa, 2006, p. 141).

Esceta (sceat, *saxão*): pequena moeda de prata cunhada durante os séculos VI e VIII na Inglaterra, Frísia e Jutlândia (Oliveira, 2021, p. 29).

Estatigrafia: Sequência de estratos que se depositam no solo, do mais recente ao mais antigo, atestando a idade relativa da camada arqueológica superior anterior à camada inferior e a contemporaneidade dos achados no mesmo estrato (Barbosa, 2006, p. 149).

Guldgubber (*dinamarquês*, literalmente: "ouro antigo"): plaquetas finas de ouro com figurações antropomórficas, encontradas geralmente em edificações ou depósitos com fins religiosos durante o Período das Migrações na Escandinávia (Ayoub, 2014, 58- 77).

Haervejen (*dinamarquês*, literalmente: "estrada do exército"): uma rota terrestre que cruzava a península da Jutlândia durante a Era Viking (Roesdahl, 2008, p. 660).

Horizonte cronológico: tipo distinto de sedimento, artefato, estilo ou traço cultural encontrado em uma grande área geográfica durante um certo período (Barbosa, 2006, p. 29).

Idade do Ferro: A Idade do Ferro é um dos três sistemas de cronologia da pré--história europeia (os outros são Idade da Pedra e Idade do Bronze) criados pelo arqueólogo dinamarquês Christian Jurgensen Thomsen em 1836 e ainda se conserva como uma das principais bases da temporalidade arqueológica na Europa. Novas problemáticas e descobertas refinaram este sistema cronológico em várias subdivisões (Bahn, 2005, p. 197-199). Atualmente vem sendo genericamente aceita a divisão temporal da Idade do Ferro de 1.200 a.C. a 1.000 d.C. Sobre o contexto historiográfico da periodização de Thomsen para a criação do conceito de Era Viking (Langer, no prelo).

Inumação: o enterro direto do corpo do falecido, em montículo, cemitério ou depósito durante a Era Viking (Pires, 2018, p. 289-294).

Isótopo de estrôncio: o isótopo de estrôncio ($87Sr/86Sr$) é utilizado na Arqueologia como meio para determinar a origem, a mobilidade e a alimentação de uma pessoa no passado. O estrôncio penetra no corpo humano pela alimentação e pela água, instalando-se nos ossos e dentes. O tipo de acumulação vai depender do padrão de ambiente geológico que ele foi formado, permitindo aos pesquisadores determinarem algumas das mobilidades geográficas relacionadas ao falecido (Dobat, 2013, p. 69).

Jelling (estilo): cf. Arte Viking.

Lið: palavra que ocorre tanto nas inscrições rúnicas quanto na poesia escáldica, tendo um sentido básico de "grupos de pessoas" ou "frota", mas também poderia significar em alguns contextos uma companhia de navios (com ou sem a sua tripulação) (Jesch, 2001, p. 187).

Localidade central: tipo de assentamento que adquiriu diversas funções importantes com o tempo, como aspectos econômicos, religiosos, políticos e administrativos, tornando-se um ponto central para uma comunidade ou uma região. O seu conceito provém da geografia e estabelece uma rede de relações sociais em uma dada espacialidade e vem sendo amplamente aplicado na Arqueologia escandinava (Rahman, 2012, p. 4-7).

Magia: Práticas e crenças que apresentam soluções para as necessidades materiais e espirituais das religiões nórdicas antigas, tendo sido usada tanto para fins domésticos quanto em ritos coletivos. Do mesmo modo, esteve conectada com as expressões religiosas públicas e privadas (Caselli, 2022, p. 56).

Mammen (estilo): cf. Arte Viking.

Nórdico: Povos falantes de dialetos indo-europeus que teriam se desdobrado no proto-germânico e, posteriormente, nos idiomas norte-germânicos/nórdicos (Alves, 2023, p. 28).

Numismática: estudo das moedas de um ponto de vista histórico, artístico, econômico e simbólico (Oliveira, 2021, p. 27).

Odin (Óðinn, nórdico antigo): Deus supremo do panteão nórdico, foi a divindade mais multifacetada e versátil da Mitologia Nórdica. Possuía caráter fortemente paternalista nas narrativas míticas e era um deus intimamente ligado à marcialidade, à guerra, à aristocracia e à realeza (Alves, 2023, p. 284).

Osteologia: O estudo e interpretação dos ossos, das articulações e dos esqueletos. Na Arqueologia estes vestígios são estudados principalmente a partir do ponto de vista da Bioarqueologia e Paleopatologia, formando uma disciplina específica, a Osteoarqueologia (Swenson, 2019, p. 1, 2-8).

Pagão: termo de origem latina, referindo-se originalmente a pessoas rústicas, que viviam na área rural, tendo se transformado com o passar do tempo para praticantes de religiões politeístas (a partir do século IV d.C.). O termo paganismo enquanto conceito na Era Viking foi suprimido dos atuais estudos em Escandinavística, pelo seu caráter pejorativo e porque remete a categorias discursivas do cristianismo medieval (Tsugami, 2023, p. 39-40).

Paisagem arqueológica: os sítios inseridos em um contexto mais amplo, utilizando uma grande variedade de informações arqueológicas, ambientais e históricas (British Archaeological, 2008).

Pedras rúnicas (Runestones): Monumentos esculpidos com inscrições rúnicas, geralmente consistindo em blocos com gravações de runas e imagens, produzidos entre os séculos V a XII d.C., tendo funções memorialistas, comemorativas e fúnebres (Oliveira, 2020, p. 23).

Prospecção: Técnica geológica para localizar anomalias na superfície de um solo, adaptada para pesquisas de campo em sítios arqueológicos (Barbosa, 2006, p. 131).

Runas: Alfabeto de origem germânica, surgido por volta do século II d.C. baseado no alfabeto latino, sendo difundido entre povos germânicos e eslavos. Consistia em textos curtos até o século XII, mas também relacionado com práticas mágicas (Oliveira, 2020, p. 23, 137).

Runologia: o estudo científico das runas, iniciado a partir do século XVI, sendo altamente influenciado pelas pesquisas históricas, arqueológicas e linguísticas do mundo germano-escandinavo (Marez, 2007, p. 71-89).

Seidr (Seiðr, nórdico antigo): Um dos termos êmicos da Escandinávia antiga para designar práticas mágicas, entre as quais para a realização de profecias. Também esteve relacionado com rituais elaborados para se ter controle de determinadas situações (Alves, 2023, p. 118, 121, 128).

Sítio arqueológico: Área ou local com concentração de artefatos, ecofatos e estruturas arqueológicas (Barbosa, 2006, p. 146).

Thegn (þegn, *nórdico antigo,* tradução polêmica): agentes locais ou participantes de alguma organização militar a mando de um rei, durante a Era Viking, talvez proprietários de terras com condições aristocráticas (Jesch, 2001, p. 226).

Thor (Þórr, nórdico antigo): Deus germânico do trovão, caracterizado por uma extrema força e sendo o mais forte dos deuses, quase sempre associado nos mitos ao combate com gigantes e a serpente do mundo (Alves, 2019, p. 34-35).

Tipologia: Agrupamento sistemático de artefatos segundo critérios de características e ou atributos semelhantes (Barbosa, 2006, p. 146).

Toponímia: o estudo dos topônimos, partindo da observação de que os antigos nomes e nomenclaturas dados a certas regiões preservaram a distribuição dos cultos nos mais diversos períodos pré-cristãos (Ayoub, 2014, p. 87).

Úlfhéðinn (*nórdico antigo*: pele de lobo, Simek, 2007, p. 338): Guerreiro especial, associado ao deus Odin, caracterizado especialmente pelo uso de peles de lobo (Miranda, 2021, p. 199).

Viking: na linguagem nórdica antiga presentes nas inscrições rúnicas, o termo tem duas acepções: o masculino *víkingr* referindo-se a uma pessoa; o feminino abstrato *víking* tratando de uma atividade (Jesch, 2001, p. 44). Ambas as palavras possuem relação com ocupações relacionadas com o mar, especialmente a pirataria e a guerra.

Vǫlva: Termo em nórdico antigo comumente empregado para mulheres que se dedicam a profecias, que parece ser um sinônimo de *spákona* (Alves, 2023, p. 121).

Xamanismo: Quadro muito amplo de práticas religiosas, de difícil delimitação, mas popularmente interpretado como uma série de técnicas arcaicas para obter êxtase e ter acesso a uma parte do sagrado que seria inacessível ao restante de uma comunidade (Miranda, 2021, p. 40).

Bibliografia

Fontes primárias literárias

ANDRADE, M.C.A.L.S. *A Germânia de Tácito*: tradução e comentários. Dissertação de mestrado em Letras Clássica pela USP, 2011.

ANÔNIMO. A segunda fórmula Mágica de Merseburg, século IX. Tradução de Álvaro Bragança Júnior. In: *Dicionário de Mitologia Nórdica*. São Paulo: Hedra, 2015, p. 164ss.

ANÔNIMO. *Beowulf e otros poemas anglosajones*, siglos VII-X. Tradução de Luis Lerate e Jesús Lerate. Madri: Alianza Editorial, 1986.

ANÔNIMO. *Edda Mayor*. Tradução de Luis Lerate. Madri: Alianza Editorial, 2009.

ANÔNIMO. Grímnismól: Os Ditos de Grímnir. Tradução de Pablo Gomes de Miranda, *Roda da Fortuna*, v. 3, n. 2, 2014, p. 301-325.

ANÔNIMO. Hávamál: tradução comentada do Nórdico Antigo para o Português por Elton Medeiros. *Mirabilia* 17, 2013, p. 545-601.

ANÔNIMO. Laekningakver, AM 434 A 12Mo. The Arnamagnaean Manuscript Collection. Disponível em: https://www.patreon.com/posts/laekningakver-21606678

ANÔNIMO. Plácitusdrápa. The Skaldic Project, 2021. Disponível em:https://skaldic.abdn.ac.uk/db.php?id=977&if=default&table=verses&val=edition

ANÔNIMO. *Saga de Teodorico de Verona*. Tradução de Mariano Gonzáles Campo. Madri: La Esfera de los Libros, 2010.

ANÔNIMO. *Saga dos Volsungos*. Tradução de Theo Borba Moosburger. São Paulo: Hedra, 2009.

ANÔNIMO. Sólarljóð. Tradução de Luis Lerate de Castro. *Scandia Journal of Medieval Norse Studies* 3, 2020, p. 666-675.

ANÔNIMO. Vǫluspá. Tradução de Pablo Gomes de Miranda, *Scandia Journal of Medieval Norse Studies* 1, 2018, p. 178-206.

BREMEN, A. *Gesta Hammaburgensis Ecclesiae Pontificum*, livro IV. Tradução de Rodrigo Mourão Marttie. In: LANGER, Johnni (org.). *Dicionário de Mitologia Nórdica*. São Paulo: Hedra: 2015, p. 489-490.

CORVEY, W. of. *Deed of Saxons*. Washington: The Catholic University Press, 2014.

FIEBIG, H.V. *Prefácio e Livros I-IV da Gesta Danorum de Saxo Gramático*: tradução e estudo intertextual. Tese de doutorado em letras clássicas pela USP, 2022.

GRAMMATICUS, S. *Historia Danesa* (Gesta danorum), libris I-IX. Tradução de Santiago Ibánêz Lluch. Madri: Miraguano Ediciones, 2013.

JÓNSSON,G.(éd.).Hávamál,*EddukvaeðiSaemundar-Edda*,1949.*Heimkringla. no*: http://www.heimskringla.no/wiki/H%C3%A1vam%C3%A1l Acesso em 24 de dezembro de 2021.

LERATE, L. (org.). *Poesía antiguo-nórdica*: antologia (siglos IX-XII). Madri: Alianza Editorial, 1993.

MERSEBURG, T. von. *Chronicon*. Toronto: University of Toronto, 1807.

NÚÑEZ, J.A.A.-P. (ed.). *Fuentes para el studio de la religion eslava precristiana*. Saragoça: Libros Pórtico, 2017.

RAMALHO, E. (trad.). *Beowulf*: edição bilíngue, inglês antigo/português. Belo Horizonte: Tessitura, 2007.

SKALLAGRÍMSSON, E. Sonatorrek – Egill StV (Eg). The Skaldic Project, 2021. https://skaldic.abdn.ac.uk/db.php?id=2254&if=default&table=verses&val=

STURLUSON, S. *Edda*: Skáldskaparmál I, edição de Anthony Faulkes. Londres: Viking Society for Northern Research, 1998.

STURLUSON, S. *Egils saga Skalla-Grímssonar*, texto de Guðni Jónsson. Disponível em: http://www.heimskringla.no Tradução ao inglês por Hermann Pálsson e Paul Edwards, *Egil's saga*. Londres: Penguin Books, 1976.

STURLUSON, S. Frá blótum (16). *Saga Hákonar góða, Heimskringla* (edição de Linder e Hagson, 1872). http://www.heimskringla.no/wiki/Saga_H%C3%A1konar_g%C3%B3%C3%B0a Acesso em 27 de dezembro de 2021.

STURLUSON, S. *Heimskringla*: history of the kings of Norway. Tradução de Lee M. Holander. Austin: University of Texas, 2009.

Fontes primárias iconográficas e rúnicas

HAUCK, K. *et al. Goldbrakteaten aus Sievern.* Spätantike Amulett-Bilder d. "Dania Saxonica" u. d. Sachsen-"Origo" bei Widukind von Corvey. Verlag: München Fink, 1970. Disponível digitalizado em: https://digi20. digitale-sammlungen.de/de/fs1/object/display/bsb00042108_00001.html

HAUGE, A. 2022. Brakteater. In: *Arild Hauges Runer.* Disponível em: https://www.arild-hauge.com/brakteater.htm

HELMBRECHT, M. Wirkmächtige Kommunikationsmedien: Menschenbilder der Vendel- und Wikingerzeit und ihre Kontexte. Lund: Lunds universitet, 2011, p. 66-380.

JACOBSEN, L.; MOLTKE, E. *The runic inscriptions of Denmark.* Copenhague: Ejnar Munksgaards Forlag, 1941, p. 10-72.

MCKINELL, J.; SIMEK, R.; DÜWELL, K. *Runes, Magic and Religion*: A Sourcebook. Wien: Fassbaender Verlag Inh. Ernst Becvar, 2004, p. 10-190.

MAGNUS, B. Figures and masks (Catalogue of illustrations). In: *Men, gods and masks in Nordic Iron Age Art.* Colônia: Buchhandlung Walther König, 2005, p. 65-329.

MAREZ, A. *Anthologie runique.* Paris: Belles Letres, 2007, p. 1-485.

NYLÉN, E.; LAMM, J.P. *Le mystère des pierres gravées de Gotland*: aux sources de la sacralité viking. Paris: Michel de Macule, 2007, p. 7-213.

Samnordisk runtextdatabas. *Institutionen för nordiska språk*, Uppsala universitet, 2023. Disponível em: https://www.nordiska.uu.se/forskn/samnord.htm

Fontes secundárias

ABRAHAMSON, W.; THORLACIUS, S. Den Snoldelevske Runesteen. *Antiqvariske Annaler* vol. 1, 1812, p. 278-322.

ABRAM, C. *Myths of the pagan north*: the gods of the norsemen. Londres: continuum, 2011.

ADRIANSEN, I.; JENVOLD, B. Danske myter – fra dronning Thyre til krigen i 1864. *Fortid og Nutid* 1, 1998, p. 5-49.

ALVES, V.H.S. *Xamanismo Ártico na Escandinávia*: uma análise comparada da ocorrência de fenômenos xamânicos entre os povos nórdicos, balto-fínicos e sámis. Tese de doutorado em Ciências das Religiões pela UFPB, 2023.

ALVES, V.H.S. Thor, um Júpiter escandinavo? Pensando as influências clássicas na descrição de Adão de Bremen. *Mythos* 5(4), 2021, p. 396-415.

ALVES, V.H.S. *Diferentes sons do trovão*: Uma perspectiva comparativa entre os deuses Thor, Ukko e Horagalles. Dissertação de mestrado em Ciências das Religiões, UFPB, 2019.

ALVES, V.H.S. Dinamarca da Era Viking. In: LANGER, J. (org.). *Dicionário de História e Cultura da Era Viking*. São Paulo: Hedra, 2018, p. 173-179.

AMENT, H. The germanic tribes in europe. In: WILSON, D. (ed.). *The Northern World*: the history and heritage of northern europe – AD 400 – 1100. Nova York: Harry N. Abrams, 1980, p. 49-70.

ANDERSON, C.E. The Danish Tongue and Scandinavian Identity. *Mid-American Medieval Association (MAMA) Annual Conference*, Tulsa, OK, 2000, p. 1-13.

ANDERSON, C.E. *Formation and Resolution of Ideological Contrast in the Early History of Scandinavia*. Tese de doutorado, Universidade de Cambridge, 1999.

ANDRÉN, A. Archaeology. In: SCHJØDT, J. *et al.* (eds.). *The Pre-Christian Religions of the North*. History and structures, volume I. Londres: Brepols, 2020a, p. 135-160.

ANDRÉN, A. Images. In: SCHJØDT, J. *et al.* (eds.). *The Pre-Christian Religions of the North*. History and structures, volume I. Londres: Brepols, 2020b, p. 161-193.

ANDRÉN, A. Sun and moon. In: SCHJØDT, J. *et al.* (ed.). *The Pre-Christian Religions of the North*. History and structures, volume III. Londres: Brepols, 2020c, p. 1.465-1.480.

ANTÓN, T.M. El ciervo en las tradiciones antiguas del Norte de Europa. *Revista de poética medieva*l, 37 (2023), p. 289-318.

ANTONSSON, H. Viking-Age Scandinavia: Identities, Communities and Kingdoms. LINDSKOG, A. *et al.* (eds.). *Introduction to Nordic Cultures*. Londres: University College London, 2020, p. 11-22.

ARBMAN, H. *Os vikings*, original de 1961. Lisboa: Editorial Verbo, 1967.

Archäologisches Museum Frankfurt. *Odin, Thor und Freyja*: Skandinavische Kultplätze des 1. Jahrtausends nach Christus und das Frankenreich. Frankfurt: Schnell & Steiner, 2017.

Arkeonews. *Scandinavia's Oldest Identified Ship Burial in Trøndelag "Rewrites History"*, 2023. Disponível em: https://arkeonews.net

ÁRNASON, J. *Íslenzkar þjóðsögur og aefintýri*. Leipzig: J.C. Hinrichs, 1862.

ASHBY, S. What really caused the Viking Age? The social content of raiding and exploration. *Archaeological Dialogues* 22 (1), 2015, p. 89-106.

ASHBY, S. The Deer and the Viking. *Deer:* Journal of the British Deer Society, p. 18-21, 2013.

ATKINSON, I. *Los barcos vikingos*. Madri: Edicciones Akal, 1990.

AUDY, F. *Suspended Value Using Coins as Pendants in Viking-Age Scandinavia (c. AD 800-1140)*. Estocolmo: Stockholm University Press, 2018.

AXBOE, M. Local Innovations – Far-reaching Connections: Gold Bracteates from North-East Zealand and East Jutland. With a runological note by Lisbeth Imer. In: SEMPLE, S. *et al.* (eds.). *Life on the edge*: social, political, and religious frontiers in early medieval europeu. Wendeburg: Braunschweigisches Landesmuseum, 2017, p. 143-156.

AXBOE, M. Brakteatstudier (Studies in Gold Bracteates). *Nordiske Fortidsminder*, Serie B, vol. 25, 2007, p. 141-200.

AXBOE, M. Amulet Pendants and a Darkened Sun: on the function of the gold bracteates and a possible motivation for the large gold hoards. *KVHAA Konferenser* 51, 2001, p. 119-136.

AXBOE, M. The year 536 and the Scandinavian gold hoards. *Medieval Archaeology* vol. 43, 1999, p. 186-188.

AYAZ, F.B. From god to progenitor: the figura of Woden in pagan & early christian England. *International Symposium of Mythology*, Ardaha, 2019, p. 305-313.

AYOUB, M.L. Bracteatas. In: LANGER, J. *Dicionário de História e Cultura da Era Viking*. São Paulo: Hedra, 2018a, p. 107-110.

AYOUB, M.L. Jelling. In: LANGER, J. *Dicionário de História e Cultura da Era Viking*. São Paulo: Hedra, 2018b, p. 435-437.

AYOUB, M.L. Lindholm Høje. In: LANGER, J. *Dicionário de História e Cultura da Era Viking*. São Paulo: Hedra, 2018c, p. 474-476.

AYOUB, M.L. Trelleborg. In: LANGER, J. *Dicionário de História e Cultura da Era Viking*. São Paulo: Hedra, 2018d, p. 689-698.

AYOUB, M.L. Arqueologia. In: LANGER, J.; AYOUB, M. (orgs.). *Desvendando os vikings*: estudos de cultura nórdica medieval. João Pessoa: Ideia, 2016, p. 132-150.

AYOUB, M.L. *Goðkynningr*: o rei escandinavo como ponto entre deuses e homens. Saarbrücken: Novas Edições Acadêmicas, 2014.

BAHN, P. The three Ages. In: RENFREW, C. & BAHN, P. (eds.). *Archaeology*: the key concepts. Londres/Nova York: Routledge, 2005, p. 197-199.

BAILEY, R.N. Scandinavian Myth on Viking-period Stone Sculpture in England. In: BARNES, G.; ROSS, M.C. (eds.). *Old Norse Myths*: Literature and Society. Sydney: Centre for Medieval Studies, 2000, p. 15-23.

BAMPI, M. "Gǫfuct dýr ec heiti": Deer symbolism in Sigurðr Fáfnisbani? *The 14th International Saga Conference,* Uppsala, 9th-15th August, 2009, p. 78-84.

BARBOSA, C.A. *Vocabulário sistemático da Arqueologia de Campo*. Tese de doutorado em Linguística, USP, 2006.

BARNES, M.P. The scandinavian languages in the Viking Age. In: BRINK, S. (org.). *The viking world*. Londres: Routledge, 2008, p. 274-280.

BARRET, D. *An Analysis of the Series X or Wodan Monster Sceattas*: some implications for trade and exchange in the 8th Century AD. Tese de doutorado em Arqueologia, Department of Archeology and Prehistory, University of Sheffield, 1990.

BEARD, K.S. *Hamarinn Mjǫllnir*: The Eitri Database and the Evolution of the Hammer Symbol in Old Norse Mythology. Dissertação de mestrado, Universidade da Islândia, 2019.

BEDELL, J. The Viking Sorceress of Fyrkat. *Bensozia*, 2021. Disponível em: https://benedante.blogspot.com/2021/03/the-sorceress-of-fyrkat.html

BEHR, C. Using bracteates as evidence for long-distance contacts. *Reading Medieval Studies* XXXII, 2006, p. 15-25.

BERNÁRDEZ, E. *Los mitos germânicos*. Madri: Alianza Editorial, 2010.

BILL, J. Langskibet fra Hedeby havn. *Vikingeskibsmuseet*, 2023. Disponível em: https://www.vikingeskibsmuseet.dk

BLEWIT, K. *On Sacrifice Reconciling Sacrifice in The Saga of Håkon the Good with the Archaeological Record*. Dissertação de mestrado, Instituto de Linguística e Estudos Nórdicos, Universidade de Oslo, 2014.

BLIUJIENE, A. Universalusis svastikos simbolis baltų archeologinėje medžiagoje. *Liaudies Kultura* 4(73), 2000, p. 16-27.

BORAKE, T. The Ambiguous Boeslunde-figurine. *Danish Journal of Archaeology* 10, 2021, p. 1-17.

BORAKE, T. Bottlenecks and Anarchism Local Reactions and Centralization of Power at the Tissø Complex, Denmark AD 500-1050. *Lund Archaeological Review* 23, 2017, p. 43-59.

BOYER, R. *Les vikings*: Histoire et civilisation. Paris: Perrin, 2004.

BOYER, R. *La vida cotidiana de los vikingos*. Palma de Mallorca: José Olañeta, 2000.

BOYER, R. Cœur de Hrungnir. *Héros et dieux du Nord*. Paris: Flammarion, 1997, p. 33ss.

BOYER, R. *Le monde du double*: la magia chez les anciens scandinaves. Paris: Berg, 1986.

BRAGANÇA JÚNIOR, A. Encantamento de Merseburg. In: LANGER, J. (org.). *Dicionário de Mitologia Nórdica*. São Paulo: Hedra, 2015, p. 162-164.

BRINK, S. Slavery in the Viking Age. In: BRINK, S. (org.). *The viking world*. Londres: Routledge, 2008, p. 49-56.

BRINK, S. How uniform was the Old Norse religion? In: QUIN, J. *et al.* (eds.). *Learning and Understanding in the Old Norse World*: Essays in Honour of Margaret Clunies Ross. Turnhout, Brepols, 2007, p. 105-136.

BRINK, S. Political and Social Structures in Early Scandinavia: A Settlement-historical Pre-study of the Central Place. *Tor* vol. 28, 1996, p. 235-282.

British Archaeological Jobs and Resources, *Glossary of common archaeological terms*. BAJR Practical Guide Series, 2008. Disponível em: http://www.bajr.org

BUKKEMOEN, G.B. Cooking and feasting: changes in food practice in the iron Age. In: IVERSEN, F. *et al*. (eds.). *Agrarian Life of The North 200 BC-AD1000*: Studies in rural settlement and farming in Norway. Oslo: Cappelen Damm Akademisk, 2016, p. 117-131.

BURILLO-CUADRADO, M.; BURILLO-MOZOTA, F. The swastika as representation of the sun of Helios and Mithras. *Mediterranean Archaeology and Archaeometry* 3(14), 2014, p. 29-36.

BURSTRÖM, N.M. The chair: Situating knowledge and authority in Viking and medieval Scandinavia. In: *Tidens landskap*: En vänbok till Anders Andrén. Lund: Nordic Academic Press, 2019, p. 153-155.

BÜNTGEN, U. *et al*. Global wood anatomical perspective on the onset of the Late Antique Little Ice Age (LALIA) in the mid-6th century CE. *Science Bulletin* 67, p. 2022, p. 2.336-2.344.

CAMPOS, L. Bebidas Vikings – Cotidiano e História Ep. 13. *Canal do Núcleo de Estudos Vikings e Escandinavos*, 6 de fevereiro de 2023. Disponível em: https://www.youtube.com/watch?v=0EPSDF5YGi0&t=547s

CAMPOS, L. A alimentação na Dinamarca Viking e Medieval – Cotidiano e História ep. 10. *Canal do Núcleo de Estudos Vikings e Escandinavos*, 12 de junho de 2022. Disponível em: https://www.youtube.com/watch?v=lhRChdsQxTU&t=226s

CAMPOS, L. *Na mesa com a História*: a alimentação na Antiguidade, Era Viking e Medievo. João Pessoa: Núcleo de Estudos Vikings e Escandinavos, 2021.

CARDOSO, C.F. O paganismo anglo-saxão: uma síntese crítica. *Brathair* 4(1), 2004, p. 19-35.

CARLAN, C.U.; FUNARI, P.P.A. *Moedas*: A Numismática e o estudo da História. São Paulo: Annablume, 2012.

CASELLI, A. *Religião e folclore na obra de Asbjørnsen e Moe e a sua recepção artística*. Tese de doutorado em Ciências das Religiões pela UFPB, 2022.

CASTRO, L.L. (trad.). Sólarljóð. *Scandia Journal of Medieval Norse Studies* 3, 2020, p. 666-675.

CHEVALIER, J.; GHEERBRANT, A. *Dicionário de símbolos*. Rio de Janeiro: José Olympio, 2002.

CHRISTENSEN, T. A silver figurine from Lejre. *Danish Journal of Archaeology* 2(1), 2014, p. 65-78.

CHRISTENSEN, T. Lejre beyond the legend – the archaeological evidence. Lejre jenseits der Legende – Der archäologische Befund. *Settlement and Coastal Research in the Southern North Sea Region* 33, 2010, p. 237-254.

CHRISTENSEN, T. Lejre and Roskilde. In: BRINK, S. (org.). *The viking world*. Londres: Routledge, 2008, p. 121-125.

CHRISTENSEN, T. Lejre Beyond Legend – The Archaeological Evidence. *Journal of Danish Archaeology* vol. 10, 1991, p. 163-185.

CHRISTIANSEN, E. *The norsemen in the Viking Age*. Londres: Blackwell Publishing, 2002.

COIMBRA, F. Symbols for protection in war among European societies (1000 BC-1000 AD). In: DELFINO, D. (ed.). *Late Prehistory and Protohistory*: Bronze Age and Iron Age: The emergence of warrior societies and its economic, social and environmental consequences. Oxford: Archaeopress Publishing Ltd, 2014, p. 15-26.

CRAWFORD, J. *Runes*: Letters, Not Symbols. Youtube, 20 de janeiro de 2023. https://www.youtube.com/watch?v=vEMgZvLcyl4&t=0s

CROIX, S. Ciudades y comercio. *Arqueología e Historia* 13, 2017, El mundo vikingo, p. 20-25.

DAVIDSON, H. *The lost beliefs of Northern europeu*. Londres: Routledge, 2001.

DAVIDSON, H. *Myths and Symbols in Pagan Europe*: Early Scandinavian and Celtic Religions. Syracuse: Syracuse Press, 1988.

DAVIDSON, H. *Deuses e mitos do norte da Europa*, original de 1964. São Paulo: Madras, 2004.

DECKERS, P.; CROIX, S.; SINDBÆK, S.M. Assembling the Full Cast: Ritual Performance, Gender Transgression and Iconographic Innovation in Viking--Age Ribe. *Medieval Archaeology* 65(1), 2021, p. 30-65.

DE VRIES, J. *Altgermanische Religionsgeschichte*, vol. I. Berlim: Gruyter, 1957.

DEHART, S. *Bracteates as indicators of Northern pagan religiosity in the early Middle Ages*. Dissertação de mestrado em história, East Carolina University, 2012.

Den Danske Ordbog. *Det Danske Sprog- og Litteraturselskab*. Carlsbergfondet og Kulturministeriet, 2023. Disponível em: https://dsl.dk

DENNIS, N. *Performing paradise in the early christian baptistery*: art, liturgy, and the transformation of vision. Dissertação de mestrado, Universidade Johns Hopkins, 2016.

DIRKS, N. Freyja zu Besuch in Frankfurt am Main: Gedanken über die Abbildung der Göttin auf einer Fibel. *Eldaring e.V.,* 2017. Disponível em: https://eldaring.de

DJUPDRÆT, M.B. Vikingen bliver til. *Vinkler på Vikingetiden*. Nationalmuseet & Skoletjenesten: 2013, p. 6-14.

DOBAT, A.S. Faellesskab og kongemagt i vikingetidens Danmark. In: BLOM, M. *et al.* (eds.). *Vinkler på vikingetiden*. Copenhague: Nationalmuseet & Skoletjenesten, 2013, p. 59-70.

DOBAT, A.S. Danevirke Revisited: An Investigation into Military and Socio-political Organisation in South Scandinavia (c ad 700 to 1100). *Medieval Archaeology* 52, 2008, p. 27-67.

DOWNHAM, C. Viking ethnicities: a historiographic overview. *History compass* 10 (1), 2012, p. 01-12.

DUCZKO, W. Danes and Swedes in written and archaeological sources at the end of the 9th century. In: ENGLERT, A.; TRAKADAS, A. *Wulfstan's Voyage*: The Baltic Sea Region in the Early Viking Age as Seen from Shipboard. Copenhague: National Museum of Denmark, 2009, p. 58-71.

DUCZKO, W. Scandinavians in the Southern baltic between the 5th and the 10th century A.D. In: WARSAW, U. (org.). *Origins of central Europe*. Warsaw: Institut of Archaeology and Ethnology Polish Academy of Sciences, 1997, p. 191-211.

DUMÉZIL, G. *Los dioses de los germanos*: ensayo sobre la formación de la religión escandinava, original de 1959. México: Siglo Veintiuno, 1990.

ENGHOFF, I. Fishing in the Baltic Region from the 5th century BC to the 16th century AD. *Archaeofauna* 8, 1999, p. 41-85.

ENGLERT, A. *et al.* Vikingetidens langskib og eksperimentel arkaeologi. In: BLOM, M. *et al.* (eds.). *Vinkler på vikingetiden*. Copenhague: Nationalmuseet & Skoletjenesten, 2013, p. 44-58.

ERIKSEN, M.H. 'Body-objects' and personhood in the Iron and Viking Ages: processing, curating, and depositing skulls in domestic space. *World Archaeology* 52(1), 2020, p. 103-119.

FELL, C.E. Gods and heroes of the Northern World. In: WILSON, D. (ed.). *The Northern World*: the history and heritage of northern europe – AD 400 – 1100. Nova York: Harry N. Abrams, 1980, p. 15-48.

FÉO, C.A. *Por que esse raio terrível caiu sobre nós vindo do extremo Norte?*: Uma História Global das Incursões Vikings (séculos VIII-X). Dissertação de mestrado em História pela UFF, 2022.

FÉO, C.A. As incursões vikings sob um novo olhar: para uma Era Viking global. *Scandia Journal of Medieval Norse Studies* 3, 2020, p. 626-654.

FÉO, C.A.; GUZZO, P.Z. Por uma crítica à naturalidade das cronologias: configurando um melhor enquadramento conceitual da periodização na Escandinavística. *Scandia Journal of Medieval Norse Studies* 5, 2022, p. 274-299.

FEVEILE, C. *Viking Ribe*: Trade, power and faith. Ribe: Forlaget Liljebjerget, 2013.

FEVEILE, C. Ribe: emporia and town in the 8th and 9th century. In: GELICHI, S.; HODGES, R. (eds.). From one sea to another trading places in the European and Mediterranean Early Middle Ages. *SCISAM 3*. Turnhout: Brepols, 2012, p. 111-122.

FEVEILE, C. Series X and Coin Circulation in Ribe. In: ABRAMSON, T. (ed.). *Studies in Early Medieval Coinage*, Volume I: Two decades of discovery. Woodbrige: The Boydell Press, 2008a, p. 53-67.

FEVEILE, C. Ribe. In: BRINK, S. (org.). *The viking world*. Londres: Routledge, 2008b, p. 126-130.

FOGELIN, L. The archaeology of religious ritual. *Annual Review of Anthropology* v. 36, 2007, p. 55-71.

FRANKS, A.M. *Óðinn: A Queer týr*? A Study of Óðinn's Function as a Queer Deity in Iron Age Scandinavia. Dissertação de mestrado, Universidade da Islândia, 2018.

FROG. Meta-Mythology and Academic Discourse Heritage. *RMN Newsletter* n. 19, 2015, p. 100-108.

FUNARI, P.P. Editorial. *Revista de Arqueologia Pública* 1(1), 2006, p. 3ss.

FUNARI, P.P. *Arqueologia*. São Paulo: Contexto, 2003.

GALANTICH, C.D. *Scandinavian Cultural Traditions as Evidenced by Viking Age Runestones*: How Religion and Politics Were Used to Influence Social Change. Dissertação de mestrado, Universidade de Glasgow, 2015.

GANNON, A. The Iconography of Early Anglo-Saxon Coinage. Sixth to Eight Centuries. Oxford: Oxford University Press, 2010.

GARDELA, L. Miniatures with nine studs: Interdisciplinary explorations of a new type of Viking Age artefact. *Fornvännen*, Journal of Swedish Antiquarian Research 117, 2022, p. 15-36.

GARDELA, L.; PENTZ, P.; PRICE, N. Revisiting the 'Valkyries': Armed Females in Viking Age Figurative Metalwork. *Current Swedish Archaeology* vol. 30, 2022, p. 95-151.

GARIPZANOV, I. Religious symbols on early christian scandinavian coins (ca. 995-1050): from imitation to adaptation. *Viator* 42, 2011, p. 1-15.

GAZZOLI, P. "Denemearc, Tanmaurk Ala", and "Confinia Nordmannorum": The Annales regni Francorum" and the Origins of Denmark. *Viking and Medieval Scandinavia*, 2011, vol. 7 (2011), p. 29-43.

GELTING, M.H. The Kingdom of Denmark. In: BEREND, N. (ed.). *Christianization and the Rise of Christian Monarchy*: Scandinavia, Central Europe and Rus' c. 900-1200. Cambridge: Cambridge University Press, 2007.

Germanic Mythology, 2022. The Oseberg Tapestry Selected Images. Disponível em: http://www.germanicmythology.com/index.html

GLAHN, L. Snoldelev Sten. *Historisk Årbog for Roskilde Amt* 1(1), 1917, p. 135-141.

GLOB, P.V. Avlsten: nye typer fra Danmarks jernalder. *KUML:* Årbog for Jysk Arkaeologisk Selskab, 1959, p. 69-83.

GLOT, C. Hedeby, ville marchande. In: GLOT, C.; LE BRIS, M. (eds.). *L'Europe des Vikings*. Paris: Hoebeke, 2002, p. 130-132.

GOTFREDSEN, A.B. *et al*. A ritual site with sacrificial wells from the Viking Age at Trelleborg, Denmark. *Danish Journal of Archaeology* 3(2), 2014, p. 145-163.

GRAHAM-CAMPBELL, J. *Viking Art*. Londres: Thames & Hudson, 2018.

GRAHAM-CAMPBELL, J. *The Viking World*. Londres: Third Frances Lincoln Edition, 2001.

GRAHAM-CAMPBELL, J. *Os viquingues*: origens da cultura escandinava. Madri: Prado, 1997.

GRÄSLUND, A.-S. Symbolik för lycka och skydd: vikingatida amuletthängen och deras rituella kontext. In: *Fra funn til samfunn*: Jernalderstudier tilegnet Bergljot Solberg på 70-årsdagen, Universitetet i Bergen, 2005, p. 377-392.

GRÄSLUND, B. *The nordic Beowulf*. Leeds: Arc Humanities Press, 2022.

GREG, R.P. *On the meaning and origin of the fylfot and swastika*. Westminster: Nichols and Sons, 1884.

GRIFFITH, P. *The viking art of war*. Londres: Greenhill Books, 1995.

GRØNVIK, O. Runebrakteater fra folkevandringstida med lesbare og tydbare urnordiske ord. *Arkiv för nordisk filologi* 120, 2005, p. 5-22.

GRUBB, U. Menneske og samfund. In: BLOM, M. *et al.* (eds.). *Vinkler på vikingetiden*. Copenhague: Nationalmuseet & Skoletjenesten, 2013, p. 15-28.

GRUNDVAD, L. Jernalderofringer fra Stavsager Høj ved Faested – en foreløbig praesentation af deponeringer og kontekster. In: *Arkaeologi i Slesvig: Archäologie in Schleswig*. Kiel/Hamburg: Wachholtz Verlag GmbH, 2021, p. 119-138.

Gudar för maktens män – religion i Uppåkra. Stiftelsen Uppåkra Arkologiska Center, 2011. Disponível em: https://www.uppakra.se/artiklar

GUNNELL, T. The Magic of the Mask. In: GARDEŁA, L.; BØNDING, S.; PENTZ, P. *The Norse Sorceress*: Mind and Materiality in the Viking World. Barnsley: Oxbow Books Limited, 2023b.

GUNNELL, T. Hof Halls Gods and Dwarves: An Examination of the Ritual Space in the Pagan Icelandic Hall. *Cosmos*: The Journal of the Traditional Cosmology Society 17(1), 2001, p. 3-36.

HAGA, S.E. *Slaves in the Viking Age*: Functions, Social Roles and Regional Diversity. Dissertação de mestrado, Universidade de Oslo, 2019.

HALL, A. Þur sarriþu þursa trutin: Monster-Fighting and Medicine in Early Medieval Scandinavia. *Asclepio* vol. LXI, n. 1, 2009, p. 195-218.

HALL, R. *Exploring the world of the vikings*. Londres: Thames & Hudson, 2007.

HANEGRAAFF, W. Magic. In: MAGEE, G.A. (ed.). *The Cambridge Handbook of Western Mysticism and Esotericism*. Cambridge: University Press: Cambridge, 2016, p. 393-404.

HÅRDH, B. Viking Age Uppåkra. *Uppåkrastudier* 11, 2010, Publisher Lund University, dept of Archaeology and Ancient History, p. 247-316.

HÅRDH, B. Viking Age Uppåkra and Lund. In: BRINK, S. (org.). *The viking world*. Londres: Routledge, 2008, p. 145-149.

HAUGE, A. 2022. Brakteater. In: *Arild Hauges Runer*. Disponível em: https://www.arild-hauge.com/brakteater.htm

HAUCK, K. *et al. Goldbrakteaten aus Sievern*. Spätantike Amulett-Bilder d. "Dania Saxonica" u. d. Sachsen-"Origo" bei Widukind von Corvey. Verlag: München Fink, 1970. Disponível digitalizado em: https://digi20.digitale-sammlungen.de/de/fs1/object/display/bsb00042108_00001.html

HAYWOOD, J. *Encyclopaedia of the Viking Age*. Londres: Thames & Hudson, 2000.

HAYWOOD, J. *The penguin historical atlas of the vikings*. Londres: Penguin, 1995.

HEDEAGER, L. *Iron Age Myth and Materiality*: an archaeology of Scandinavia AD 400-1000. Londres: Routledge, 2011.

HEDEAGER, L. Scandinavia before the Viking Age. In: BRINK, S. (org.). *The viking world*. Londres: Routledge, 2008, p. 11-22.

HEDENSTIERNA-JONSON, C. Warrior Identities in Viking Age Scandinavia. In: AANNESTAD, H. *et al.* (eds.). *Vikings Across Boundaries Viking-Age Transformations*, Volume II. Londres: Routledege, 2021, p. 179-193.

Heimskringla. *Billeder af Carsten Lyngdrup Madsen*, 2022. Disponível em https://heimskringla.no

HELMBRECHT, M. Figures with Horned Headgear: A Case Study of Context Analysis and Social Significance of Pictures in Vendel and Viking Age Scandinavia. *Lund Archaeological Review* 13-14, 2007-2008, p. 31-54.

HENRIKSEN, P. *et al.* Iron and Viking Age grapes from Denmark – vine seeds found at the royal complexes by Lake Tissø. *Danish Journal of Archaeology* 6(1), 2017, p. 3-10.

HERSCHEND, F. Las causas de la expansión vikinga. *Antigua y Medieval* 26, 2014, p. 6-13.

HERSCHEND, F. The Origin of the Hall in Southern Scandinavia. *Tor* 25, 1993, p. 175-200.

HILBERG, V. Hedeby in Wulfstan's days: a Danish emporium of the Viking Age between East and West. In: ENGLERT, A.; TRAKADAS, A. (eds.) *Wulfstan's Voyage*: The Baltic Sea region in the early Viking Age as seen from shipboard. Maritime Culture of the North 2, 2009, p. 79-113.

HILBERG, V. Hedeby: an outline of its research history. In: BRINK, S. (org.). *The viking world*. Londres: Routledge, 2008, p. 101-112.

HILLS, C. The anglo-saxon settlement of England. In: WILSON, D. (ed.). *The Northern World*: the history and heritage of northern europe – AD 400 – 1100. Nova York: Harry N. Abrams, 1980, p. 71-94.

Hiltibold. *Wikingerschiffe*, 2018. Disponível em: https://hiltibold.blogspot.com

HOLMBERG, P. *et al.* The Rök Runestone and the End of the World. *Futhark*: International Journal of Runic Studies, 2018-2019, p. 7-38.

HOLST, M.K. *et al*. The Late Viking-Age Royal Constructions at Jelling, central Jutland, Denmark: Recent investigations and a suggestion for an interpretative revision. *Praehistorische Zeitschrift* 87(2), 2012, p. 474-504.

HULTGÅRD, A. Cosmic Eschatology: Ragnarøk. In: SCHJØDT, J. *et al*. (eds.). *The Pre-Christian Religions of the North*. History and structures, volume III. Londres: Brepols, 2020, p. 1.017-1.032.

HULTGÅRD, A. The religion of the Viking Age. In: BRINK, S. (ed.). *The Viking World*. Londres: Routledge, 2008, p. 212-218.

HUPFAUF, P.R. *Signs and symbols represented in Germanic, particularly early Scandinavian, iconography between the Migration Period and the end of the Viking Age*. Tese de doutorado em Filosofia, Universidade de Sydney, 2003.

HYBEL, N. Det danske riges tilblivelse. In: BLOM, M. *et al*. (eds.). *Vinkler på vikingetiden*. Copenhague: Nationalmuseet & Skoletjenesten, 2013, p. 71-77.

HYBEL, N.; POULSEN, B. *The Danish Resources c. 1000-1550*: Growth and Recession. Leiden/Boston: Brill, 2007.

IMER, L.M. Rune stones. In: *Danish Prehistory*. Copenhague: National Museum, 2016, p. 270-277.

IMER, L. The Danish runestones: when and where? *Danish Journal of Archaeology* vol. 34 (2), 2014, p. 164-174.

IMER, L.; HYLDGÅRD, P. Hvad står der på runestenen? *Videnskab.dk*, 2015. https://videnskab.dk/kultur-samfund/hvad-star-der-pa-runestenen Acesso em 21 de dezembro de 2021.

IMER, L.; SØVSØ, M. A ceramic beaker with runes – the archaeological and linguistic context of the word alu. *Germania* 100, 2022, p. 109-150.

IMER, L.; VASSHUS, K.S.K. Lost in transition: The runic bracteates from the Vindelev hoard. *NOWELE*: North-Western European Language Evolution 1(76), 2023, p. 60-99.

IMER, L.; ÅHFELDT, L.K.; ZEDIG, H. A lady of leadership: 3D-scanning of runestones in search of Queen Thyra and the Jelling Dynasty. *Antiquity* 97(395), 2023, p. 1.262-1.278.

INSOLL, T. Archaeology of cult and religion. In: RENFREW, C.; BAHN, P. (eds.). *Archaeology*: the key concepts. Londres/Nova York: Routledge, 2005, p. 33-36.

INSOLL, T. *Archaeology, ritual, religion*. Londres: Routledge, 2004.

JACOBSEN, L. Rökstudier. *Arkiv for Nordisk Filologi*. Lund: Gleerup, 1941, p. 1-269.

JACOBSEN, L.; MOLTKE, E. *The runic inscriptions of Denmark*. Copenhague: Ejnar Munksgaards Forlag, 1941, p. 10-72.

JAKOBSEN, S.-M.E. *Vikings in Denmark*. Copenhague: Politikens Forlag, 2018.

Jelling World Heritage – Denmark Proposal for Minor Boundary Modification. *Unesco World Heritage Centre*, 2018. Disponível em: https://whc.unesco.org

JESCH, J. *Ships and Men in the Late Viking Age*: The Vocabulary of Runic Inscriptions and Skaldic Verse. Woodbridge: Boydell, 2001.

JENSEN, B. Chronospecificities: Period-Specific Ideas About Animals in Viking Age Scandinavian. *Culture, Society & Animals*, n. 21, 2013, p. 216-217.

JENSEN, S. Odin fra Ribe. In: KJÆRUM, P.; OLSEN, R. (eds). *Oldtidens Ansigt*: Det Kongelige Nordiske Oldskriftselskab/Jysk Arkaeologisk Selskab. Copenhagen, 1990, p. 178-179.

JESSEN, M.D.; MAJLAND, K.R. The sovereign seeress – on the use and meaning of a Viking Age chair pendant from Gudme, Denmark. *Danish Journal of Archaeology* 10, 2021, p. 1-23.

JOHANSON, K. The Changing Meaning of 'Thunderbolts'. *Folklore*: Electronic Journal of Folklore n. 42, 2009, p. 129-174.

JONHANSEN, P. *Nordisk oldtid og dansk kunst*. Copenhague: I kommission hos H. Hagerup, 1907.

JÓNSSON, G. (ed.). Egils saga Skalla-Grímssonar. *Íslendinga sögur*, 2022. Disponível em: http://www.heimskringla.no

JØRGENSEN, K.F. *The value of a meal*: Diet and social stratification in the Viking Age explored through stable isotope analysis. Dissertação de mestrado em Arqueologia, Universidade de Oslo, 2022.

JØRGENSEN, L. Offer og kultplads i vikingetiden. In: BLOM, M. *et al.* (eds.). *Vinkler på vikingetiden*. Copenhague: Nationalmuseet & Skoletjenesten, 2013, p. 78-82.

JØRGENSEN, L. Pre-Christian cult at aristocratic residences and settlement complexes in southern Scandinavia in the 3rd-10th centuries AD. In: GLAUBE, K. und H.: Phänomene des Religiösen. Bonn: Dr. Rudolf Habelt GmbH, 2009, p. 329-354.

JØRGENSEN, L. Manor, cult and market at lake Tissø. In: BRINK, S. (org.). *The viking world*. Londres: Routledge, 2008, p. 77-82.

JØRGENSEN, L. *et al*. Pre-Christian Cult Sites: Beliefs and Rituals in the Late Iron and Viking Ages. *Vikings*: guerreiros do mar/Exhibition catalogue, Museu da Marinha, Lisboa, 2017, p. 47-55.

JUNGNER, H. Den gotländska runbildstenen från Sanda. *Fornvännen* 25, 1930, p. 65-82.

KALMRING, S. A new Throne-Amulet from Hedeby. First Indication for Viking-age Barrel-chairs. *Danish Journal of Archaeology* 8, 2019, p. 1-9.

KARNITZ, T. *Odin, lord of the dead*: religious legitimization for social and political change in late Iron Age and early medieval Scandinavia. Dissertação de mestrado, Orlando, Universidade da Flórida Central, 2022.

KARSTEN, P. *Barbaricum*: Uppåkra och Skånes järnålder. Lund: Lunds Universitets Historiska Museet, 2019.

KASTHOLM, O.T. *et al*. Reconstructing the Gerdrup Grave – the story of an unusual Viking Age double grave in context and in the light of new analysis. *Danish Journal of Archaeology* 10, 2021, p. 1-20.

KJÆRBOE, R. Heroes between Materiality and Myth. The Memorial Grove1 for the Danish Resistance as Performative Site. *RIHA Journal* 17, 2017, p. 1-21.

KLINDT-JENSEN, O. *Denmark before the vikings*. Londres: Thames & Hudson, 1962.

KLINGENDER, F. Animals in art and thought. In: *To the End of the Middle Ages*. Edited by Evelyn Antal and John Hartham. Londres: Routledge, 2019.

KRISTENSEN, N.W. Traemanden fra Rude Eskilstrup og Søholtstaven: Attributter til den norrøne gudedyrkelse? *Viking*: Norsk Arkeologisk Årbok vol. 86, 2022, p. 75-92.

KRISTENSEN, R.S. (direção). *Gåden om Odin*. Série documental em seis episódios, Copenhague, DR TV, 2023. Disponível em: https://www.dr.dk/drtv

KRISTENSEN, R.S. (direção). *Gåden om Danmarks første konge*, DR TV, Série documental em cinco episódios, Copenhague, 03/11/2021, disponível em: https://www.dr.dk/drtv

KRYDA, M. The Viking Age Amulet Box with the Goats of the God Thor from Biskupin, Poland. *Academia.Edu*, 2021.

KULTURHISTORISK MUSEUM. *Billedvevene fra Osebergskipet*. Documentário/ Curta metragem, 5 m. Oslo: Storm Films, 2018.

KVAMM, M. Her er hvad verdensberømt digt kan fortaelle om vikingetidens Lejre. *Lejre Museum*, 2023. Disponível em: https://lejremuseum.dk

LANGER, J. *Tempos pagãos, tempos heroicos*: a Dinamarca e a invenção dos vikings, livro (no prelo).

LANGER, J. Dinamarca produz série sobre Odin. *Blog do Núcleo de Estudos Vikings e Escandinavos*, 26 de março de 2023a. Disponível em: http://neve2012.blogspot.com/2023/03/odin-e-tema-de-nova-serie-de-tv.html

LANGER, J. *As Religiões Nórdicas da Era Viking*. Petrópolis: Vozes, 2023b.

LANGER, J. A iconografia da Mitologia Nórdica: Usos e abusos, Mesa redonda 1 – Mitos nórdicos e sociedade, *XI CEVE*, 2023c. Disponível em: https://www.academia.edu/108164325

LANGER, J. A fortaleza de Trelleborg. Arqueologia Escandinava Ep. 5, Canal *do NEVE no Youtube*, 2023d. Disponível em: https://www.youtube.com/@ nevenucleodeestudosvikings5586

LANGER, J. Suásticas, ritos e espacialidades: uma comparação iconográfica entre os monumentos escandinavos de Kårstad e Snoldelev, *RBHR* 44(15), 2022a, p. 05-29.

LANGER, J. A suástica e o culto a Thor: novas perspectivas com a faca de Staraya Ladoga, *X CEVE* (Colóquio de Estudos Vikings e Escandinavos), 2022b. Disponível em: https://www.academia.edu/87483623

LANGER, J. Arqueologia das Religiões. In: LANGER, J. (org.). *Dicionário de História das Religiões na Antiguidade e Medievo*. Petrópolis: Vozes, 2020, p. 25-30.

LANGER, J. Era Viking. In: LANGER, J. *Dicionário de História e Cultura da Era Viking*. São Paulo: Hedra, 2018, p. 212-220.

LANGER, J. A Arqueologia da Religião Nórdica na Era Viking: perspectivas teóricas e metodológicas. *Signum* 16 (1), 2015, p. 4-27.

LANGER, J. As origens da Arqueologia Clássica. *Revista do Museu de Arqueologia e Etnologia da USP* 9, 1999, p. 95-110.

LANGER, J; SAMPAIO, V.H. *Sacred signs, divine marks*: non-figurative religious symbols in Viking Age Scandinavia (texto inédito, não publicado), 2021.

LANZ, N.G. *The Enigma of the Horned Figure*: Horned Figures in Pre--Christian Germanic Societies of the Younger Iron Age. Dissertação de mestrado, Universidade da Islândia, 2021.

LARSSON, L. The Iron Age ritual building at Uppåkra, southern Sweden. *Antiquity* 81, 2007, p. 11-25.

LARSSON, L. Ritual building and ritual space: Aspects of investigations at the Iron Age central site Uppåkra, Scania, Sweden. In: ANDRÉN, A. *et al.* (eds.). *Old Norse religion in long-term perspectives*. Lund: Nordic Academic Press, 2005, p. 248-253.

LASSEN, A. *Odin's Ways*: A Guide to the Pagan God in Medieval Literature. Londres/Nova York: Routledge, 2022.

LAURING, P. *A history of Denmark*. Copenhague: Høst & Søn, 2015.

LIDÉN, H.-E. From pagan sanctuary to Christian church: the excavation of Maere church in Trøndelag, *Norwegian Archaeological Review* 2(1), 1969, p. 3-21.

LINDEBERG, M. Gold, Gods and Women. *Current Swedish Archaeology* vol. 5, 1997, p. 99-110.

LINDOW, J. *Old Norse Mythology*. Oxford: Oxford University Press, 2021.

LINDOW, J. Týr. In: SCHJØDT, J. *et al.* (eds.). *The Pre-Christian Religions of the North*. History and structures, volume III. Londres: Brepols, 2020a, p. 1.345-1.361.

LINDOW, J. Þórr. In: SCHJØDT, J. *et al.* (eds.). *The Pre-Christian Religions of the North*. History and structures, volume III. Londres: Brepols, 2020b, p. 1.051-1.122.

LUND, N. Religionsskiftet i Skandinavien: Nye bud på et gammelt problem. *Historisk Tidsskrift,* v. 102, n. 1, 2013, p. 170-176.

LUNDQUIST, J.M. "What Is a Temple? A Preliminary Typology" In: HUFF-MAN, F. *et al.* (eds.). *Quest for the Kingdom of God*: Studies in Honor of George E. Mendenhall. Winona Lake/Indiana: Eisenbrauns, 1983.

MACLEOD, M.; MEES, B. *Runic amulets and magic objects.* Londres: The Boydell Press, 2006.

MAGNUS, B. *Men, gods and masks in Nordic Iron Age Art.* Colônia: Buchhandlung Walther König, 2005.

MAIN, A. *The Tripartite Ideology:* Interactions between threefold symbology, treuddar and the elite in Iron Age Scandinavia. Dissertação de mestrado em Arqueologia, Universidade de Uppsala, 2020.

MALMER, B. Skeppsmyntet från Okholm: Om danska 800-talsmynt med fisksymboler. *Tilbage til Dansk Mønt,* 2013. Disponível em: https://www. danskmoent.dk/artikler/bmskib.htm

MALMER, B. South Scandinavia Coinage in Ninth Century. In: GRA-HAM-CAMPBELL, J.; WILLIAMS, G. (eds.). *Silver Economy in the Viking Age.* Walnut Creek/CA: Left Coast Press, 2007, p. 13-27.

MANDT, G. Kårstad i Stryn-møteplass for ulike kulttradisjoner i eldre jernalder? In: BERGSVIK, K.A. (eds.). *Fra funn til samfunn*: Jernalderstu-dier tilegnet Bergljot Solberg på 70-årsdagen. Bergen: UBAS/Universitetet i Bergen Arkeologiske Skrifter, 2005, p. 51-67.

MANNERING, U. Man or woman? – perception of gender through costume. *Danish Journal of Archaeology* 2(1), 2014, p. 79-86.

MAREZ, A. *Anthologie runique.* Paris: Belles Letres, 2007.

MARTTIE, R.M. Tradução do livro IV, *Gesta Hammaburgensis Ecclesiae Pontificum,* de Adão de Bremen. In: LANGER, J. (org.). *Dicionário de Mitologia Nórdica.* São Paulo: Hedra: 2015, p. 489-490.

MARTYNOV, A.I. The Solar Cult and the Tree of Life. *Arctic Anthropolog* 25 (2), 1988, p. 12-29.

MCGRAIL, S. Ships, shipwrights and seamen. In: GRAHAM-CAMPBELL, J. *The Viking World.* Londres: Third Frances Lincoln Edition, 2001, p. 36-63.

MCLEOD, S. Know Thine Enemy: Scandinavian identity in the Viking Age. In: *Vikings and their Enemies*: Proceedings of a symposium held in Melbourne, 2008, p. 3-16.

MEDEIROS, E.O.S. Dinamarqueses, Daneses ou Vikings? Problemas metodológicos e identitários na Alta Idade Média inglesa. *Roda da Fortuna* 9 (2), 2020, p. 157-181.

Medieval Histories. *Legendary Viking Hall Reconstructed at Lejre*, 2019. Disponível em: https://www.medieval.eu

Medievalists.net. *Glass windows could be found in Viking-Age Denmark and Sweden*, 2023. Disponível em: https://www.medievalists.net

MEES, B. *The Science of swastika*. Vienna: Central European University Press, 2008.

MEJBORG, R. *Symbolske figurer i Nordiska Museet*. Norstedt: Nordiska Museet, 1889.

MENINI, V.B. Moedas e cunhagem. LANGER, J. *Dicionário de História e Cultura da Era Viking*. São Paulo: Hedra, 2018, p. 507-510.

MENINI, V.B.; LANGER, J. A invenção literária do nórdico. *Scandia Journal of Medieval Norse Studies* 3, 2020, p. 709-737.

METCALF, D.M. Viking-Age Numismatics 2. Coinage in the Northern Lands in Merovingian and Carolingian Times. *The Numismatic Chronicle*, v. 156, 1996, p. 399-428.

MIRANDA, P.G. *Mito e Rito na Europa Setentrional Pré-Cristã*: investigando a Caçada Selvagem na Poesia e Prosa Escandinava dos séculos XII-XIV. Tese de doutorado em Ciências das Religiões pela UFPB, 2021.

MIRANDA, P.G. Embarcações. In: LANGER, J. (org.). *Dicionário de História e Cultura da Era Viking*. São Paulo: Hedra, 2018a, p. 205-209.

MIRANDA, P.G. (tradutor). Vǫluspá. *Scandia Journal of Medieval Norse Studies* 1, 2018b, p. 178-206.

MIRANDA, P.G. (tradutor). Grímnismól: Os Ditos de Grímnir. *Roda da Fortuna*, v. 3, n. 2, 2014, p. 301-325.

MOESGAARD, J.C. Den fremadskuende hjort – en hidtil uerkendt fase i Ribes udmøntning i 800-tallet? *By, marsk og geest* n. 30, 2018, p. 17-27.

MOOSBURGER, T.B. *Lendo em nórdico*. Curitiba: Kotter Editorial, 2023.

MORGAN, R. Mjolnir's Secrets: Thor's Hammer Across the Viking World. *The Collector*, 2023. Disponível em: https://www.thecollector.com/mjolnir-thor-hammer/

MOTZ, L. The germanic thunderweapon. *Saga-Book* vol. 24, 1994-1997, p. 329-350.

MUÑOZ-RODRIGUEZ, M. *et al*. In the footsteps of Ohthere: biomolecular analysis of early Viking Age hair combs from Hedeby (Haithabu). *Antiquity* 97 (395), 2023, p. 1.233-1.248.

MUSIN, A. The Rise of Novgorod Revisited. *Slavia Antiqua*: Rocznik poświęcony starożytnościom slowiańskim *59*, 2019, p. 165-194.

MÜLLER, L. *Det saakaldte Hagekors's Anvendelse og Betydning i Oldtiden*. Copenhague: Bianco Lunos Bogtrykkeri, 1877.

MYHRE, B. The beginning of the Viking Age – some current archaeological problems. In: FAULKES, A.; PERKINS, R. *Viking Revaluations*. Londres: Viking Society forNorthern Research, 1992, p. 182-203.

Nationalmuseet: *Traelle i vikingetiden*. Historisk viden, 2023. Disponível em: https://natmus.dk

Nationalmuseet: *Hvad spiste vikingerne?* Vikingetide, 2022. Disponível em: https://natmus.dk

Nationalmuseet: *En økse med dobbelt betydning*, 2021. Disponível em: https://natmus.dk

Nationalmuseet. *The royal residence at Tissø*: reconstruction. Arkikon, 2013. Disponível em: https://www.youtube.com/watch?v=BekBcZOiqQE

NÄSMAN, U. Danerne og det danske kongeriges opkomst Om forskningsprogrammet "Fra Stamme til Stat i Danmark". *KUML*: Årbog for Jysk Arkaeologisk Selskab, 2006, p. 205-241.

NEIß, M. The Ornamental Echo of Oðinn's Cult: Kontinuitetsfrdgor i germansk djurornamentik II. In: FRANSSON, U. *et al*. (eds). *Cultural interaction between east and west*: Archaeology, artefacts and human contacts in northern Europe. Estocolmo: Stockholm University, 2007, p. 82-89.

NEIß, M.; VALLE, R.F. Devices of Ekphrasis? A Multimodal Perspective on Viking Age Animal Art. *Text & Image: Archaeological Review from Cambridge* 36(2), 2021, p. 143-170.

NERMAN, B.N. Härstamma danerna ifrån Svealand?, *Fornvännen* 17, 1922, p. 129-140.

NIELSEN, K.M. Rasks tydning af Snoldelev-stenen. *Danske Studier* 1974, p. 132-134.

NIELSEN, P.O. Iron Age (500 BC-AD 800)/Viking Age (AD 800-1050). In: *Danish Prehistory*. Copenhague: National Museum, 2016, p. 135-277, p. 199-269.

NILES, J.D. Pre-Christian Anglo-Saxon religion. In: CHRISTENSEN, L. *et al.* (eds.). *The Handbook of Religions in Ancient Europe*. Londres: Routledge, 2013, p. 305-323.

NILSSON, I.-M. Viking Age Uppåkra: Between Paganism and Christianity. *Archaeological Review* 20, 2014, p. 79-90.

NORDBERG, A. Configurations of Religion in Late Iron Age and Viking Age Scandinavia. In: EDHOLM, K. *et al.* (eds). *Myth, Materiality, and Lived Religion In Merovingian and Viking Scandinavia*. Estocolmo: Stockholm University Press, 2019, p. 339-360.

NORDSTRÖM, J. Dvärgen på Ribekraniet. *Arkiv för nordisk filologi* vol. 136, 2021, p. 5-24.

NYGAARD, S. The Ribe skull fragment: a magic artefact w/Poetic, Sacral Text. *Nordisk mytologi og religion*, 2022. Disponível em: https://simonnygaard.com/runic-poetry-project/f/the-ribe-skull-fragment-a-magic-artefact-w-poetic-sacral-text

ODERDENGE, S.H. O Poder Real nas Pedras Rúnicas de Jelling. In: FONSECA, J.F.; SANCHEZ, M.D.; SILVA, I.A. (orgs.). *III Jornada de Estudos Medievais: Idade Média e História Global*. São Paulo: Pensante, 2021, p. 309-334.

OEHRL, S. Þórr och Midgårdsormen på bildstenen Ardre VIII – en omvärdering. In: HEIZMANN, W.; NAHL, J.A. (orgs.). *Germanisches Altertum und Europäisches Mittelalter*. Berlin/Boston: De Gruyter, 2023a, p. 319-534.

OEHRL, S. Human-Avian and God-Avian Relations in Viking Age Religion and Mythology: as Mirrored by Contemporary Pictorial Art. In: GARDEŁA, L.; BØNDING, S.; PENTZ, P. *The Norse Sorceress*: Mind and Materiality in the Viking World. Barnsley: Oxbow Books Limited, 2023b, p. 191-212.

OLIVEIRA, L.V. As embarcações da Era Viking. *Atlanticus*: Revista do Museu EXEA 2, 2023, p. 47-72.

OLIVEIRA, L.V. *A guardiã dos mortos*: um estudo do simbolismo religioso da serpente em monumentos da Era Viking (séculos VIII-XI). Tese de doutorado em Ciências das Religiões, Programa de Ciências das Religiões, UFP, 2020.

OLIVEIRA, L.V. Haraldo Dente-Azul (Harald Gormsson). In: LANGER, J. (org.). *Dicionário de História e Cultura da Era Viking*. São Paulo: Hedra, 2018, p. 356-358.

OLIVEIRA, L.V.; LANGER, J. Entre cervos, Odin e Sigurd: simbolismos religiosos em moedas danesas da Era Viking. *Medievalis* 10(2), 2021, p. 24-51.

OZAWA, M. Rune Stones Create a Political Landscape Towards a Methodology for the Application of Runology to Scandinavian Political History in the Late Viking Age: Part 2. *Hersetec* 2(1), 2008, p. 65-85.

PEDERSEN, A. Late Viking and Early Medieval Ornaments: a question of Faith. In: GARIPZANOV, I. (ed.). *Conversion and Identity in the Viking Age*. Turnhout: Brepols, 2014, p. 195-222.

PENTZ, P. The Fyrkat 4 grave. In: GARDELA, L.: BØNDING, S.; PENTZ, P. (eds.). *The norse sorceress*: mind and materiality in the Viking World. Oxford: Oxbow Books, 2023, p. 301-326.

PENTZ, P. Viking art, Snorri Sturluson and some recent metal detector finds. *Fornvännen* vol. 113 (1), 2018a, p. 17-33.

PENTZ, P. *Vikings*. Copenhague: The National Museum of Denmark, 2018b.

PESCH, A. What's in a symbol? Some thoughts on the enigmatic triquetra. *Primitive tider*, Spesialutgave 2023, p. 11-21.

PESCH, A. Götterthrone und ein gefährlicher Stuhl: Bemerkungen zum "Odin aus Lejre". *Hvanndalir*: Beiträge zur europäischen Altertumskunde und mediävistischen Literaturwissenschaft vol. 106, 2018, p. 463-496.

PETERSEN, K.N.H. *Om Nordboernes Gudedyrkelse og Gudetro i Hedenold.* Kjøbenhav: C.A. Reitzels Forlag, 1876.

PETRENKO, V; KUZMENKO, J. Ny a fynd med run or från Gamla Ladoga. *Viking: Tidsskrift for norrøn arkeologi* XLII, 1979, p. 78-84.

PEVAN, E.K. *With the wagon-guider, a word do I seek*: examining gender, myth, ceremony, and interment in the social history of wagons in the Viking Age. Dissertação de mestrado, Universidade de Oslo, 2019.

PIRES, H. Funerais e enterros. In: LANGER, J. (org.). *Dicionário de História e Cultura da Era Viking.* São Paulo: Hedra, 2018, p. 289-294.

POULSEN, J. *Vikingetid i Danmark.* Copenhague: Københavns Universitet, 2012.

PRICE, D. *Ancient Scandinavia*: An Archaeological History from the First Humans to the Vikings. Oxford: Oxford University Press, 2015.

PRICE, N. *Vikings*: a história definitiva dos povos do norte. São Paulo: Crítica, 2021.

PRICE, N. *The Viking Way*: Magic and Mind in Late Iron Age Scandinavia. Oxford: Oxbow Books, 2019.

PRICE, N. Tro og Ritual. In: WILLIAMS, G. *et al.* (eds.). *Viking.* Kobenhavn: Nationalmuseet, 2013, p. 162-201.

PRICE, N. What's in a name? An archaeological identity crisis for the Norse gods (and some of their friends). In: ANDRÉN, A. *et al.* (eds.). *Old Norse religion in long-term perspectives.* Lund: Nordic Academic Press, 2005, p. 179-183.

PRICE, N.; GRÄSLUND, B. Excavating the Fimbulwinter? Archaeology, geomythology and the climate event(s) of AD 536. In: RIEDE, F. (ed.). *Past Vulnerability*: Vulcanic Eruptions and Human Vulnerability in Traditional Societies Past and Present. Aahurs: Aarhus University Press, 2015, p. 109-132.

PRICE, N.; MORTIMER, P. An Eye for Odin? Divine Role-Playing in the Age of Sutton Hoo. *European Journal of Archaeology* 17 (3), 2014, p. 517-538.

Project Samnordisk Runtextdatabas Svensk, 2023. https://app.raa.se/open/runor

RAFFIELD, B. Playing Vikings: Militarism, Hegemonic Masculinities, and Childhood Enculturation in Viking Age Scandinavia. *Current Anthropology* 60 (6), 2019, p. 813-835.

RAHMAN, Rt. *'Central Place' aspects in Archaeology:* A study of archaeological site in Uppåkra, Southern Sweden and Mahasthangarh, Northern Bangladesh. Dissertação de mestrado em arqueologia, Universidade de Lund, 2012.

RANDSBORG, K. Kings' Jelling: Gorm & Thyra's palace Harald's monument & Grave – Svend's cathedral. *Acta Archaeologica* n. 79, 2008, p. 1-23.

RAPPENGLÜCK, M. Tracing the celestial deer – an ancient motif and its astronomical interpretation across cultures. *Archaeologia Baltica* 10, 2008, p. 62-65.

RAUDVERE, C. The part or the whole: cosmology as an empirical and analytical concept. *Temenos* vol. 45, n.1, 2009, p. 7-33.

Ribe VikingeCenter. *Forråd og fadebur*, 2023. Disponível em: https://www.ribevikingecenter.dk

RIISOY, A.I. Performing Oaths in Eddic Poetry: Viking Age Fact or Medieval Fiction? *Journal of the North Atlantic* 8, 2016, p. 141-156.

RIMSTAD, C. *et al.* Lost and found: Viking Age human bones and textiles from Bjerringhøj, Denmark. *Antiquity* 95(381), 2021, p. 735-752.

RINGSTAD, B. En underlig steinfigur fra Tornes i Romsdal. *Viking: Norsk arkeologisk årbok Bind* LIX, 1996, p. 101-118.

RODRIGUES, E.C. Os reis e a moeda na Francia Carolíngia (VIII-IX). In: FONSECA, J.F.; SANCHEZ, M.D.; SILVA, I.A. (orgs.). *III Jornada de Estudos Medievais: Idade Média e História Global.* São Paulo: Pensante, 2021, p. 273-292.

ROESDAHL, E. The Fyrkat völva revisited. In: GARDELA, L.: BØNDING, S.; PENTZ, P. (eds.). *The norse sorceress*: mind and materiality in the Viking World. Oxford: Oxbow Books, 2023, p. 293-299.

ROESDAHL, E. Archaeology and Odin in Late Pagan Denmark – A Note. *RvT* 74, 2022, p. 385-395.

ROESDAHL, E. The emergence of Denmark and the reign of Harald Bluetooth. In: BRINK, S. (org.). *The viking world.* Londres: Routledge, 2008, p. 652-664.

ROESDAHL, E. *The vikings.* Londres: Penguin books, 1998.

ROESDAHL, E. Vikingerne i dansk kultur. *Fortid og Nutid* 2, 1994, p. 158-172.

ROESDAHL, E. *Viking Age Denmark*. Londres: British Museum Publications, 1982.

ROESDAHL, E. The scandinavians at home. In: WILSON, D. (ed.). *The Northern World: the history and heritage of northern europe – AD 400 – 1100*. Nova York: Harry N. Abrams, 1980, p. 129- 158.

ROOD, J. *Ascending the Steps to Hliðskjálf*: The Cult of Óðinn in Early Scandinavian Aristocracy. Dissertação de mestrado, Universidade da Islândia, 2017.

RuneS-Datenbank des Forschungsprojekts "Runische Schriftlichkeit in den germanischen Sprachen (RuneS)" der *Niedersächsischen Akademie der Wissenschaften zu Göttingen*, 2023a. Disponível em: https://www.runesdb.de

RuneS-Datenbank des Forschungsprojekts. Tirsted, stone. *Niedersächsischen Akademie der Wissenschaften zu Göttingen*, 2023b. Disponível em: https://www.runesdb.de

RuneS-Datenbank des Forschungsprojekts. Gårdstånga, stone 2. *Niedersächsischen Akademie der Wissenschaften zu Göttingen*, 2023c. Disponível em: https://www.runesdb.de

Runic Dictionary: runic lexicon. *The Skaldic Projetc*, 2008. https://skaldic.org

Runeskrift – den store Jellingsten. *Jelling – Riget og regenten*, 2023. Disponível em: https://www.flickr.com/photos/jellingstenen

Runor: *Scandinavian Runic-text Database*, Universidade de Uppsala, 2020. Disponível em: https://www.nordiska.uu.se

RUST, L.D. *Os vikings*: narrativas da violência na Idade Média. Petrópolis: Vozes, 2021.

SANMARK, A. *Power and Conversion*. A Comparative Study of Christianization in Scandinavia. Tese de doutorado em História, University College London, 2002.

SAWYER, B. *The Viking-Age Rune-Stones*: Custom and Commemoration in Early Medieval Scandinavia. Oxford: Oxford University Press, 2000.

SCARPI, P. *Politeísmos*: as religiões do mundo antigo. São Paulo: Hedra, 2004.

SCHIESSER, P. *et al.* A Hoard of Merovingian Deniers and Sceattas from Combrailles (Creuse). In: *The Numismatic Chronicle 180 Offprint.* Londres: The royal numismatic society, 2020.

SCHIØLER, C. *Engelsk-Dansk/Danks-Engelsk Ordbog.* Copenhague: Gyldendal, 2018.

SCHJØDT, J.P. Óðinn. In: SCHJØDT, J. *et al.* (ed.). *The Pre-Christian Religions of the North.* History and structures, vol. I. Londres: Brepols, 2020c, p. 1.123-1.194.

SCHJØDT, J.P. Krigeren i nordisk religion. In: BLOM, M. *et al.* (eds.). *Vinkler på vikingetiden.* Copenhague: Nationalmuseet & Skoletjenesten, 2013, p. 91-95.

SCHJØDT, J.P. *Initiation between two worlds*: structure and symbolism in pre_christian scandinavian religion. Odense: The University Press of Southern Denmark, 2008.

SCHULTE, M. The transformation of the older fuÞark: Number magic, runographic or linguistic principles? *Arkiv för nordisk filologi* vol. 121, 2006, p. 41-74.

SERRA, D.; TUNBERG, H. *An Early Meal*: a Viking Age Cookbook & Culinary Odyssey. Furulund: ChronoCopia Publishing, 2013.

SHAW, P.A. *Uses of Wodan*: The Development of his Cult and of Medieval Literary Responses to It. Tese de doutorado, Universidade de Leeds, 2002.

SIGURÐSSON, G. *The Medieval Icelandic Saga and Oral Tradition.* London: Harvard University Press, 2004.

SILVA, R.R. *A formação da aristocracia na Inglaterra anglo-saxônica (séculos VII-VIII).* Dissertação de mestrado em História pela UFF, 2011.

SILVA, R.R.; FÉO, C.A. Etnia e Identidade no Medievo, *Canal do Translatio Studii,* UFF, 10 de março de 2021. Disponível em: https://www.youtube.com/watch?v=V5nruXaE3oM

SIMEK, R. The Sanctuaries in Uppsala and Lejre and their Literary Antecedents. *Religionsvidenskabeligt Tidsskrift* 74, 2022, p. 217-230.

SIMEK, R. Continental Germanic religion. In: CHRISTENSEN, L. *et al.* (eds.). *The Handbook of Religions in Ancient Europe.* Londres: Routledge, 2013, p. 291-304.

SIMEK, R. *Dictionary of Northern Mythology.* Londres: D.S. Brewer, 2007.

SINDBÆK, S.M. Module 1: The Viking Age, c. 790-1050. *Open Online Course in Danish History.* Aarhus University, 2023. Disponível em: https://danmarkshistorien.dk/en/open-online-course

SINDBÆK, S.M. Introduction: The World in the Viking Age. In: SINDBÆK, S.M.; TRAKADAS, A. (eds.). *The World in the Viking Age.* Roskilde: The Viking Ship Museum, 2014, p. 8-14.

SINDBÆK, S.M. Local and long-distance Exchange. In: BRINK, S. (org.). *The viking world.* Londres: Routledge, 2008a, p. 150-158.

SINDBÆK, S.M. The Lands of "Denemearce": Cultural Differences and Social Networks of the Viking Age in South Scandinavia. *Viking and Medieval Scandinavia* vol. 4, 2008b, p. 169-208.

SKRE, D. Rulership and Ruler's Sites in 1st–10th-century Scandinavia. In: SKRE, D. (ed.). *Rulership in 1st to 14th century Scandinavia*: Royal graves and sites at Avaldsnes and beyond. Berlim: De Gruyter 2020, p. 193-244.

SMITH, A.G. *Viking Designs.* Nova York: Dover Publications, 2002.

SNOW, A.C. Dialogues with Ginnungagap: Norse Runestones in a Culture of Magic. *Comitatus* 51, 2020, p. 1-27.

SONNE, L.C.A. *Thor-kult i vikingetiden*: historiske studier i vikingetidens religion. Copenhague: Museu Tusculanums Foprga, 2013.

SONNE, L.C.A. Nordisk religion og overgangen til kristendom. In: BLOM, M. *et al.* (eds.). *Vinkler på vikingetiden.* Copenhague: Nationalmuseet & Skoletjenesten, 2013b, p. 83-90.

SPEIDEL, L. *et al.* High-resolution genomic ancestry reveals mobility in early medieval Europe. *Biorxiv*: the preprint server for Biology, 19 de março de 2024, p. 1-32.

SØRENSEN, P.M. Thor's Fishing Expedition. In: ACKER, P.; LARRINGTON, C. (eds.). *The Poetic Edda*: essays on Old Norse Mythology. Londres: Routledege, 2002, p. 119-137.

SØRENSEN, P.M. Religion Old and New. In: SAWYER, P. (ed.). The Oxford Illustrated History of the Vikings. Oxoford: Oxford University press, 1997, p. 202-224.

SØVSØ, M. Emporia, sceattas and kinship in 8th C. "Denmark". In: HANSEN, J. (ed.). *The fortified Viking Age*. Odense City Museums, 2017, p. 75-86.

SØVSØ, M. Om dateringen af Ribe runehjerneskallen. *Futhark*: International Journal of Runic Studies 4, 2013, p. 173-176.

STARKEY, K. Imagining an Early Odin: Gold Bracteates as Visual Evidence? *Scandinavian Studies* 4(71), 1999, p. 373-392.

STEENSTRUP, J. *Normannerne*, vol. I: Indledning i normannertiden. Copenhague: Forlagt af Rudolh Klein, 1876.

STEPHENS, G. *Handbook of the Old Northern runic monuments*. Copenhage: H.V. Lynge, 1884.

STEPHENS, G. *Thunor the thunder, carved on a scandinavian font of about the year 1000*. Londres: H. Lynge, 1878.

STEPHENS, G. *Runehallen i det danske oldnordiske museum*. Copenhague: Michaelssen and Tillge, 1868.

STOKLUND, M. Chronology and Typology of the Danish Runic Inscriptions. In: STOKLUND, M. *et al.* (eds.). *Runes and their secrets*: studies in runology. Copenhague: Museum of Tusculanum Press/University of Copenhagen, 2006, p. 355-383.

SUKHINO-KHOMENKO, S. "Twelve Angry Thegns": Some Possible Old Norse Legalisms in Old English Texts. *Scandia Journal of Medieval Norse Studies* 3, 2020, p. 201-237.

SUNDQVIST, O. *An Arena for Higher Powers*: Ceremonial Buildings and Religious Strategies for Rulership in Late Iron Age Scandinavia. Leiden: Brill, 2016.

SUNDQVIST, O. The Hanging, the Nine Nights and the "Precious Knowledge" in Hávamál 138-145: The Cultic Context. In: HEIZMANN, W. *et al.* (eds.). *Analecta Septentrionalia*. Berlim/Nova York: Walter de Gruyter, 2009, p. 649-668.

SUNDQVIST, O. The problem of religious specialists and cult performers in early Scandinavia. *Zeitschrift für Religionswissenschaft* 11(1), 2003, p. 107-131.

SWENSON, D. *Viking Age Diet in Denmark*: An isotopic investigation of human and faunal remains from Aarhus Denmark. Dissertação de mestrado, Universidade da Islândia, 2019.

TAGGART, D. *How Thor Lost His Thunder*: The Changing Faces of an Old Norse God. Londres: Routledge, 2018.

The World-Tree Project: *The Hørning rune stone at Moesgaard Museum*, Denmark, 2023. Disponível em http://www.worldtreeproject.org

THURSTON, T.L. *Landscapes of Power, Landscapes of Conflict*: State Formation in the South Scandinavian Iron Age. Nova York: Kluwer Academic Publishers, 2002.

TILLISCH, S.S. Oldtidsforfattere under arkaeologisk kontrol Om skriftlige kilder og materiel kultur i Sydskandinavien. *KUML*: Årbog for Jysk Arkaeologisk Selskab, 2009, p. 213-240.

TODD, M. *Les germains*: aux frontières de l'empire romain. Paris: Armand Colin, 1990.

Uppåkra Arkeologiska Center. *Uppåkra en järnåldersstad*. Uppåkra, 2019.

TOOLEY, C. *Shamanism in norse myth and magic*. Helsinque: Academia Scientiarum Fennica, 2009.

TSITSIKLIS, K.R.M. *Der Thul in text und kontext*: þUlr/þYle in Edda und Altenglischer literatur. Berlim: De Gruyter, 2017.

TSUGAMI, S.S. *Os deuses que ecoam em mim*: a identidade do paganismo nórdico contemporâneo no Brasil. Tese de doutorado em Ciências das Religiões pela UFPB, 2023.

TUMMUSCHEIT, A; WITTE, F. The Danevirke: Preliminary Results of New Excavations (2010-2014) at the Defensive System in the German-Danish Borderland. *Offa's Dyke Journal* 1, 2019, p. 114-136.

ULRIKSEN, J. Viking-Age sailing routes of the western Baltic Sea – a matter of safety. Maritime Culture of the North 2, 2009, p. 135-144.

VAITKEVIČIUS, V. The swastika in Lithuania: the horizon of the 13th and 14th centuries. *Archaeologia Baltica* 27, 2020, p. 104-119.

VARBERG, J. Gender, Prophecies, and Magic: Cult Specialists in Denmark before the Viking Age. In: GARDELA, L.; BØNDING, S.; PENTZ, P. (eds.). *The norse sorceress*: mind and materiality in the Viking World. Oxford: Oxbow Books, 2023, p. 267-282.

VÉSTEINSSON, O. Archaeology of economy and society. In: McTURK, R. (ed.). *A Companion to Old Norse-Icelandic Literature and Culture*. London: Blackwell, 2007, p. 7-26.

VIERCK, H. Zwei Amulettbilder als Zeugnisse der ausgehenden Heidentums in Haithabu. In: *Berichte über die Ausgrabungen in Haithabu* n. 34, 2002, p. 9-67.

Vikingernes billedfortaellinger. *Ribe VikingeCenter*, 2023. Disponível em: https://www.ribevikingecenter.dk

VINNER, M. *Boats of the Viking Ship Museum*. Roskilde: The Viking Ship Museum, 2013.

WALKER, J. In the hall. In: CARVER, M. *et al.* (eds.). *Signals of Belief in Early England:* Anglo-Saxon Paganism Revisited. Oxford: Oxbow Books, 2010, p. 83-102.

WANG, L. *Freyja and Freyr*: successors of the Sun. On the absence of the sun in Nordic saga literature. Dissertação de mestrado, Universidade de Oslo, 2017.

WESTRUP, C.W. Stenene tale: indskrifter, Symboler, Skulpturer. *Vore Kirkegaarde* 7(1), 1930, p. 57-63.

WESTCOAT, E. The Valknut: Heart of the Slain? *Odroerir* 3, 2015, p. 1-23.

WICKER, N.L. Bracteate Inscriptions and Context Analysis in the Light of Alternatives to Hauck's Iconographic Interpretations. *Futhark*: International Journal of Runic Studies 5, 2015, p. 25-43.

WICKER, N.L. Bracteates and Runes. *Futhark*: International Journal of Runic Studies vol. 3, 2012, p. 151-183.

WICKER, N.L. Context analysis and bracteate inscriptions in light of alternative iconographic interpretations. *Preprints to The 7th International Symposium on Runes and Runic Inscriptions*, Oslo 2010, p. 1-7.

WIHLBORG, J. *Mer än valkyrior*: En omtolkning av vikingatidens feminina figuriner. Dissertação de Mestrado em Arqueologia, Universidade de Uppsala, 2019.

WILLIAMS, G. Raiding and warfare. In: BRINK, S. (org.). *The viking world*. Londres: Routledge, 2008, p. 193-203.

WILLIAMS, H. Bracteates and runes. *Futhark*: International Journal of Runic Studies vol. 3, 2012, p. 183-207.

WILLS, T. Þórr and wading. In: *Die Faszination des Verborgenen und seine Entschlüsselung* – Rāði saʀ kunni: Beiträge zur Runologie, skandinavistischen Mediävistik und germanischen Sprachwissenschaft vol. 101, De Gruyter, Reallexikon der Germanischen Altertumskunde. Ergaenzungsbaende, 2017, p. 411-428.

WILSON, D.M. *The vikings and their origins*. Londres: Thames & Hudson, 2003.

WINROTH, A. *The Conversion of Scandinavia*: Vikings, Merchants, and Missionaries in the Remaking of Northern Europe. Londres: Yale University Press, 2012.

WOLF, K. La vida cotidiana en la granja. *Arqueología e Historia* 13, 2017, El mundo vikingo, p. 14-20.

WOOD, R. The pictures on the greater Jelling stone. *Danish Journal of Archaeology* 3(1), 2014, p. 19-32.

WORDSWORTH, D. Mind your language. *The Spectator* 8977(285), 2000, p. 14ss.

WORSAAE, J.J.J.A. *De danskes kultur i vikingetiden*. Copenhage: Thieles Bogtrykkeri, 1873.

WORSAAE, J.J.J.A. *Danmarks Oldtid: opfyst ved Oldsager og Gravhøje*. Copenhague: K. Ryggen, 1843.